সন্দীপন

(গল্প সংগ্রহ)

পূর্ণেন্দু ঘোষ

INDIA • SINGAPORE • MALAYSIA

ISBN 979-8-88629-974-8

Cover Image by Upasika Ghosh and Sketches by Taniya Sarkar

আমার পরম পূজনীয়া মাতৃদেবী
করুণাময়ীর স্মৃতির উদ্দেশ্যে

সূচীপত্র

লেখকের নিবেদন

বিজ্ঞান ও প্রযুক্তির উন্নতির সঙ্গে আমাদের জীবনধারাও গেছে বদলে, আমাদের জীবনের মানও হয়েছে উন্নত । কিন্তু এখনও আমরা আমাদের জীবনকে সমস্যামুক্ত করে তুলতে পারিনি, বরং সমস্যা জটিল থেকে জটিলতর আকার ধারণ করেছে, আমাদের মধ্যে অবিশ্বাসের মাত্রা বেড়েছে, বেড়েছে প্রতিযোগিতা । মানুষ পশুর থেকে যত না ভীত তার চেয়ে বেশী ভীত মানুষের থেকে । তাই অনেক কিছু জিনিস সহজলভ্য হলেও যে জিনিসটার এখনও অভাব তা হলো মানসিক শান্তি । শান্তিপূর্ণ সহঅবস্থান করার জন্যে যে মানসিকতার প্রয়োজন তা আমাদের আজও গড়ে ওঠেনি ।

আমরা হুগলী জেলার বাসিন্দা, আমার জীবনের ছোটবেলা কেটেছে গঙ্গার ধারে চন্দননগরে । আমার কয়েকটি বছর কেটেছে কানপুরে, এরপর চেন্নাই, কলকাতা ও তারপর দিল্লীতে । সব জায়গার মানুষের প্রকৃতি এক নয় । সেইসব মানুষদের কাছ থেকে যেমন দেখেছি গল্পের আকারে তাদের কথা সেইভাবে লিখতে সচেষ্ট হয়েছি । বিভিন্ন সময়ের জীবনের অভিজ্ঞতা বিভিন্ন প্রকারের । ছোটবেলায় একরকম দেখেছি, পরে দেখেছি অন্যরকম - বিচিত্র এই অভিজ্ঞতা । এই অভিজ্ঞতার ওপর ভিত্তি করে আমার লেখা কয়েকটি গল্প এই গ্রন্থে প্রকাশিত হয়েছে ।

জীবনের অভিজ্ঞতা থেকে আমার মনে হয়েছে আমাদের জীবন কতকগুলি মূল্যবোধের ওপর প্রতিষ্ঠিত, সেগুলি কোনো দেশ বা কালের গণ্ডীর সীমার মধ্যে আবদ্ধ নয়, বরং সব জায়গায় সর্বস্তরের মানুষের

ক্ষেত্রে সমানভাবে প্রযোজ্য । এই মূল্যবোধগুলি আমাদের জীবনকে সুন্দর করে গড়ে তুলতে সাহায্য করে । অন্যদিকে সেগুলি থেকে সরে আসা মানেই হল আমাদের জীবনে অসুন্দরের প্রবেশের পথকে প্রশস্ত করা, তা সাময়িকভাবে আমাদের কোনো সমস্যা থেকে মুক্তি দিলেও স্থায়ী সমস্যা সমাধানের বাধা হয়ে দাঁড়ায় । বর্তমান যুগে আমরা সেই সব মূল্যবোধকে হারাতে বসেছি, ফলে অনেক কিছু পেয়েও আমরা আমাদের জীবনের মূল যে সমস্যা তা দূর করতে সক্ষম হইনি । এই গ্রন্থে প্রকাশিত গল্পগুলির মধ্যে সেইরকম কয়েকটি মূল্যবোধকে তুলে ধরতে সচেষ্ট হয়েছি । গল্পগুলি পাঠকদের কাছে রুচিকর হলে লেখার সময় যে আনন্দ পেয়েছি আমার সেই আনন্দকে তা আরো বাড়িয়ে তুলবে ।

পরিশেষে কৃতজ্ঞচিত্তে স্মরণ করি আমার ভগ্নী রাকা ও কন্যা উপাসিকা যাদের সাহায্য ব্যতীত এই গ্রন্থ প্রকাশ করা সম্ভব হতো না।

পূর্ণেন্দু ঘোষ

করোনা

সকালবেলায় ঘুম থেকে উঠে দেবাশীষ বাইরের ঘরে সোফায় বসে চায়ের কাপে চুমুক দিতে দিতে খবরের কাগজে চোখ বোলাচ্ছিল। এখন করোনার মহামারী ঠেকাতে দিল্লী সরকার লকডাউনের সময়সীমা আরো এক সপ্তাহ বাড়িয়ে দিয়েছে। এখন আর অফিস যাওয়ার তাড়া নেই। ঘরে বসে বসেই অফিসের কাজ সারতে হয়। ঘরে বসে কাজ করলেও কাজ কম নয়, উল্টে বেড়ে গেছে। সকাল দশটার সময় ল্যাপটপ নিয়ে বসতে হয়, সময় যে কেমন করে দ্রুত কেটে যায় সে বুঝতেই পারে না। দুপুরে লাঞ্চের সময় ওঠা, তারপর দুপুর দুটো থেকে একনাগারে সন্ধ্যা ছ'টা পর্যন্ত, কখনো কখনো মিটিং থাকলে সাতটা বেজে যায়। এসব রোজের ব্যাপার।

ঘরের সামনে দিয়ে ওপরে নীচে যাওয়ার সিঁড়ি। দরজা খোলা থাকলে লোকের যাওয়া আসা চোখে পড়ে। সুতপা খোলা দরজাটা

আস্তে করে ভেজিয়ে দিয়ে দেবাশীষের কাছে এসে নীচুগলায় বলল, তোমাকে একটা কথা বলি, দেখো যেন পাঁচকান না হয়।

দেবাশীষ কাগজ থেকে চোখ তুলে সুতপার দিকে জিজ্ঞাসুর দৃষ্টিতে তাকাতে সে বলল, ওপরের অরোরা আন্টির করোনা পজিটিভ।

দেবাশীষ জিজ্ঞেস করল, তুমি কি করে জানলে ?

--- কাল রাত্রে মানসদা বলছিল, আমাকে বলে দিয়েছে এসব নিয়ে যেন কারোর সঙ্গে আলোচনা না করি।

দেবাশীষ একটু বিরক্ত হয়ে বলল, এটা কোনো কথা হলো ? দেখছ তো করোনার ভাইরাস কিভাবে সারা দেশে ছড়িয়ে পড়ছে। নিজেদের সাবধান নিজেদের কাছে। আর এইরকম একটা কেস আমাদের বাড়িতেই রয়েছে, আমরা তো চুপ করে বসে থাকতে পারি না। আমি এক্ষুনি আরডাব্লুএর সেক্রেটারী মিঃ মেহেতাকে ফোন করছি।

অরোরা আন্টি চারতলার ফ্ল্যাটে একাই থাকেন। মেয়ে জামাই একটু দূরে থাকে, মাঝে মাঝে তাঁর কাছে আসে, ওরাই ওনাকে দেখাশুনা করে। আন্টি বয়স সত্তর পঁচাত্তর হবে, কিন্তু এখনো বেশ কর্মক্ষম। আসা যাওয়ার পথে দেখা হলেও সকলেই ওনাকে এড়িয়ে চলে, তার কারণ উনি ঝগড়াটে মহিলা। ফ্ল্যাটে থাকলে একটু আধটু অসুবিধে সকলেরই হয়। সকলে এসব নিয়ে কিছু না বললেও উনি মানতে রাজি নন। খামোকা এসে আকথা কুকথা বলতে শুরু করে দেন, রেগে গেলে ওনার কাণ্ডজ্ঞান থাকে না, মুখের কোনো লাগাম নেই, যা মুখে আসে তাই বলে দেন, অপরকে মানসম্মান দিয়ে কথা বলতে জানেন না, আপনি থেকে তুইতোকারি, তারপর থাপ্পর মারব, কানধরে ওঠবোস করাব, কোমরে দড়ি দিয়ে ঘোরাব, তুই শালা বাইরে

থেকে এসেছিস, এইসব ; একবার বলতে শুরু করলে আর থামতে চান না । কার ভাল লাগে এইরকম মহিলার সঙ্গে ঝগড়া করতে, তাই সবাই চুপ করে শোনে । ওনার জামাইটাও শাশুড়ির মতই । তার রিয়াল এস্টেটের বিজনেস । বাড়ির নীচে পেল্লাই সাইজের এক গাড়ী রেখে দিয়েছে । লোকের যেতে আসতে অসুবিধে হয়, কিন্তু কিছু বলার উপায় নেই । বললেই বিপদ, ঝগড়া, তার সঙ্গে অশ্লীল কথাবার্তা । একদিন একতলার বাসিন্দা অশোক মালহোত্রার ঘরে গেস্ট এসেছে । নীচের জায়গাটা খালি পেয়ে সেখানে তারা তাদের গাড়িটা রেখেছে । কিছুক্ষণ পরে আন্টির জামাইবাবাজী তার গাড়ি রাখার জায়গায় অন্য একজনের গাড়ি দেখে অশোক মালহোত্রার ফ্ল্যাটে এসে কলিংবেল বাজালো । মি: মালহোত্রা দরজা খুলতেই তাকে সে আকথা কুকথা শুনিয়ে দিল । মালহোত্রা শুধু বলেছে, রাস্তায় তো যে কেউ গাড়ি রাখতে পারে । ওখানে জায়গা খালি ছিল, তাই সেখানে গাড়ি রেখেছে, আমিই ওদের বলেছি রাখতে, এতে দোষের কি হল ? ব্যাস, এমনিতেই সে রগচটা, তার ওপরে এইসব কথা শুনে রীতিমত ক্ষিপ্ত হয়ে উঠল । লোকে বাড়িতে কুকুর পোষে, আর ওনার আছে ভাড়াটে গুন্ডা । সে তাদের ডেকে নিয়ে এসে অশোক মালহোত্রাকে রীতিমত শাসিয়ে গেল । স্থানীয় লোকেরা সবাই ভীড় করে দেখছে, এইসব লোকেদের স্বভাব চরিত্র জানতে কারোর বাকি নেই, কে এইসব ঝামেলায় নিজেকে জড়ায়, সবাই চুপ করে দেখছে, কারোর মুখে কোন কথা নেই ।

সুতপা অনুনয়ের স্বরে দেবাশীষকে বলল, দোহাই তোমার, এই নিয়ে তুমি কিছু করে বসো না, যখন আন্টি জানতে পারবে তুমিই সবকিছু করেছ তখন তোমাকে আস্ত রাখবে ভেবেছ ? এই নিয়ে এক বিরাট অশান্তি হবে । কার এসব ভালো লাগে । এখানের মানুষকে তো

দেখেছ, কেউ তোমাকে সাপোর্ট করবে ভেবেছ ? তোমার মনে নেই, গত বছরে যখন রান্নাঘরের সিলিং ভিজে গিয়ে টপটপ করে জল পড়ছিল আর তুমি যখন ওপরের আন্টিকে বলতে গেলে তখন রিপেয়ার করা তো দুরের কথা তোমাকেই নানান কথা শুনিয়ে দিল, তারপর অনেক বলার পর রিপেয়ার করল তারজন্যে তোমাকেই পুরো টাকাটাই দিতে হল । তাই বলছিলাম এসবের মধ্যে নাই বা জড়ালে ।

দেবাশীষ চুপ করে শুনছিল । সে মনে মনে ভাবল, ভদ্রমহিলা আর সকলের মত নয়, নিজের স্বার্থ ছাড়া আর কিছু বোঝে না । এইসব লোকের বিরুদ্ধে কিছু বলা বা করা মানেই অশান্তি । কিন্তু যেভাবে করোনার প্রকোপ বিপজ্জনকভাবে দিনের পর দিন বেড়ে চলেছে সেখানে অন্য সকলের মত সে জেনে শুনে চুপ করে বসে থাকতে পারে না । সে সোজাসুজি তার প্রতিবেশী মানস সরকারের দরজায় গিয়ে টোকা মারল । মানস দরজা খুলে দিতেই সে তাকে তাদের ঘরে ডেকে আনল ।

দেবাশীষ মানসকে জিজ্ঞেস করাতে সে বলল, সে দোতলার বাসিন্দা রাজীব গুপ্তার কাছ থেকে জেনেছে । সে আরো জানালো রাজীব গুপ্তা রোজ সকালে পার্কে বেড়াতে যায় । গতকাল সে যখন পার্ক থেকে ফিরছিল তখন রাস্তায় আন্টির সঙ্গে দেখা হয়, সেইসময় আন্টি নিজেই সেই কথা জানিয়েছে ।

--- কতদিন হল ওনার করোনা হয়েছে ?

--- সপ্তাহখানেক তো হবেই । ওনার মেয়ে জামাইএরও পজিটিভ । সবাই মিলে ওরা কোথায় পার্টিতে গিয়েছিল, সেখান থেকেই নিয়ে এসেছে । আবার বলে দিয়েছে একথা যেন গুপ্তাজী কাউকে না বলে ।

দেবাশীষ মানসের দিকে অবাকদৃষ্টিতে তাকিয়ে অস্ফুটস্বরে বলল, আশ্চর্য । সে তাকে জিজ্ঞেস করল, এসব না জানিয়ে লাভটা কার হবে শুনি ? একজন থেকে অন্যজনের মধ্যে ছড়াতে কতক্ষণ ? আপনার আমার ঘরের সামনে দিয়ে কতবার ওপর নীচ করছে, আমরা কতটা সেফ ? আমাদের এই নিবুদ্ধিতাই তো এই রোগের সংক্রমণ বেড়ে যাওয়ার প্রধান কারণ । যাক্গে, যা হবার তা তো হয়েই গেছে । পুরো বাড়িটাই এক্ষুনি স্যানিটাইজ হওয়া দরকার । এখানের আরডব্লু-এর বিষয়টা জানানো দরকার । জেনেশুনে তো আমরা চুপ করে বসে থাকতে পারি না ।

রাজীব গুপ্তার সঙ্গে আন্টির কি কথা হয়েছে এব্যাপারে বিষদ জানার জন্যে দেবাশীষ তাকে ফোন করাতে বোঝা গেল সে রীতিমত বিরক্ত । মানসকে বারণ করার সত্ত্বেও সে যে তার প্রতিবেশীকে আন্টির করোনার খবর জানিয়েছে সেটা সে সহজভাবে মেনে নিতে পারেনি । সে একটু উষ্মা প্রকাশ করে বলল, ইয়ে আপকা সমঝমে নেহী আয়গা, ম্যায় মানসদাসে বাত করুঙ্গা ।

অতঃপর কোনরকম কালবিলম্ব না করে দেবাশীষ আরডব্লু-এর সেক্রেটারী মিঃ মেহেতাকে ফোন করে সবকিছু জানালো । তাদের নির্দেশে সেইদিনই দুপুর বারোটা নাগাদ দিল্লী কর্পোরেশন থেকে লোক এসে সারা বাড়ি স্যানিটাইজ করে গেল, বাড়ির সকলকে মাস্ক দিয়ে গেল, বাড়ির সব বাসিন্দাদের ওপর নজরদারি করার জন্যে চৌকিদার মোতায়েন করা হল । চৌকিদারটি একটা খাতা নিয়ে বাইরের গেটের সামনে বসে রইল সকাল থেকে সন্ধ্যে পর্যন্ত, যেতে আসতে সকলকে সব বৃত্তান্ত লিখে সই করতে হবে । রাত্রে গেটে তালা ঝুলিয়ে দেওয়া হল । অরোরা আন্টি এখন ঘরের মধ্যে বন্দী ।

সেইদিন সন্ধ্যেবেলা দেবাশীষ নিজেই গেল আন্টির সঙ্গে দেখা করতে । সে আন্টিকে বলল, আপনার যখন যা দরকার হবে নিঃসংকোচে জানাবেন । সে নিজে ডাক্তারের সঙ্গে যোগাযোগ করে তাঁর নির্দেশমত তাকে অক্সিমিটার, নেবুলাইজার, ওষুধপত্র কিনে দিয়ে এল । যাতে আন্টির কোন অসুবিধা না হয় সে নিত্য প্রয়োজনীয় জিনিস যেমন ডিম, পাউরুটি, দুধ, মাখন, চাল, ডাল, নুন, তেল, চিনি ইত্যাদি কিনে দিয়ে এল । সুতপা রোজই কাজের মেয়ে কনিকার হাত দিয়ে আন্টিকে এটা ওটা রান্না করে পাঠাতে লাগল । রোজই দেবাশীষ তাকে ফোন করে জিজ্ঞেস করত তার শারীরিক অবস্থার কথা ।

এর বেশ কিছুদিন পরে একদিন সকালে দরজায় কলিংবেল বাজতে সুতপা দরজা খুলে দেখল আন্টি দাঁড়িয়ে, তার হাতে একটা রেকাবিতে ঢাকা দেওয়া কি একটা জিনিস । আন্টি হাসিমুখে বলল, বৌদি, আমার করোনা নেগেটিভ, আমি এখন সম্পূর্ণ সুস্থ, আর ভয়ের কিছু নেই । আপনারা আমার জন্যে যা করেছেন তা আমি কোনদিন ভুলতে পারব না । আমি আপনাদের জন্যে কড়ি চাউল করে নিয়ে এনেছি, খেয়ে দেখবেন ।

আগেকার গিন্নী

নাম তার বিন্দুবাসিনী । বিয়ের আগে সে ছিল আদুরে ছেলেমানুষ, বিয়ের পরে সে বাড়ীর গিন্নী, একাই সবকিছু সামলাতে হয় । বাড়ীতে কাজের শেষ নেই, অষ্টপ্রহর শুধু কাজ আর কাজ, নিঃশ্বাস ফেলার তার সময় থাকত না । সূর্য ওঠার আগেই উঠে প্রাতকৃত্য করা, পুকুরের জলে চান করা, পাতকুয়া থেকে বালতি করে জল নিয়ে এসে চৌবাচ্চায় ভরা, উনুন নিকোনো, কয়লা থেকে ছাই বার করা, আর সেই ছাই আর নারকেল ছোবড়া দিয়ে এককাড়ি বাসনমাজা, এই ছাই দিয়ে যেমন বাসন মাজা হতো, তেমনি তাই দিয়ে হতো দাঁত মাজা । বাসন মাজা হয়ে গেলে সেই বাসনগুলো কাপড় দিয়ে মুছে রান্নাঘরের ধাপিতে সাজিয়ে রাখা, এরপর উনুন নিকিয়ে উঠোনোর একপাশে জড়ো করে রাখা কয়লা ভেঙে সেই কয়লা আর ঘুঁটে সাজিয়ে উনুন ধরানো, উনুন ধরিয়ে ভিজে কাপড়, গামছা উঠোনে টাঙানো দড়িতে মেলে দিয়ে বিছানা তোলা, ঘর ঝাঁট দেওয়া, ন্যাতা বোলানো এসব কাজ তাকে

নিজের হাতে করতে হতো, শোবার ঘর, বৈঠকখানা, রান্নাঘর উঠোন, সিঁড়ি, দালান কোনো কিছুই বাদ থাকত না । এইসব কাজ করে সে কর্তাকে ঠেলে তুলে দিত দুধ আনার জন্যে । কর্তা তাড়াতাড়ি উঠেই ছুটতো দুধ আনতে, একটু দেরী হয়ে গেলেই গিয়ে দেখত গোয়ালার দুধ দোওয়া হয়ে গেছে আর সেই ফাঁকে জল মিশিয়ে খদ্দেরদের মেপে মেপে দুধ দিচ্ছে । বাড়ী ফিরে দেখা যেত জল মেশানো দুধ । বিন্দুবাসিনী যখন রান্নাঘরে এসে ঢুকতো তখন সে দেখত একে একে সবাই উঠে পড়েছে ।

এরপর শুরু হয়ে যেত চা জলখাবার বানানোর পালা । সংসারে মা ষষ্ঠীর আশীর্বাদে দুই ছেলে, তিন মেয়ে । একতাল আটা মেখে তাই দিয়ে রুটি আর তার সঙ্গে এক একজনের এক একরকমের তরকারি, তাদের মুখে যোগানো সবই বিন্দুবাসিনীকে একাই করতে হতো । এরপরে দুপুরের রান্নার আয়োজন, ভাতের সঙ্গে পাঁচ রকমের সব্জি, মাছ, কোটা, বাছা সব নিজের হাতে করতে হতো । কর্তা তো বাজার করে দিয়েই খালাস, ফরমাস মত বানাও, না হলেই অশান্তি । কাঁসারের থালায় ভাত আর বাটিতে ভিন্ন ভিন্ন তরকারি, ডাল, ভাজা সাজিয়ে, গ্লাসে জল দিয়ে কর্তার পাশে হাতপাখা নিয়ে বসে হাওয়া করতে হতো । বসে বসে খাওয়ার ফাঁকে ফাঁকে সংসারের এটা ওটা বিষয় নিয়ে আলোচনা হতো । বেশীরভাগই কর্তা যা বলবে সেইভাবে চলতে হবে, একটু এদিক ওদিক হবার উপায় নেই । দুপুরে সকলের খাওয়া হয়ে গেলে ওই কর্তার পাতে বসে খাওয়া । খাওয়া হয়ে গেলে ছাদে গিয়ে রোদ্দুর থাকতেই বড়ি দেওয়া, কাঁচের শিশিতে ভরে আচার শুকতে দেওয়া । এরপরে নীচে নেমে এসে কাচা জামাকাপড় পাট করে তুলে রাখা, ধোপা এসে ময়লা জামাকাপড় নিয়ে গেলেও বেশকিছু বিন্দুবাসিনীকে নিজেকেই কাচতে হতো । বিয়ের আগে সে কোনদিন

কাচা শুরু করে সাবান ব্যবহার করেনি, সাজিমাটি দিয়েই কাচত; শ্বশুরবাড়ি এসে সে সাবান দিয়ে জামাকাপড় কাচা শুরু করে, ভুরভুর করে গন্ধ বেরোয়, দু'বার বুলোলেই ময়লা পরিষ্কার হয়ে যায়, অত পরিশ্রম করতে হয় না । এরপরে তার কাজ হলো দুপুরের এঁটো বাসন মাজা, বিকেলের জলখাবার বানানো, নারকেল সন্দেশ, ছোলাভাজা, মুড়ি, মুগসেদ্ধ এইসব । সন্ধ্যেবেলায় তসরের কাপড় পরে সন্ধ্যে দেখানো, তুলসীতলায় মাটির প্রদীপ জ্বালিয়ে শাঁখ বাজানো, সলতে পাকানো, হারিকেন লণ্ঠনের, সেজের কাঁচ পরিষ্কার করা, তাতে তেল ভরে আলো জ্বালা । সেইসময়ে দোতলা প্রদীপ বা সেজ ব্যবহার করা হতো, তলায় জল থাকত, ওপরের তলায় তেল, এতে তেল কম পুড়তো । সকাল থেকে দুপুর, দুপুর থেকে বিকেল, বিকেল থেকে সন্ধ্যে, সন্ধ্যে থেকে রাত্রি, কাজের মধ্যে দিয়ে দিনটা কিভাবে যে কেটে যেত তা বোঝা যেত না । শুতে শুতে রাত্রি একটা দেড়টা বেজে যেত।

সারা বছর পাল-পার্বণ তো লেগেই থাকত ; সেইসময়ে বিন্দুবাসিনীর কাজ যেত বেড়ে । তখন এটা ওটা বানাও, বানিয়ে পাড়া-প্রতিবেশীর বাড়িতে গিয়ে দিয়ে এস । বিজয়াদশমীর দিন সে বাড়িতে রকমারি মিষ্টি বানাতো, ক্ষীরপুলি, গজা, মিহিদানা, ঘুগনি, নারকেলের ছাপ । কর্তার বন্ধুরা এসে বৈঠকখানায় বসত, একগলা ঘোমটা টেনে সে তাদের পরিবেশন করত । কর্তা নিজেই সিদ্ধি বানাত, বানিয়ে বালতিতে ঢেলে রাখত, সেই সিদ্ধি খেয়ে কর্তার বন্ধুরা নেশায় বুঁদ হয়ে থাকত ।

সেই কোন ছোটবেলায় তার বিয়ে হয়েছিল, তখন তার কত কম বয়েস, তেরো, চোদ্দ হবে । তারপর থেকেই সে এই সংসারে বন্দী । বিয়ের আগে সে ছিল স্বাধীন, কোন দায়দায়িত্ব ছিল না, মা, বাবার

আদরের মধ্যে মানুষ হয়েছিল । পল্লীগ্রামের উন্মুক্ত প্রান্তরে সে ঘুরে বেরাত তার বন্ধুদের সঙ্গে । মনে পড়ে তারা একবার গিয়েছিল তাদের গ্রাম থেকে বেশ কিছুটা দূরে গঙ্গার ধারে পিকনিক করতে । গঙ্গাটা সেখানে অনেকটা সরু হয়ে গেছে, বাঁকের কাছে বিস্তীর্ণ অঞ্চলে চরা পড়ে গেছে । সেখানে তারা বাড়ি থেকে বাসনপত্র, রান্নার সামগ্রী নিয়ে গিয়ে পিকনিক করেছিল । বেশ নির্জন জায়গা, চারিদিকে বন-বাদার, বনতুলসীর ঝোপ, কাছেই বিশাল এক বটগাছ, তার থেকে ঝুরি নেমে বড় বড় গুঁড়িতে পরিণত হয়েছে । এই বটের ছায়া চারিদিকটা সুশীতল করে রেখেছে, এইসব গাছে পাখীরা এসে বসে, তাদের কলকাকলীতে মুখর সেই সবুজ চরভূমি । এর মধ্যেই ফুটে আছে হলুদ রঙের ফুল ঝোপের মাথায় । ঝোপঝারের ওপরে মাথা তুলে দাঁড়িয়ে থাকা গাছের ওপরে কয়েকটা বক বসে শ্যেনদৃষ্টিতে তাকিয়ে আছে গঙ্গার জলের দিকে । কয়েকটা জেলে ছিপনৌকো নিয়ে বেরিয়ে পড়েছে মাছ ধরতে, বাতাসে মাছের আঁশটে গন্ধ । সেখানে বাগদী দুলেদের বউয়েরা গামছা গায়ে দিয়ে জলে নেমে চান করছে । চান সেরে গামছা গায়ে জড়িয়ে ঘড়া করে জল নিয়ে ঘরে ফিরছে । চোখ বন্ধ করলে এখনো সেইসব দৃশ্য তার মানসপটে ভেসে ওঠে ।

দেখতে সে ছিল ভালোই, তার ছিল সুঠাম দেহ, বড় বড় চোখ, নিটোল দুটি বাহু, সে ছিল সুকেশী, উদ্ভিন্নযৌবনা কিশোরী, বর্ষার দিনে ভরা গাঙের মত, তার দিকে তাকালে চোখ ফেরানো যেত না । দেখতে ভালো বলেই তার স্বামী ব্রজেশ তাকে দেখেই পছন্দ করেছিল । তার মনে আছে ব্রজেশ যখন তার বন্ধুদের নিয়ে তাকে বিয়ের আগে দেখতে গিয়েছিল তখন রূপালীদি তাকে সাজিয়ে তাদের সামনে একটা টুলের ওপরে বসিয়ে দিয়েছিল । তাকে শুধু মামুলি কয়েকটা প্রশ্নের উত্তর দিতে হয়েছিল, লেখাপড়া কিছু করেছ...কি কি রান্না শিখেছ

...গান জানো এইসব । পল্লীগ্রামের মেয়ে, আর ওই কম বয়েস, সে আর কত লেখাপড়া করবে, গুরুমশাইএর পাঠশালায় সে আর সকলের মত যেত শ্লেট পেনসিল, বর্ণপরিচয়, চাটাই সঙ্গে নিয়ে । তাদের গ্রামে সপ্তাহে একদিন করে এক গানের মাস্টার আসত, অন্য অনেকের মত রূপালীদিও তার কাছে গান শিখত । সেও রূপালীদির কাছ থেকে শুনে শুনে কয়েকটা গান রপ্ত করেছিল । তার ইচ্ছা করছিল যখন তার স্বামীর বন্ধুরা তাকে গান করার কথা বলছিল তখন সে একটা গান গায়, কিন্তু লজ্জায় গাইতে পারেনি ।

সেই কোন ছোটবেলায় বিয়ে হয়েছিল, আর সংসারের দায়দায়িত্ব পালন করতে করতেই সে জীবনসায়াহ্নে গেল পৌঁছে । সারাজীবন শুধু হাড়ভাঙা খাটুনি আর এর ওর ফাইফরমাস খাটা, আর সবটাই করতে হতো মুখবুজে, এরমধ্যে শরীরের রোগ জ্বালা তো আছেই । ভরাট সংসার, পাঁচ ছেলে, মেয়ে, তাদের সংসার, নাতি নাতনি । পাল-পার্বণে সবাই একজোট হলে হৈ হৈ ব্যাপার, তখন নিঃশ্বাস ফেলার সময় থাকত না । এই করতে করতে একদিন মৃত্যু এসে কড়া নাড়লো । বেশীদিন শুয়ে রোগভোগ করতে হয়নি । বাতরুমে পা পিছলে পড়ে গিয়েছিল, হাড়গোর ভাঙেনি, পড়ে গিয়ে অচৈতন্য হয়ে গিয়েছিল, ডাক্তার এসে বলেছিল মাথায় শিরা ছিঁড়ে গিয়ে রক্তক্ষরণ হয়েছে, বাইরে থেকে বোঝার উপায় নেই । এর কয়েকদিনের মধ্যেই সে মারা গেল । ফুল দিয়ে সাজিয়ে খাটে করে হরিবোল ধ্বনি তুলতে তুলতে তার মরদেহ শ্মশানে নিয়ে যাওয়া হলো; আত্মীয়-স্বজনরা এসে মরাকান্না কাঁদল ।

শ্মশানযাত্রী কম ছিল না । শ্রাদ্ধে সকলকে নেমন্তন্ন করতে হয়েছিল, লোকের আসার বিরাম নেই, আসছে তো আসছেই । ছেলেরা ভালোই আয়োজন করেছিল, আগের দিন রাত্রি থেকেই হালুইকর বামুন

তার লোকজন সঙ্গে করে এনে রান্নার ব্যবস্থা করেছিল; ময়রা এসে মিষ্টি বানিয়েছিল, উপকরণ কম ছিল না, বিন্দুবাসিনী যা যা খেতে ভালোবাসত সব কিছু করে নিমন্ত্রিত অতিথিদের পেট ভরে খাওয়ানো হলো । সবাই তৃপ্তি করে খেলো । এসব না হলে গিন্নীর মৃত আত্মার শান্তি হবে কি করে !

বাঙলার ঘরে ঘরে এইরকম কত পতিব্রতা বিন্দুবাসিনী এসেছে, গেছে, তাদের কাজ হল মানুষের সেবা করা, মুখ বুজে সংসারের দায়দায়িত্ব পালন করা আর স্নেহ ভলোবাসা দিয়ে তাদের সন্তানসন্ততিদের মানুষ করা । তাদের হয়ত খুব একটা লেখাপড়া ছিল না, কিন্তু সংসারের দায়দায়িত্ব পালনে তাদের কোনো ত্রুটি থাকত না । তাদের সন্তানেরা অনেকেই পরবর্তী জীবনে প্রতিষ্ঠা লাভ করেছে, কিন্তু তাদের এই আত্মত্যাগপূর্ণ জীবনের ইতিহাস কোন বইএ লিপিবদ্ধ আছে বলে মনে হয় না ।

টমি

রেলস্টেশন থেকে বড় রাস্তা, তারপর মাঠের রাস্তা, আলের ওপর দিয়ে আরো পাঁচ কিলোমিটারের মত হাঁটতে হবে । তারপরে কুন্তি নদীর ওপর বাঁশের সাঁকো পেড়িয়ে গৌরবদের গ্রাম । সে করত দিনমজুরের কাজ । সবসময় যে কাজ জুটত তা নয়, তাহলেও চলে যাচ্ছিল । বছর দুই আগে শেখরদাই ওকে দিল্লীতে চলে আসার পরামর্শ দিয়েছিল । শেখরদার বাড়ি ওদের বাড়ির কাছেই, ছোটবেলা থেকেই দেখে আসছে । সপরিবারে দিল্লীতে থাকে । সেবার দুর্গাপুজোর সময়ে বাড়িতে এসেছিল । রাস্তায় দেখা হলে সে নিজে থেকেই বলেছিল, বিএ পাশ করে কতদিন বেকার হয়ে বসে থাকবি ? ওই চাষবাস তোর দ্বারা হবে না । দেখছিস তো এখানের অবস্থা, কে তোকে চাকরি দেবে ? তার চেয়ে ভালো তুই আমার সঙ্গে দিল্লীতে চল । সে রাজি হয়ে গিয়েছিল।

দিল্লীতে যাওয়ার পরে শেখরদা তাকে ঠিকাদার চতুবেদীর কাছে নিয়ে যায় । সেই আসা, তারপর থেকে গৌরব আর বাড়িমুখো হয়নি । দাদা চাষবাস নিয়ে আছে, তার নিজের সংসার আছে ; কোন খোঁজ খবর নেয় না, মাকে দেখছে এটাই ঢের । সে দিল্লীতে এসে দেখল, সেখানে খাওয়া-পরার কষ্ট আছে ঠিকই, কিন্তু চেষ্টা করলে কাজ পেতে কোন অসুবিধে হয় না । সে দেখেছে সেখানে কন্সট্রাকশনের কাজ লেগেই আছে, ফাঁকা জায়গা আর নেই বললেই চলে, রাতারাতি সব বদলে যাচ্ছে, আজকে একরকম, কাল অন্যরকম, রাস্তাঘাট, বড় বড় বাড়ি, লোক গিজগিজ করছে, লোকের নিজেদের বাড়ি গাড়ির কোন কিছুরই অভাব নেই । অন্যদিকে পশ্চিমবাঙলার গ্রামগুলোর অবস্থা একই রকমের, সে ছোটবেলায় যা দেখেছিল, এখনও সেইরকম, কোন পরিবর্তন চোখে পড়ে না, বেকারের সংখ্যা বেড়েই চলেছে । লোকের রুজিরোজগার বলতে ওই চাষবাস, গরু মোষের দুধ থেকে ছানা কাটিয়ে আড়তে দিয়ে আসা, যাদের পুকুর আছে তারা সেখানে মাছের চাষ করে, কেউ কেউ সরকারি অফিসে কাজ করে, সেসব জায়গায় গৌরবের মত ছেলেদের সহজে চাকরি মেলে না । কিছু কিছু ছোটখাটো ব্যবসায়ী আছে, কিন্তু যারা কিনবে তারা সস্তার জিনিস চায়, তাই সেইসব ব্যবসায়ীদের অবস্থাও ভালো নয় । সে দিল্লীতে এসে যেখানে এসে উঠল সেখানে তার মতো কয়েকজন বাঙালী ছেলে থাকে যাদের বাড়ি ফুলিয়া, পায়রাডাঙা, সেখান থেকে কাপড় নিয়ে এসে তারা লোকের বাড়ি ফেরি করে বেরায় ।

সে করে ঠিকাদারের অধীনে দিনমজুরের কাজ, দিনের শেষে হাতে আসে মাইনের টাকা, যেদিন কাজ নেই সেদিন মাইনে নেই । তবে কাজের খুব একটা অভাব নেই, তার মতো আরো অনেকে আছে, এক জায়গায় কাজ না থাকলে তারা তাদের মতো অন্য জায়গায় যায় ।

গৌরব এই সামান্য আয় থেকেই নিজের খরচ করার পরেও তা থেকে মাঝে মধ্যে মাকে কিছু কিছু পাঠায় । কিন্তু লকডাউন হওয়াতে এখন কাজকর্ম সব বন্ধ । কবে ঠিক হবে কেউ জানে না । চতুর্বেদী সাফ সাফ জানিয়ে দিল, বসে বসে মাইনে দিতে পারব না । বাড়িওলারও সেই এক কথা । ভাড়ার টাকা দিতে না পারলে ছেড়ে দাও । সরকার থেকে ওদের থাকা, খাওয়ার ব্যবস্থা করলেও তা সাময়িক ব্যাপার, ওরা তো চিরকাল বসিয়ে বসিয়ে খাওয়াবে না । তাছাড়া ওইসব শেল্টারে থাকার অনেক অসুবিধে । কত লোক রাস্তায় নেমে পড়ল, হাঁটতে হাঁটতে বাড়ির দিকে রহনা হলো । সেদিন খবর এল লকডাউন শিথিল হয়েছে, আনন্দবিহার থেকে বাস ছাড়বে । শেখরদা বলল, আমি বউ ছেলে নিয়ে কোথায় যাব, তোরা যা ।

সাঁকোটা পেরতেই গৌরবের মন খুশীতে ভরে উঠল । এই তাদের গ্রাম, তার জন্মভূমি । এখানের চারদিকে আম, জাম, কাঁঠাল, লিচু গাছ, স্নিগ্ধ শীতল হাওয়ায় তার মন, প্রাণ জুড়িয়ে গেল, এই গরমের মধ্যে এতখানি রাস্তা হেঁটে আসার ক্লান্তি অনেকটা কমে গেল । আঁচলা ভরে সে নদীর শীতল জল পান করল । বাড়িতে পৌছতেই তাকে দেখে কেউ খুশী হয়েছে বলে মনে হলো না । বৌদি উঠনোয় টাঙানো দড়িতে কাপড় শুকতে দিচ্ছিল, তাকে দেখে একটু বিরক্ত হয়ে বলল, একটা খবর দিয়ে তো আসতে হয় । এখন আবার তোমার জন্যে রান্না করি । মা ঘরে শুয়েছিল, তাকে গিয়ে প্রনাম করতেই উঠে বসে বলল, চোখে কম দেখি । থাকবি না চলে যাবি ? গৌরব হ্যাঁ, না কিছুই বলল না, অস্ফুটস্বরে বলল, দেখি । জিনিসপত্রে রেখে তেল মেখে, গামছা গায়ে দিয়ে সে তাদের পুকুর থেকে চান করে এসে খেতে বসল, ভাত, কলাইএর ডাল, তার সঙ্গে একতাল আলুভাতে -- তাই যেন অমৃত । খাওয়া হয়ে গেলে তাকে তার দাদা জিজ্ঞেস করল,

এরপর কি করবে ঠিক করলে ? গৌরব কিছু না বলে চুপ করে থাকে । দাদা নিজেই বলতে থাকে, চাষবাসের অবস্থা খুব একটা ভালো নয় । তারপরে এই বাজারে এতগুলো লোকের খাওয়া পরা সোজা ব্যাপার নয় । এসব তো হাড়ে হাড়ে টের পাচ্ছি । সঞ্জু তো এবার ফাইনাল দেবে, এক একটা সাবজেক্টের এক একটা মাস্টার, কম খরচ ! দাদা কথাগুলো এমনভাবে বলল, গৌরব যেন বাড়ীতে ফিরে এসে খুব অন্যায় করে ফেলেছে আর এসবের জন্যে দাদা তাকেই দোষী সাব্যস্ত করছে । তার ইচ্ছে হচ্ছিল ওই পাষণ্ড লোকটাকে দু'চারটে কথা শুনিয়ে দেয় । সম্পত্তিতে তো তার সমান ভাগ আছে, তাকে এসব বলার দাদার কি অধিকার আছে ! কিন্তু সে কিছু না বলে তাড়াতাড়ি ঘর থেকে বেরিয়ে যায় ।

গৌরব ও তার দাদা সৌরভ দুইভাই, সৌরভ গৌরবের চেয়ে বছর আষ্টেকের বড় । বাবা অনেক আগেই গত হয়েছেন । তাদের কোঠা বাড়ি, জমি জায়গা কম নয়, বিঘে দশেক ধান জমি, বাড়িতে চারটে ধানবোঝাই গোলা, পুকুর, গোটা আষ্টেক হালের বলদ, দু'জোড়া লাঙল, কোন কিছুরই অভাব নেই, গ্রামের মধ্যে তারা অবস্থাপন্ন । সৌরভ নিজেই জমি চাষ করে, বেশ শক্তসামর্থ, মরদের মত চেহারা, কিন্তু মনটা তার ভালো নয়, আর ভালো নয় বলেই নিজের ভাই তার কাছে অপাংক্তেয় । সে নিজের স্বার্থ ছাড়া আর কিছু বোঝে না । লোকে তাকে ভয় করে চলে, সামনে কিছু না বললেও পেছন থেকে বলতে ছাড়ে না ।

পরের দিন সকালে ঘুম থেকে উঠে বাড়ির রোয়াকে বসে গৌরব চা বিস্কুট খাচ্ছিল । রাস্তার একটা কুকুর এসে সেখানে দাঁড়ালো । তাকেও সে বিস্কুট দিল । আগেও সে রোজ এইরকম করত, এটাই তার স্বভাব । সে কুকুরটার দিকে ভাবল এটাই কি সেই কুকুর বছর

দুই আগে যাকে সে বিস্কুট দিত । টমি বলে ডাকতেই কুকুরটা লেজ নাড়তে নাড়তে তার কাছ ঘেঁসে এসে দাঁড়াল । গৌরব কুকুরটার গলায় হাত দিয়ে আদর করল ।

বিকেলে সে তাদের বাড়ির পাশ দিয়ে যে মাটির রাস্তাটা সোজা পীচের রাস্তার দিকে চলে গেছে সেখান দিয়ে হাঁটছিল । মাটির রাস্তার দুধারে ধানক্ষেত, সবুজ গাছগাছালিতে ভরা, কিছু দূর অন্তর অন্তর মাটির ঘর, সেই ঘরের চারদিকে শাকসব্জির চাষ । পড়ন্ত রোদ্দুরের আলোয় সেগুলো বর্ণময় হয়ে উঠেছে । এখানের জমি বেশ উর্বর, প্রকৃতির বদান্যতা চোখে পড়ার মত । রাস্তায় পাড়ার খোকনদার সঙ্গে দেখা, সে সাইকেলে করে আসছিল, তাকে দেখে দাঁড়াল । সব শুনে খোকনদা গৌরবকে বলল, তোর দাদাকে আমরা চিনি, তুই একবার পঞ্চায়েতে গিয়ে দেখ, এখন তো তোর মত কত লোকে প্রধানমন্ত্রীর গ্রামীণ যোজনায় একশ দিনের কাজ করছে, কত লোক করছে, এতে লজ্জার কিছু নেই, তুইও লেগে পড় । খোকনদা বললেও কিন্তু ব্যাপারটা অত সোজা নয় । ওরা সাফ সাফ জানিয়ে দিল, এবছরের জন্যে যা লোক নেওয়ার তা নেওয়া হয়ে গেছে । চেনা পরিচিত লোকেদের সঙ্গে দেখা হলেই একটাই প্রশ্ন, কি করবে ঠিক করলে ? কিন্তু কেউই কোন আশার আলো দেখাতে পারলো না । শুধু রাস্তায় বেরোলেই টমি কোথা থেকে এসে সে যেখানে যায় সেখানেই তার পেছনে পেছনে চলে ।

জন্তু জানোয়ারদের মধ্যে রয়েছে প্রেম, ভালোবাসা । একটু আদর পেলে তারা আর কিছু চায় না, তোমাকে মনে রাখবে, দুঃসময়ে তোমার পাশে এসে দাঁড়াবে, কিছু না হোক চোখের জল ফেলবে । গাছেরাও কেমন ফলে ফুলে বিকশিত হয়ে ওঠে । এসব তো তাদের নিজেদের জন্যে নয়, সবই অপরের জন্যে -- আমরা তাই খেয়ে বেঁচে

থাকি, এটাই স্বাভাবিক । ভগবান এইসব প্রবৃত্তি দিয়েই জীবকে সৃষ্টি করেছেন । সেখানে কোন বিরোধ নেই । যত বিরোধ, হিংসা, স্বার্থপরতা, লড়াই সব মানুষের মধ্যে, অপরকে ঠকানো, বঞ্চিত করা, এসব হলো মানুষের স্বাভাবিক প্রবৃত্তি, এইগুলো হলো নিম্নবৃত্তি, আসুরিক বৃত্তি, কোনরূপ উচ্চতর নীতি, উচ্চতর জীবন না চেয়ে অহং ও বাসনা কামনার দ্বারা পরিচালিত হওয়াই আসুরিকভাব । আমরা নিম্নবৃত্তির দাস হয়ে আছি, অহং, বাসনা কামনা আমাদের আষ্টেপিষ্টে বেঁধে রেখেছে, রিপুর তাড়না আমাদের তাড়িয়ে নিয়ে বেরায় । আমরা ভগবান থেকে দূরে সরে এসেছি, ভুলে গেছি ভগবান আমাদের এখানে পাঠিয়েছেন তাঁর ইচ্ছা অনুযায়ী কাজ করার জন্য, তাঁর নির্দেশিত পথ ধরে এগিয়ে যেতে মানুষকে সাহায্য করার জন্যে ।

সেইদিন রাত্রে ঘুমের ঘোরে গৌরব স্বপ্ন দেখল । সকলের ঘুম ভাঙার আগে সে চান করে জামা কাপড় পরে রেডি হয়ে বাড়ির সামনে রোয়াকে বসে আছে, সে যেন কার জন্য অপেক্ষা করছে । একটু পরে সে দেখল টমি তার দিকে এগিয়ে আসছে । সেও নতুন জামা কাপড় পরে বেরিয়েছে । এরপর টমি এগিয়ে চলল, গৌরব চলেছে তার পেছন পেছন । অন্যদিন রাস্তা দিয়ে চলার সময় টমি তার পেছন পেছন চলে, আজ সে চলেছে টমির পেছনে । কোথায় সে চলেছে জানে না, টমি তাকে যেখানে নিয়ে যাবে, সে সেখানেই যাবে । মনটা তার কেমন খুশীতে ভরে আছে, যেদিন সে কুন্তী নদীর ওপরে সাঁকোটা পেড়িয়ে নিজেদের গ্রামে পা রেখেছিল ঠিক সেই রকম ।

নাটক

আরো একটা ডেট। চার মাস পরে আবার আসতে হবে। বার বার কোর্টে আসতে আসতে নীলাঞ্জনা হাঁফিয়ে ওঠে। এই করে তো পাঁচটা বছর কাটল। কবে এই মামলার নিষ্পত্তি হবে কে জানে! নীলাঞ্জনা চায় তার আগের জীবনকে ভুলে থাকতে, আবার নতুন করে জীবন শুরু করতে। কিন্তু অত সহজে সবকিছু ভোলা যায় না, মাথার মধ্যে সেইসব দিনগুলোর স্মৃতি এসে জট পাকাতে থাকে।

বেশ কয়েকবছর আগের কথা। সে তখন কলেজে পড়ত। কলেজ থেকে ফেরার সময় মেট্রোতে সুভাষকাকুর সঙ্গে দেখা। উনি দিলশাদ গার্ডেন পূজাকমিটির সঙ্গে যুক্ত। দুর্গাপূজা নিয়েই কথা হচ্ছিল। সুভাষকাকু বলছিলেন, এবারের পূজোতে আমরা একটা নাটক করছি। নীলাঞ্জনা নাটক দেখতে ভালোবাসে। এর আগে সে দিল্লীতে বেশ কয়েকটা নাটক দেখেছে। নাটকের ব্যাপারে তার উৎসাহ দেখে সুভাষকাকু তাকে জিজ্ঞেস করেছিলেন, তুমি করবে আমাদের সঙ্গে

নাটক ? তাঁর প্রস্তাব শুনে নীলাঞ্জনা সচকিত হয়ে বলেছিল, কোনদিন নাটক করেছি ? হ্যাঁ, দেখতে ভালোবাসি এই পর্যন্ত । সুভাষকাকু তাকে উৎসাহিত করে বলেছিলেন, তাতে কি হয়েছে । সবাই নাটক করতে করতেই শেখে । আমাদের তোমার মতই একটা কারেক্টার দরকার । যার অভিনয় করার কথা ছিল তার কি এক অসুবিধে আছে, আগে করবে বলেছিল, এখন বলছে করতে পারবে না । তুমি যদি রাজী থাকো তো আমাদের ডাইরেক্টর শীর্ষেন্দু ভট্টাচার্যের সঙ্গে কথা বলি । মনের মধ্যে কিছুটা সংকোচ থাকলেও সে তাঁকে তার সম্মতির কথা জানিয়েছিল ।

এর কয়েকদিনের মধ্যেই একদিন সকালে সুভাষকাকুর ফোন, হ্যালো, নীলাঞ্জনা বলছ? ...সেদিনের কথা মনে আছে তো ?...আজ শীর্ষেন্দু এখানে এসেছে, তোমার কথা ওকে বলেছি, ও তোমার সাথে কথা বলতে চায়, এক্ষুনি আমাদের বাড়ী চলে এস ।

সেইদিনই শীর্ষেন্দুকাকুর সঙ্গে নীলাঞ্জনার প্রথম আলাপ । এর আগেও সে তাঁকে বিভিন্ন নাট্যমঞ্চে নাটক করতে দেখেছে । এইরকম একজন ব্যক্তিত্ববান সদাহাস্যময় সুপুরুষের সঙ্গে কথা বলতে সে একটু সংকোচবোধ করলেও প্রথম আলাপেই তার সেই সংকোচ নিমিষের মধ্যে দূর হয়ে গিয়েছিল । সেদিনের তাঁর কথা তার আজও মনে আছে, তিনি বলেছিলেন, নাটকের বিষয়, চরিত্র, পরিবেশ আলাদা মনে হলেও এগুলো একে ওপরের সঙ্গে অঙ্গাঙ্গিকভাবে যুক্ত, সবকিছু মাথায় রেখে অভিনয় করতে হবে । শুধু পার্ট মুখস্থ করাই নয়, আসল হল চরিত্র, চরিত্রের সঙ্গে এক হয়ে যেতে হবে যাতে করে কারোরই মনে যেন না হয় তুমি আর চরিত্র আলাদা সত্তা । এরজন্য চাই ডেডিকেশন, নিরলস প্রচেষ্টা । এসব একদিনে হবার নয়, রোজ অভ্যাস করতে হবে । এটা হল সাধনা । আমি তোমাকে আশীর্বাদ করছি ।

সেদিনের শীর্ষেন্দুকাকুর এই আশীর্বাদ তার জীবনের মোড় ঘুরিয়ে দেয় । তাঁর কথাগুলো তার মধ্যে মন্ত্রের মত কাজ করে । সে তাঁকে গুরু বলে মেনে নিয়েছিল । দিলশাদ গার্ডেন দুর্গাপূজা মণ্ডপে অনুষ্ঠিত নাটকে তার সেই প্রথম অভিনয় । সে এক অবলা নির্যাতিতা নারীর ভূমিকায় অভিনয় করেছিল । শীর্ষেন্দুকাকুর নির্দেশনায় সে নারীর অন্তরের ক্ষোভ, দুঃখ, হতাশা, মর্মবেদনা অভিনয়ের মাধ্যমে ফুটিয়ে তুলতে আপ্রাণ চেষ্টা করেছিল । অভিনয়ের পরে গ্রীন রুমে চেনা অচেনা অনেকেই এসে তাকে অভিনন্দন জানিয়েছিল । এতে সে খুশী হলেও সে সবথেকে বেশী খুশী হয়েছিল যখন শীর্ষেন্দুকাকু তার কাছে এসে হাসিমুখে বলেছিলেন, ভালোই অভিনয় করেছ, পরে আরও ভালো অভিনয় করতে হবে, মনে থাকে যেন এটা একটা সাধনা ।

এরপর নীলাঞ্জনাকে পেছন ফিরে তাকাতে হয়নি । তার অদম্য উৎসাহ ও অধ্যাবসায় তাকে নাট্যজীবনে এগিয়ে যেতে সাহায্য করেছিল । কয়েকটা নাটকে অভিনয়ের পর সে এক গ্রুপ থিয়াটারে জয়েন করে । তাদের সঙ্গে সে শুধু দিল্লীতেই নয় দেশের বিভিন্ন জায়গায় গিয়ে অভিনয় করেছে । বেশ কিছু প্রাইজও পেয়েছে । এর জন্যে তার নিজেদের পড়াশুনার কম ক্ষতি হয়নি ; সে যেমনটা ভেবেছিল পরীক্ষায় তেমনটি নম্বর পায়নি । এতে তার মা বাবা দুজনেই তার ওপরে বেশ ক্ষুব্ধ । মা বাবার মনে কষ্ট হোক সে চায়নি, কিন্তু সে কি করবে, একবার মনে হয়েছিল সবকিছু সে ছেড়ে দেবে, কিন্তু পারেনি, নাটক তখন তার ওপর নেশার মত চেপে বসেছে । এইসময়ে তর সঙ্গে প্রশান্তর আলাপ । প্রশান্ত তার চেয়ে বেশ কয়েক বছরের বড় । নয়ডার কোন এক প্রাইভেট কোম্পানির সে মার্কেটিং ম্যানেজার । প্রশান্তর ছিল অসামান্য অভিনয়ের দক্ষতা । সে একাই একশ । একসঙ্গে চিত্তরঞ্জন পার্কে তারা অভিনয় করেছিল । প্রশান্ত অভিনয়

করেছিল এক সচ্চরিত্র আদর্শবান যুবকের চরিত্রের । জীবনের নানা প্রতিকূলতা তার জীবনে, ধূর্ত মানুষের প্রলোভন, এসবের মধ্যে থেকেও সে তার আদর্শে অবিচল, তার জন্য সংঘাত ভেতরে ও বাইরে । অসামান্য দক্ষতার সাথে সে এই চরিত্র ফুটিয়ে তুলেছিল । নীলাঞ্জন প্রশান্তর মধ্যে এক সুপুরুষ আদর্শবান যুবককে খুঁজে পেয়েছিল । তাদের একে অপরকে ভালো লেগেছিল, তারপরে ভালোবাসা । প্রশান্তর সঙ্গে সে তাদের বাড়িতেও একবার গিয়েছিল । ওরা নিজেরা দেখেশুনে বিয়ে করলেও বিয়েতে ওদের বাবা-মা কারোরই অমত ছিল না । ধুমধাম করে ওদের বিয়ে হয়ে গেল । বিয়ের কয়েকমাস পরেই অফিস থেকে লোন নিয়ে ফ্ল্যাট কিনে প্রশান্ত নীলাঞ্জনাকে নিয়ে নয়ডায় চলে গেল । সেখান থেকে প্রশান্তর অফিস খুব একটা দূরে নয় ।

বিয়ের আগে না বুঝলেও বিয়ের পর নীলাঞ্জন বুঝল স্বামী কি জিনিস । মেয়েমানুষের স্বামীই সব, স্বামী ছাড়া তাদের জীবন সম্পূর্ণ নয় । স্বামীর ভালোবাসার সঙ্গে কিছুরই তুলনা হয় না । কি সুখেই না কাটতো তাদের দিনগুলো । প্রশান্ত অফিস থেকে ফেরার পর তারা একসঙ্গে খেত, কখনো কখনো তার দেরী হলে খাবার ঢাকা দিয়ে নাটকের পাঠ মুখস্থ করত, বা ঘর সাজাতো । এ তাদের নিজেদের সংসার, সব কিছু তাদের নিজেদের, সে ছিল সৌখিনপ্রকৃতির, নিজের পছন্দমত জিনিস কিনে ঘর সাজাতে ভালোবাসত । সে নিজের মত করে তাদের ফ্ল্যাটটাকে সাজিয়ে তুলেছিল । রাত্রের ডিনারের শেষে তারা দুটো চেয়ার নিয়ে তাদের ব্যালকনিতে পাশাপাশি বসত । কোন কোন দিন আকাশে জ্যোৎস্নাশোভিত চাঁদের আলো তাদের মুখে এসে পড়ত, তার কপালে গালে মাথায় লাগত শীতল হাওয়ার স্পর্শ । প্রশান্ত তার গায়ে নিজের শার্টটা জড়িয়ে দিয়ে বলত, আর না, এবার চল ঘরে যাই, ঠাণ্ডা লাগবে । যখন প্রশান্ত তাকে জড়িয়ে ধরত তখন

সে তার বুকে মুখ লুকোত যেখানে সে খুঁজে পেত এক নিরাপদ আশ্রয় । স্বামী স্ত্রীর মধ্যে একটু মান অভিমান হতেই পারে, কিন্তু যখন গাঢ় প্রেমে প্রশান্ত তাকে জড়িয়ে ধরত তখন তার মনের মধ্যে জমে থাকা সব ময়লা ধুয়ে মুছে যেত । কিন্তু তখন কি সে জানত এই প্রেম আসল নয়, চিরস্থায়ী নয়, এই প্রেম ভালোবাসা সবকিছুই তাৎক্ষনিক, ছলনাময়ী, মায়ার অঞ্জন চোখে লাগিয়ে তা মানুষকে বিমোহিত করে ?

এর কয়েকদিন পরে নীলাঞ্জনা প্রশান্তর আসল স্বরূপ বুঝতে পারে । যার ওপরে সে সম্পূর্ণভাবে নির্ভর করেছিল, যাকে সে মন প্রাণ দিয়ে ভালোবেসেছিল সে যে এইভাবে তাকে আঘাত দিয়ে তার সমস্ত বিশ্বাস ধুলিস্যাৎ করে দেবে তা ছিল তার কল্পনার বাইরে । সে তাকে ভুল বুঝেছিল । কেন যে সে বাবা-মাকে ছেড়ে নয়ডায় ফ্ল্যাট কিনে চলে এল তা তার জানতে বাকি রইল না । রোজই সে রাত্রি করে বাড়ি ফেরে । আগে সে বুঝত না, পরে তার মধ্যে সন্দেহ দানা বাঁধতে থাকে । তাকে এর কারণ জিজ্ঞেস করলে, আগে এটা ওটা বললেও, এখন সে বিরক্ত হয় । সে দেখে তার ওপরে প্রশান্তর যেন কোন টানই নেই । এতে তার মন বিষন্নতায় ভরে যায় । সে একদিন বলেই ফেলল, এই যে তুমি রোজ পার্টি করছ, স্ফুর্তি করে বেড়াচ্ছ, তুমি কি ভাবছ আমি কিছুই বুঝি না । এসব কথা প্রশান্তর মধ্যে কোনরকম রেখাপাত করে না, বরং সে বিরক্ত হয় । নীলাঞ্জনা বুঝতে পারে তাদের পারস্পরিক সম্পর্কের মধ্যে চিড় ধরতে শুরু করেছে । একদিন মাঝরাতে প্রশান্ত মদ্যপ অবস্থায় ঘরে ঢুকে জামা জুতো পরেই বিছানায় শুয়ে পড়ল । নীলাঞ্জনা রেগে গিয়ে বলেছিল, এটা কি ধরনের অসভ্যতা, এইখানে ঠাকুর রয়েছে আর তুমি জুতো পরে এখানে ঢুকলে ? প্রশান্ত বেসামাল হয়ে তার দিকে ছুটে আসে, সে চিৎকার করে বলে, তোমার ওই

পাথরে মূর্তি বড় না আমি বড়, মানি না তোমার এই ঠাকুরকে। এসব শুনে নীলাঞ্জনা অঝোর ধারায় কাঁদতে থাকে।

পরেরদিনই প্রশান্তর অফিস যাওয়ার পর সে তাকে না জানিয়ে একা ব্যাগ নিয়ে দিলশাদ গার্ডেনে তার বাপের বাড়িতে চলে আসে। তারপর সে আর ওমুখো হয়নি। মাঝে মাঝে প্রশান্ত এসেছিল তাকে ফিরিয়ে নিয়ে যেতে। তাকে তার বাবা মাও বোঝানোর চেষ্টা করেছিল। কিন্তু কোনো ভাবেই তাকে রাজি করানো যাইনি। সেখানে আসার কয়েকমাস পরেই প্রিয়ার জন্ম। প্রিয়া দেখতে সুন্দর, যে দেখে সেই ভালোবাসে, সে যখন তার দিকে তাকিয়ে হাসে, তার ছোট্ট হাতদুটো দিয়ে তাকে জড়িয়ে ধরে তখন সে তার সব দুঃখকষ্ট ভুলে যায়, সেও তাকে আদর করে, চুমুতে চুমুতে ভরিয়ে দেয়। প্রিয়া তাকে খুব ভালোবাসে, সে কারোর কাছে দুধ খাবে না, তার দাদু, দিদা জোড় করে ঝিনুকে করে দুধ খাওয়ালে সে কাঁদে, কিন্তু সে খাইয়ে দিলে সুরুত করে খেয়ে নেয়। প্রিয়াকে নিয়ে নীলাঞ্জনা স্বপ্ন দেখে, চায় সে অনেক বড় হবে, দেশের একজন হবে, সদগুণের অধিকারী হবে।কিন্তু এটাও সে বোঝে তুমি আমি চাইলেও তা হবার নয়, প্রত্যেকেই নিজের নিয়তি নিয়ে জন্মায়। এই নিয়তিই মানুষকে চালায়, তার গতিপ্রকৃতি নিয়ন্ত্রণ করে। এক অদৃশ্য শক্তির হাতে আমরা পুতুল। এই জীবনটাও একটা নাটক। আমরা বিভিন্ন চরিত্রে অভিনয় করে চলেছি। সেই শক্তিই এই নাটকের রচয়িতা, তিনিই আবার পরিচালক। তবে আমাদের তৈরী নাটক আর এরমধ্যে তফাৎ এইখানে যে এই শক্তি বুঝতে দেয় না আমাদের জীবননাটকের পরের মুহূর্তে কি ঘটবে। প্রিয়ার জন্মের কয়েকমাস পরেই সে কোর্টে ডিভোর্সের জন্য আপীল করে। এখন প্রিয়ার ছয় বছর বয়েস। সে ওখানে গ্রীনওয়ে পাবলিক স্কুলে পড়ছে। তাকে নীলাঞ্জনা সাথে করে স্কুলে নিয়ে যায়, আবার

ছুটির সময় গিয়ে নিয়ে আসে । সে আগে নাটক করতে ভালোবাসত । এইসব নিয়েই থাকত, এখন আর ওইসব ভালো লাগে না । মনে শান্তি না থাকলে কোন কিছুই ভালো লাগে না । সে আস্তে আস্তে এসব থেকে নিজেকে গুটিয়ে নিয়েছে । তারপর প্রিয়া জন্মানোর পর থেকে সে তাকে নিয়েই সবসময় ব্যস্ত । তার আর একটা সখ, ফুলগাছের । তাদের ব্যালকনিটা টবে নানান রকমের ফুলে সুসজ্জিত, সবই সে নিজে লাগিয়েছে ।

তার মনের মধ্যে নানান চিন্তা এসে জট পাকাতে থাকে । সাতপাঁচ ভাবতে ভাবতে সে কোর্টের পাশে একটা রেষ্টুরেন্টে বসে থামস্ আপ দিয়ে গলা ভেজাচ্ছিল ।

--- বসতে পারি ?

ঘাড় ঘুরিয়ে নীলাঞ্জনা দেখল, প্রশান্ত দাঁড়িয়ে । কিছুক্ষণ চুপ করে থেকে নীলাঞ্জনা স্বাভাবিকস্বরেই বলল, বসো ।

তারা দুজনে সামনাসামনি বসে । কারোর মুখে কোন কথা নেই, যেন কেউ কাউকে চেনে না । বেশ কিছুক্ষণ পরে প্রশান্তই প্রথমে কথা বলল, আজ তো প্রিয়ার আসার কথা ছিল, ও আসেনি ।

--- না ।

--- ও, আচ্ছা । কেমন আছ ?

--- দেখতেই তো পাচ্ছ । তা তোমার কি হলো ? এতো রোগা রোগা লাগছে, অসুখবিসুখ করেনিতো ?

--- অসুখ তো একটাই ।

নীলাঞ্জনা কিছু না বলে চুপ করে থাকে । কিছুক্ষণ চুপ করে বসে থাকার পর প্রশান্ত উঠে পড়ে বলল, চলি । যাবার সময় একটা

দীর্ঘশ্বাস ফেলে সে বলল, একটু ভেবে দেখ । নীলাঞ্জনা জানে না সে কি ভাববে, সে এইটুকু জানে তার জীবননাটকের পরিচালক তাকে যা ভাবাবে সে সেটাই ভাববে, এর কোন নড়চড় হবার নয় ।

প্রতিবিম্ব

এখানের গঙ্গাটা অনেক সরু হয়ে গেছে । পাশে অনেকটা খালি জায়গা, এমনিই পড়ে আছে, এটা একটা মাঠের মত । পাশেই জুটমিল । এখানে জুটমিলের মজদুরদের ছোট ছোট ছেলেরা খেলাধুলা করে । এখানেই আবার মানুষ আবর্জনা ফেলে, কখনো কখনো কর্পোরেশনের গাড়ি এসে সেই আবর্জনা তুলে নিয়ে যায় । অতীশ অনেক বছর পরে এখানে এসেছে । আগে যখন সে স্কুল কলেজে পড়ত তখন মাঝে মাঝে সাইকেল নিয়ে এখানে বেড়াতে আসত, গঙ্গার কিনারে এইরকম দিগন্তবিস্তৃত ফাঁকা জায়গায় ঘুরে বেড়াতে তার ভালো লাগত । সে একটা কালভার্টের ওপরে বসে সামনের দিকে চেয়েছিল । কালভার্টের নীচ দিয়ে নর্দমার দুর্গন্ধময় ঘোলা জল গঙ্গায় গিয়ে মিশছে । আর সেই কারণে এখানকার গঙ্গার জল স্বচ্ছ নয়, ঘোলাটে । তার চোখের সামনে ভেসে ওঠে পুরোনো দিনের কত ছবি । এই পরিনত বয়েসে পেছনের দিকে তাকালে মনে হয় তার জীবনটা কখনই সোজা,

সমান্তরাল গতিতে চলেনি । সু আর কু এর মধ্যে লড়াই । ভেতর থেকে কে যেন বলছে, চরৈবতি, আবার কে যেন পথ আটকে দাঁড়িয়ে বলছে, যেতে নাহি দিব ।

মাঠের পাশ দিয়ে গেছে রেলের লাইন । তার ওপর দিয়ে একটা কয়লাবোঝাই মালগাড়ি যাচ্ছে । কয়লার কালো ধোঁয়া চারিদিকে উড়ছে । কয়েকটা ছেলে সামনের মাঠে থান ইট সাজিয়ে ক্রিকেট খেলছে । কেউ কেউ খেলছে ডাঙগুলি, কেউ আবার সুতো দিয়ে লাট্টু পেঁচিয়ে সামনের দিকে ছুঁড়ে দিয়ে হাতের তালুতে ঘোরাচ্ছে । সেও যখন ছোট ছিল তখন এইসব খেলত । বিবর্ণ ছেলেরা এই মজদুরদের ঘরেই থাকে । এদের মধ্যে কয়েকজন উচ্চশিক্ষায় শিক্ষিত হয়ে অন্য কোনো ভালো পেশায় নিযুক্ত হলেও বেশীরভাগই করবে কুলি, মজুরের কাজ ।

অতীশ ছোটবেলায় কামারের ছেলেকে দেখেছে তার বাবার সঙ্গে কাজ করতে, কামারের ছেলে কামার, গোয়ালার ছেলে গোয়ালা, কুমোরের ছেলে কুমোর, জেলের ছেলে জেলে, চাষির ছেলে চাষি এই ছিল আগের রীতি । এইভাবে চলে আসছিল, এতে তাদের মোটা ভাত কাপড়ের অভাব ছিল না । পরে ধীরে ধীরে এই বংশভিত্তিক পেশা চলে গেল । সকলেই পড়াশুনা শিখে মানুষ হতে চায়, ওইসব ছোটলোকেদের কাজ, ওতে কোন ফিউচার আছে ? কিন্তু পাশ করে কি হলো ? শিক্ষিত বেকারের সংখ্যা বেড়ে চলল । তার বাবা ছিল কলম পেশা কেরানী । তখন কেরানীর চাকরির জন্য টাইপ রাইটিং, স্টেনোগ্রাফির ট্রেনিং দরকার । সেও অন্যের দেখাদেখি তাদের বাড়ির অনতিদুরে এক টাইপ স্কুলে ভর্তি হলো, ভাত খাওয়ার পর দুপুর রোদ্দুরে হেঁটে হেঁটে গঞ্জের বাজারে একটা শপে যেত ইলেকট্রিক মোটর ওয়াইন্ডিংএর কাজ শিখতে । স্কুল কলেজের পড়া শেষ করে এইসব শিক্ষিত যুবকেরা পারিবারিক পেশা ছেড়ে দিয়ে শিক্ষিত বেকারদের দলে নাম লেখাল । এমপ্লয়মেন্ট এক্সচেঞ্জের সামনে ভীড় করে লাইনে

দাঁড়াল, সেও তাদের সঙ্গে দাঁড়িয়েছে । যাদের সঙ্গে তুমি এমপ্লয়মেন্ট এক্সচেঞ্জের সামনে লাইনে দাঁড়িয়ে আছ, সকাল থেকে হাপিত্যেস করে চাকরির ফর্মের জন্যে অপেক্ষা করে আছ, তারা আর কেউ নয় তোমার কম্পিটিটর । এটা কম্পিটিশনের যুগ, কারোর প্রতি কারোর সহানুভূতি নেই । একটা দুটো পোস্ট, আর হাজার হাজার শিক্ষিত ছেলের লাইন । তুমি ভালো পরীক্ষা দিয়েও চান্স পাবে না । যারা চাকরি দেবে তারা ঘুষ খাওয়ার জন্য বসে আছে । নইলে একটা প্রাইমারী টিচারের জন্য পাঁচ লাখ টাকা ঘুষ দিতে হয় ? একটা কন্সটেবলের দাম ছয় লাখ টাকা ? ওসব নীতিফিতির কোন স্থান নেই, যা শিখেছ সব ভুলে যাও । এইসব অতীশ নিজের চোখে দেখেছে । দেখে তার মনে হয়েছে সমাজে একসঙ্গে বাস করলেও সবাই একা, কেউ কারোর নয়, যা কিছু সম্পর্ক বাইরের, প্রয়োজনের সম্পর্ক । প্রয়োজনের সময় সবাই তোমার সঙ্গে আছে, প্রয়োজন ফুরোলেই সবাই তোমার দিকে ফিরেও তাকাবে না । অতীশ দেখেছে যেমন শিক্ষিত বেকারের সংখ্যা বেড়েছে তেমনি বেড়েছে চুরিচামারি, ছিনতাই, অপরকে ঠকানোর প্রবৃত্তি ।   লোকে কি করবে ! পেট চালানোর জন্য তো টাকার দরকার । সোজা পথে না পাওয়া গেলে তো লোকে চুরি করবেই । এইসব করতে করতে লোকে বেপরোয়া হয়ে যায়, চাকু চালিয়ে দেয় । এদের মধ্যে শিক্ষিত লোকের সংখ্যা বেশী । কে কাকে দোষ দেবে, সমাজব্যবস্থাটাই তো এইরকম । অনেকটা গঙ্গার ঘোলাটে জলের মতন । গঙ্গার জল শুদ্ধ, পবিত্র । কিন্তু বাইরে থেকে দূষিত জল এসে এই জলকে করে তোলে অপরিচ্ছন্ন । একইভাবে মানুষ যখন জন্মায় তখন সে এক অপাপবিদ্ধ, শুদ্ধ পবিত্র সত্তা । কিন্তু সমাজব্যবস্থার বিপাকে পড়ে তার মধ্যে যত সব অপবিত্রতা এসে জমা হয় যা তার জীবনকে কলুষিত করে তোলে ।

কয়েকটা ছেলে কেটে যাওয়া ঘুড়ির পেছনে দৌড়চ্ছে । একজনের হাতে একটা আঁকশি । ঘুড়িটা হাওয়ায় ভাসতে ভাসতে তারই দিকে আসছে । সে যেখানে বসে আছে তার কিছুটা দূরে ঘুড়িটা নীচের দিকে নামতেই আঁকশি দিয়ে ছেলেটা ঘুড়ির সুতোটা পেঁচিয়ে নিয়েছে । যখন ছোট ছিল তখন অতীশেরও ছিল ঘুড়ির নেশা । লক্ষ্মীভান্ডারে জমা পয়সা দিয়ে সে কিনে আনত ঘুড়ি, সুতো, লাটাই, বন্ধুদের সঙ্গে বাগানে গাছে সুতো জড়িয়ে মাঞ্জা দিত, এইরকম আঁকশি হাতে নিয়ে কেটে যাওয়া ঘুড়ির পেছনে দৌড়ত । এখন মনে হয় ওসব ছোটলোকেদের কাজ । সেও তো একদিন ছোটলোক ছিল, ছোটলোকেদের মত ছোটখাটো ব্যাপার নিয়ে বন্ধুদের সঙ্গে লড়াই ঝগড়া করত । এখন নয় সে পড়াশুনা শিখে ভালো মাইনের চাকরি করে, কলকাতায় তার নিজের সোসাইটি ফ্ল্যাটে বাস করে ভদ্রলোক হয়েছে ।

একটু আগে সূর্য অস্ত গেছে । সে মনে মনে ভাবে এখানে একা একা এইভাবে বসে থাকাটা নিরাপদ নয় । এইসব জায়গায় রাতের অন্ধকারে সব ক্রিমিন্যালরা ঘুরে বেড়ায় । ফেরা যাক । ঘিঞ্জি সরু রাস্তা, সেখান দিয়ে সাইকেল, রিক্সা চলেছে কোনরকমে, বড় গাড়ির ঢোকার উপায় নেই, তারমধ্যেই এসেছে জলের ট্যাঙ্কার, লম্বা লাইন, বাড়ির বউ, ছেলে, মেয়েরা বালতি নিয়ে সেই লাইনে দাঁড়িয়ে । তাই নিয়ে ঝগড়া, বিবাদ, চেঁচামিচি । রাস্তার দুইপাশে সারি সারি দোকান, জুতোর দোকান, জামাকাপড়ের দোকান, স্টেশনারী, মুদিখানা, বাসনপত্রের দোকান, চায়ের দোকান, ওষুধের দোকান, টেলারিং, সেলুন । এরমধ্যেই একটা ছোট শিবমন্দির, সেখানে পূজো দেওয়ার জন্যে লোকের ভীড়, তার সামনে ফুটপাতের ওপরে একজন মহিলা ফুল, ধূপকাঠি এইসব বিক্রী করছে । সামনের ফুটপাতে কোন জায়গা খালি নেই, সেখানে বসে বসে কেউ ঘড়ি সারাচ্ছে, কেউ সারাচ্ছে জুতো, কেউ বা সাইকেল

। রাস্তার পেছনে ছোট ছোট ঘুপসি ঘরে এরা থাকে । এরা টাকা রোজগারের জন্যে উদয়-অস্ত পরিশ্রম করে । এদের বউএরাও পরিশ্রম করে, এরা সবাই খুব কর্মঠ । জলের ট্যাঙ্কারটার পাশ দিয়ে কিছুদুর এগোতেই দেখে রাস্তা জ্যাম, আর এগোনো যাবে না, বর বিয়ে করতে যাচ্ছে, সঙ্গে বরযাত্রী, ব্যান্ডপার্টি । সারা রাস্তা জুড়ে তারা আমোদ করতে করতে চলেছে, এখনকার প্রজন্মের কয়েকটি ছেলে, মেয়ে ব্যান্ডের তালে তালে নাচছে ।

রাস্তা খালি হয়ে গেলে সে পাশ কাটিয়ে কিছুদুর যাওয়ার পরে একটা অন্য রাস্তায় ঢুকে পড়ে । এটা বেশ ফাঁকা, ফাঁকা, লোকজন বেশী নেই । কিন্তু তার মধ্যেই রাস্তার ধারে কয়েকটা কাক জড়ো হয়ে জটলা করছে । সে এর আগেও কাকেদের মিলিত হয়ে মিটিং করতে দেখেছে । কিন্তু আজ ওরা ডাকছে না । কাছে গিয়ে দেখে একটা কাক মরে পড়ে আছে, মরা কাকটাকে ঘিরে ওদের শোকসভা । রাতের অন্ধকারে যাতে শেয়াল কুকুরে টেনে না নিয়ে যায় সেইজন্যে বোধহয় ওরা মরা কাকটাকে আগলে পড়ে আছে । সত্যিই তো ওরাও তো আমাদের মত জীব, দয়া, মায়া, মমতা ওদের মধ্যেও আছে ।

অতীশ সেই রাস্তা ধরে আরো এগিয়ে চলে । এখান থেকে রেলস্টেশনের দুরত্ব অনেকটা, চার পাঁচ কিলোমিটারের মত । সে একটা রিক্সা ভাড়া করতে পারত । কিন্তু তার ফেরার কোন তাড়া নেই । এখান দিয়ে লোকজন খুব একটা যাওয়া আসা করে না । আগেও সে এই রাস্তা দিয়ে গেছে, তখন যেমন ছিল এখনো তেমনি । রাস্তার দুইধারে বনজঙ্গল, ঝোপঝাড়, নোংরা আবর্জনা । তার সেইদিকে কোন ভ্রুক্ষেপ নেই । একটু আগে এখান দিয়ে যেতে তার ভয় ভয় করছিল, এখন সেই ভয়টা আর নেই । জায়গাটা হয়ত ভাল নয়, আর সেই কারণে লোকজনের যাতায়াত খুব কম । একটু রাত হয়ে গেছে ।

অন্ধকার রাস্তায় দূরে ল্যাম্পপোস্টের ওপরের দিকে একটা বাল্ব টিমটিম করে জ্বলছে । শতছিন্ন পোষাক পরা লম্বা ছিপছিপে চেহারার একটা লোক সেই ল্যাম্পপোস্ট ধরে দাঁড়িয়ে আছে, মুখ বিড়বিড় করে সে যেন কি বলছে । কাছে যেতেই লোকটা তার দিকে চেয়ে চিৎকার করে বলে উঠল, তফাৎ যাও, তফাৎ যাও, সব ঝুট হ্যায় । পাগল হবে বোধহয় লোকটা ।

দিনলিপি

অচিন্ত্য সমাজে একজন প্রতিষ্ঠিত ব্যক্তি । টাকাপয়সা, বাড়ি, গাড়ি কোনো কিছুরই তার অভাব নেই । বেশ কয়েকবছর পূর্বে তার স্ত্রীবিয়োগ হয়েছে । একমাত্র মেয়ে, বিদেশে থাকে । অদূর ভবিষ্যতে তার দেশে ফিরে আসার কোন সম্ভাবনা নেই । তাই অচিন্ত্য নিছক একা জীবনযাপন করছে । রাত্রে শোবার আগে মেয়ের সঙ্গে ওয়াটসআপে ভিডিওতে কথা হয় । মেয়েকে এটা ওটা উপদেশ দিয়ে ঘুমুতে যায় । এটা তার রোজের অভ্যাস । ছোটবেলা তার কেটেছে চরম দারিদ্রের মধ্যে, তাই গরীব মানুষের দুঃখ কষ্ট সে বোঝে, আর বোঝে বলেই তাদের এটা ওটা দিয়ে সাহায্য করে, লোকের অভাব অভিযোগ শুনে এগিয়ে আসে । এসব করতে তার ভালো লাগে, এক তৃপ্তি এনে দেয় । বাজারে গিয়ে সব্জিওয়ালা, ফলওয়ালার সাথে দরদাম করে না । কি হবে দুটো পয়সার জন্যে, আহা রে ওরা গরীব মানুষ,

খেটে খাচ্ছে, ওটাই তো ওদের রুজিরোজগার । কাজের লোক আছে, একজন রান্না করে দেয়, আর একজন করে বাসনমাজা, ধোয়া মোছার কাজ । ওদের আসতে আসতে বেলা হয়, বেশ কয়েকটা বাড়িতে তারা কাজ করে, সকলের কাজ শেষ হবার পরে তারা অচিন্ত্যর বাড়িতে কাজে আসে । একজনের সংসারে কতটুকুই বা কাজ । রোজ রোজ ভাত ডাল করার দরকার হয় না, একটা তরকারি হলেই দুইবেলা চলে যায় । ঘরে লোক আসবে, ঘরদোর একটু পরিষ্কার হওয়া দরকার । কাজের মেয়ে কনিকাকে বলে দিয়েছে একটু তাড়াতাড়ি এসে সিলিংএর কাছে জমে থাকা ঝুলগুলো পরিষ্কার করতে । বেশ কয়েকদিনের পুরোনো খবরের কাগজ জমে আছে । সে ব্যালকনিতে গিয়ে দেখল রাস্তা দিয়ে এক কাওয়ারিওলা হাঁকতে হাঁকতে যাচ্ছে । সে তাকে বলল, ওপরে আসতে । লোকটা কলিংবেল টিপে বাইরে দাঁড়াল, অচিন্ত্য ও কনিকা দুজনে মিলে ভেতর থেকে কাগজগুলো দরজার বাইরে নিয়ে এসে রাখল । লোকটা তার থলের ভেতর থেকে দাঁড়ি পাল্লা বার করতে গেলে সে বলল, ওসবের দরকার নেই, এমনিই বল । লোকটা কয়েকটা ভাগে ভাগ করে হাতে করে কাগজগুলো তুলে বলল, বারো কেজি হবে ।

--- কত দেবে ?

--- একশ কুড়ি টাকা ।

অচিন্ত্য তাতেই রাজি । লোকটা চলে গেলে কনিকা অচিন্ত্যর দিকে তাকিয়ে একটু আশ্চর্য হয়ে বলল, মেসো লোকটা যা বলল, আপনি তাতেই রাজি হয়ে গেলেন, ওদের সঙ্গে একটু দরদাম করতে হয় । অর্ধেক দামে কাগজগুলো নিয়ে চলে গেল, ঠকলেন তো !

অচিন্ত্য স্মিতহাস্যে বলল, তাতে ক্ষতি কি । ওরা তো এই করেই খাচ্ছে ।

বেশ গরম পড়েছে । আগের দিন রান্নার লোক সুজাতা কাজে আসেনি । সে ঘরে ঢুকতেই তাকে অচিন্ত্য জিজ্ঞেস করল, কি হলো, কাল এলে না যে ?

মুখটা কাঁচুমাচু করে সুজাতা বলল, কি করব দাদা, কাল পরশু সারারাত্রি জেগে, একটুকুও ঘুম হয়নি ।

অচিন্ত্য তাকে জিজ্ঞেস করল, কেন, কি হয়েছে ? অসুখবিসুখ করেনি তো ?

সুজাতা বিমর্ষ হয়ে বলল, পাখাটা বেশ কয়েকদিন ধরেই শব্দ করছে । পরশু মাঝরাত্রে ঘুরতে ঘুরতে থেমে গেল । এই প্রচণ্ড গরমে পাখা ছাড়া কারোর ঘুম হয় ?

--- তা সারিয়েছ ?

--- কি করে সারাবো বলুন, পিন্টুর বাবার চাকরিবাকরি নেই, ঘরে বসে আছে, সারাতে গেলেই খরচা, এই মাসের শেষে কি করি বলুন । বলতে বলতে তার চোখ জলে সিক্ত হয়ে ওঠে ।

অচিন্ত্য কিছু না বলে তাঁর পার্স থেকে একটা পাঁচশ টাকার নোট বার করে সুজাতাকে দিয়ে বলল, এটা রাখো, আজই বাড়ি গিয়ে পাখাটা সারাবে ।

সুজাতা অনেকদিন ধরে অচিন্ত্যদের বাড়ি কাজ করছে, খুব বিশ্বস্ত । সেই তার স্ত্রী রাখী যখন ছিল তখন থেকেই । রাখীই তাকে কাজে নিযুক্ত করেছিল । সে রাখীকে খুব সেবাযত্ন করত । সুজাতা জানে কি রান্না করতে হবে, সেই নিজের পছন্দমত শাক-সব্জি কিনে নিয়ে আসে । সে আগে অচিন্ত্যকে জিজ্ঞেস করত, কি রান্না করতে হবে । সে বলত, এসব তোমার ব্যাপার, তুমি তোমার মত রান্না করবে, আমার

একটু খাওয়া পেলেই হলো । সে তার হাতে হাজার টাকা গুঁজে দিয়ে বলেছিল, তোমরা তো বাজারের দিকে থাক, তুমিই আসার সময় ওখান থেকে সজ্জি কিনে আনবে । তারপর থেকে সে নিজেই সজ্জি কিনে আনে, অচিন্ত্যকে কিছু জিজ্ঞেস না করেই নিজের মত রান্না করে । যখন সে থাকে না, সে পাশের ফ্ল্যাটের বাসিন্দা সুরজিৎ সরকারের কাছ থেকে চাবি নিয়ে দরজা খুলে রান্না করে ঢাকা দিয়ে চলে যায় ।

সুজাতা ফ্রিজটা খুলে দেখল, হাঁড়ি করে আগের দিনের অনেকটা ভাত রাখা আছে । আজ আর ভাত করার দরকার হবে না, সে সজ্জি বার করে রান্নাঘরের মেঝেতে বসে বঁটিতে কুটতে লেগে গেল । কিছুক্ষণ পরে কলিংবেল বাজতেই দরজা খুলে অচিন্ত্য দেখল, পাশের ফ্ল্যাটের সুরজিৎ সরকার দাঁড়িয়ে । সে তাকে দেখে উচ্ছসিত হয়ে বলল, আসুন, আসুন, কি ব্যাপার আপনার তো দেখাই পাওয়া যায় না । সুরজিৎ ঘরে ঢুকে সোফায় বসতেই, সে তাঁকে জিজ্ঞেস করল, কি খাবেন, চা না কফি ?

-- কফি ।

-- তা একটু চিনি চলবে তো ?

সুরজিৎ ঘাড় নেড়ে সম্মতি জানাতেই সে গলার স্বর উচু করে রান্নাঘরে কর্মরত সুজাতাকে উদ্দেশ্য করে বলল, দুকাপ কফি বানাও, একটু কম করে চিনি দিও, তুমি যদি খাও তো তোমারটাও বানিও ।

কফি খেতে খেতে তারা গল্প করছিল । সুরজিৎ অচিন্ত্যর চেয়ে কয়েকবছরে ছোট হলেও সে অচিন্ত্যর মতই রিটায়ার্ড । তবে বসে নেই, এখনও অফিসের কাজে এদিক ওদিকে ভিজিটে যায়, সে বিভিন্ন কাজে পারদর্শী, নিজেই ঘরে কাঠের কাজ করছে, ঘরদোর রঙ করছে । এইধরনের লোক যারা কর্মক্ষম, কাজ করতে চান, তাদের কাজের কোন অভাব হয় না । আরও একটা ব্যাপার হলো, তার বিভিন্ন

জায়গায় জঙ্গলে ঘুরে ঘুরে পাখীর ছবি তোলার সখ । কয়েকজন বন্ধু মিলে প্রায়ই ভোরের আলো ফোটার আগেই ক্যামেরা নিয়ে বেরিয়ে পড়ে পাখীর ছবি তুলতে । শুধু দিল্লীর মধ্যেই নয় কখনো কখনো চলে যায় ভরতপুরে, রানথামবোর ন্যাশানাল পার্কে কিংবা আলোয়ারে সরিসকা টাইগার রিজার্ভে ।

সুরজিৎ ও সুজাতা চলে যাওয়ার পর অচিন্ত্য ঘরে বসে সকালের কাগজটাতে চোখ বোলাচ্ছিল । সে ভাবছিল কনিকা, সুজাতা এদের কথা । এরা খুবই গরীব, স্বামীদের বিশেষ কোন রোজগার নেই, ছেলেরা ছোট, ভাড়া বাড়িতে থাকে, সংসারটা তাদের একাই সামলাতে হয়, কতই আর রোজগার, এখনকার দিনে কিছুই নয় । ওরা থাকেও সেইরকম ঘরে, আলো-বাতাসহীন ক্ষুদ্র প্রকোষ্ঠে যা মোটেই স্বাস্থ্যকর নয় । আর সেই কারণে শুধু টাকা রোজগারের জন্যে এরা লোকের বাড়ি ঘুরে ঘুরে শীত-গ্রীষ্ম-বর্ষা উপেক্ষা করে উদয়-অস্ত খেটে মরে । তবে ওদের এসব গা সহা হয়ে গেছে, প্রচণ্ড শীতে যখন আমরা দু'তিনটে সোয়েটার পরেও কাঁপছি, ওরা একটা ফিনফিনে চাদর গায়ে দিয়ে লোকের বাড়ি ঘুরছে, হাড়হিমকরা ঠাণ্ডা জলে বাসন মাজছে । সে দেখেছে তাদের ওপরে কোনো কোনো লোকের মায়া দয়ার লেশমাত্র নেই, রান্না মানে এক একজনের জন্যে এক একরকম রান্না, তারপর কোটা বাছা, মাছ, মাংস এসব তো আছেই, এক একজনের বাড়ি রান্না করতে আড়াই তিন ঘন্টা লেগে যায় । তাতেও এদের মন পাওয়া যায় না, সময়মত মাইনেটাও দেয় না । সেদিন সুজাতা প্যাকেট ভর্তি বিন্‌স এনে বলল, দাদা, রুবিদিরা আনতে বলেছিল, এখন বলছে এগুলো ভালো নয়, তুই নিয়ে যা । অচিন্ত্য তাকে জিজ্ঞেস করল, কত দাম ? সে বলল, ত্রিশ টাকা । সে তাকে টাকাটা দিয়ে বলল, তুমি এখানে রেখে দাও, আমাকে রান্না করে দিও । একদিন এসে বলল,

এরা এক ডজন ডিম আনতে বলেছিল, আনার দুদিন পরে বলছে দুটো ডিম ফাটা, আমাকে ওই ডিম দুটো দিয়ে বলছে, তুই যেখান থেকে এনেছিস, সেখানে গিয়ে বদলে নিয়ে আয়। কি বলব বলুন, ওরা ঝি চাকরকে মানুষ বলে গন্য করে না।

এসব শুনে অচিন্ত্যর খুব খারাপ লাগে, এইসব লোকেরা নিজেদের স্বার্থ ছাড়া আর কিছু বোঝে না, অন্যের প্রতি দয়ামায়া বলে কোন পদার্থ নেই। সে বলল, এখান থেকে দুটো ডিম নিয়ে ওদের দিয়ে এস। সে বিরক্ত হয়ে সুজাতাকে বলল, কেন যাও এইসব লোকেদের বাড়ি কাজ করতে! সুজাতা একটা দীর্ঘশ্বাস ফেলে বলেছিল, কি করব বলুন, সাধ করে কি কাজ করছি। সেদিন সুজাতার ওই দীর্ঘশ্বাসের মধ্যে ওর মর্মবেদনা ফুটে উঠেছিল। শুধু সে একাই নয় এইরকম কত সুজাতা রয়েছে আমাদের এই সমাজে, যারা অবহেলিত, নিপীড়িত, শোষিত, যাদের জীবন কত কষ্টের, সবরকমের অন্যায়, অত্যাচার, অপমান সহ্য করে তারা অক্লান্ত পরিশ্রম করে কালাতিপাত করছে।

অচিন্ত্য রোজ সকালে রোদ্দুর ওঠার আগেই পার্কে বেড়াতে বেরোয়। এইসময়টা বেশ মনোরম, পার্কের গাছগুলো সতেজ, সবুজ, বিচিত্রবর্ণের ফুলে ফুলে বিকশিত। শীতল বাতাস বয়ে নিয়ে আসে সেইসব ফুলের মিষ্টি মধুর গন্ধ, কখনো কখনো পাখীর ডাক শুনতে পাওয়া যায়, গাছের পাতার আড়ালে লুকিয়ে থাকা সেই পাখীগুলোকে দেখতে পাওয়া যায় না। শুধু সেই নয়, তার আরো সঙ্গী, সাথী আছে, কখনো কখনো পার্কের বেঞ্চে বসে তারা গল্প করে। সুজাতা নিখিলবাবুর বাড়িতেও কাজ করে। ওনাকে অচিন্ত্য জিজ্ঞেস করল, আপনাদের বাড়িতে সুজাতা কাজে আসে? আমাদের এখানে তো সপ্তাহখানেক হলো কাজে আসছে না।

--আরে, ওর তো খুব শরীর খারাপ, পেট ব্যথা, বমি, পায়খানা হচ্ছে। আপনাকে কেউ জানায়নি ?

-- জানব কি করে ? কেউ বললে তবে তো ! আপনি কি করে জানলেন ?

-- ওরই ছেলে এসে খবরটা দিয়েছিল।

-- ডাক্তার দেখিয়েছে ? কবে আসবে কিছু বলেছে ?

নিখিলবাবু কোন সদুত্তর দিতে পারলেন না। সেইদিনই বাড়ীতে ফিরে অচিন্ত্য সুজাতার ছেলেকে ডেকে পাঠাল। ছেলেটা এসে দাঁড়াতেই সে জিজ্ঞেস করল, কি নাম তোমার ?

-- আজ্ঞে, পিনাকী নন্দী।

-- কোন ক্লাসে পড় ?

-- এবার কলেজে ভর্তির চেষ্টা করছি।

-- ফর্ম ভরেছ ? কোন কলেজে পড়বে ঠিক করলে ?

-- আজ্ঞে, হিন্দু কলেজ হলে ভালো হয়।

অচিন্ত্য আশ্চর্য হয়ে পিনাকীর দিকে তাকিয়ে বলল, সে তো অনেক নম্বরের ব্যাপার। নাইন্টিফাইবের ওপরে নম্বর না হলে ওখানে ভর্তি হবে কি করে ?

পিনাকী জানালো, সে উচ্চমাধ্যমিকে নাইনটিএইট স্কোর করেছে। এখানে গ্রীনফিন্ড স্কুল থেকে পাশ করেছে। অচিন্ত্য পিনাকীর কথা শুনে স্তম্ভিত হয়ে যান, খুশীও হন। ছেলেটা যে এত ব্রিলিয়ান্ট সে তো জানত না, সুজাতা তো এ ব্যাপারে তাকে কোনদিন কিছু বলেনি। তিনি দু'হাজার টাকা পিনাকীর হাতে দিয়ে বলল, তুমি মায়ের ভালো জায়গায় চিকিৎসা করাও। আমি তোমাকে প্রাণভরে আশীর্বাদ করছি, তোমার মনোবাঞ্ছা পূর্ণ হোক।

কয়েকদিন পরে সুস্থ হয়ে সুজাতা কাজে এলে অচিন্ত্য তাকে জিজ্ঞেস করল, কি ব্যাপার, তোমার ছেলে যে এত ব্রিলিয়ান্ট সে কথা তো আগে জানাওনি।

সুজাতা বলল, আর বলবেন না, ছেলে নিজের ব্যাপারে কাউকে কিছু বলবে না। আমি বলি, তোর জন্যে একজন টিউটর রাখি, তাও রাখবে না, বলে তোমার এত কষ্টের টাকা, আমি নিজেই পড়তে পারব।

অচিন্ত্য আশ্চর্য হয়ে বলল, তার মানে টিউটর ছাড়াই সে এত নম্বর পেয়েছে?

-- দাদা, আমার ছেলে কারোর সঙ্গে বেশী কথা বলে না, মেলামেশাও করে না, জিজ্ঞেস করলে, ওই হ্যাঁ না এই পর্যন্ত, খাওয়ারও কোন বাছবিচার নেই। আমার ছেলে বলে বলছি না, ওকে নিয়ে আমার কোন জ্বালা নেই, যা দিই তাই খায়। বাড়িতে যতক্ষণ থাকে ততক্ষণ বই নিয়েই বসে থাকে।

-- তা, এখন কেমন আছো? ডাক্তার দেখিয়েছিলে?

-- হ্যাঁ, ওই ছেলেই তো সব করল। ওর বাবার কিছু করার ক্ষমতা আছে? আপনি যে টাকাটা দিয়েছিলেন তাই দিয়েই তো সব হলো, ডাক্তার দেখানো, ব্লাড টেস্ট করা, ওষুধ কেনা। এছাড়া গ্লুকোজ, কমপ্ল্যান কেনা ওই তো সব করল। ঠিক সময়ে টাকাটা দিয়েছিলেন, তাই আজকে উঠে দাঁড়িয়েছি।

কালচার

মনীষা বাবা মায়ের একমাত্র সন্তান । তার বাবা দীর্ঘদিন হল গত হয়েছেন, তখন সে খুবই ছোট । তার মা-ই তাকে কোলেপিঠে করে মানুষ করেছে । তাদের ছিল জমিদার বংশ । আগে ইংরাজদের সঙ্গে ছিল ওঠাবসা । আর সেই কারণে এখনো তাদের মধ্যে রয়ে গেছে ইংরেজি কালচার, বেশভূষা, চালচালন, কথাবার্তা এসবের মধ্যে তা ফুটে ওঠে । আগে একরকম ছিল, এখন তাদের অবস্থা মোটেই ভালো নয় । তবুও ঠাটবাট কোন অংশেই কম নয় । একমাত্র মেয়ে হলে যা হয়, মায়ের আদরের মধ্যে মানুষ, যখন যা চেয়েছে তার মা যুগিয়ে গেছে । তার দুই মামা ডাক্তার, তাঁরাই ওদের দেখাশুনা করেন । তাঁদের অবস্থা ভাল, মনীষা ছোটবেলা থেকেই মামাদের আদর পেয়ে এসেছে, মামাদের কাছে সে যা চেয়েছে তাই পেয়েছে । ফলে অভাব থাকলেও অভাবটা কি তা তাঁরা তাকে কোনদিনই বুঝতে দেয়নি ।

তার মা তাকে প্রথমের দিকে লরেটো কনভেন্টে, পরে সেখান থেকে লেডি ব্র্যেবোর্ণ কলেজে ভর্তি করে দেয় । মনীষা দেখতেও সুন্দরী ।

এরপর যখন বিয়ের বয়স হল তখন অনেক দেখেশুনে তাঁরা বেলুড়ে অঘোর মুখাজ্জীর ছেলে সুমিতের সঙ্গেই বিয়ে দেওয়ার মনস্থ করলেন । ওনাদের অবস্থা ভালো, অঘোর মুখাজ্জী ছিলেন স্কুল শিক্ষক, ছেলেদের উচ্চশিক্ষায় শিক্ষিত করে তুলেছেন, দুইছেলে সুমিত আর অমিত । সুমিত স্টেট ব্যাঙ্কে পিও, অমিত বরাহনগরে আই এস আই এ স্ট্যাটিসটিক্স নিয়ে রিসার্চ করছে । সুমিতের সঙ্গে দেখেশুনে বিয়ে হলেও মনীষা যখন প্রথমে বেলুড়ে সুমিতদের বাড়িতে এসে ওঠে তখন কিন্তু তাদের বাড়ির পরিবেশ মোটেই ভালো লাগেনি । সুমিতের বাবা রিটায়ার করে এখন সারাদিন বাড়িতে বসে আছেন । লোকটা কি রকম, লুঙ্গি পরে বসে থাকে, তা-ই পরেই দোকান, বাজার করছে, খুব কিপ্টে, একটা পয়সা, এদিক হবার উপায় নেই । তার শ্বশুরমশাই-ই সব, উনি যা বলবেন, যা ঠিক করবেন, সেটাই সবাই মেনে নেয় ।

মনীষা একদিন রাত্রে শুতে যাবার সময় সুমিতকে জিজ্ঞেস করল, আর কতদিন আমরা এখানে থাকব ?

মনীষার এইধরনের কথায় বিস্ময় প্রকাশ করে সুমিত তাকে জিজ্ঞেস করল, তোমার মনে এইধরনের উদ্ভট চিন্তা এল কেন ? এখানে কি তোমার কোন অসুবিধে হচ্ছে ?

মনীষা স্পষ্ট ভাষায় সুমিতকে জানিয়ে দিল, আমি এই জয়েন্ট ফ্যামিলিতে থাকতে পারব না, তাছাড়া মাকে ছেড়ে এইভাবে আমার থাকা সম্ভব নয় । তুমি তো চাইলেই লোন পেতে পারো । লোন নিয়ে চল আমরা সল্টলেকে একটা ফ্ল্যাট বুক করি । আমার ছোটমামার

বাড়ির কাছে এইরকম অনেক ফ্ল্যাট হচ্ছে । ভালোই হবে আমরা কাছাকাছি থাকতে পারব ।

মনীষার এইধরনের প্রস্তাব সুমিতের ভালো লাগেনি । ওখানে ফ্ল্যাট কেনা মানেই হল, মা-বাবাকে ছেড়ে চলে যাওয়া -- তা কি করে সম্ভব ? সে চুপ করে থাকে । কিন্তু মনীষার জিদ বেড়েই চলে, রোজই এক কথা, কি ভাবলে ? এরপর সে তার শ্বশুর, শাশুড়ির নামে নানান ধরনের কথা বলতে থাকে, আজ বেনুমাসী এসেছিল অভীকের বিয়ের নেমন্তন্ন করতে, চা দেবার সময় দেখি কাপ আর ডিশ্‌ আলাদা, তোমার মায়ের কোন কালচার আছে ? সুমিতের অফিসের কাজের কম টেনশন নয়, তার ওপর রোজ বাড়ি ফিরে মনীষার এইধরনের কথা কার ভালো লাগে ? রোজই এই নিয়ে অশান্তি । প্রেগন্যান্ট হওয়ার পর মনীষা সল্টলেকে তার মায়ের ভাড়া বাড়িতে গিয়ে উঠল । ওখানে যাবার পর সে সুমিতকে স্পষ্টভাবে জানিয়ে দিল, ফ্ল্যাট কেনা, না কেনা তোমার ইচ্ছা, তবে আমি আর এমুখো হচ্ছি না ।

সুমিত ভেবে পায় না সে কি করবে । অনেক চিন্তাভাবনা করে সে অফিসে ফ্ল্যাটের জন্যে লোনের আবেদন করল, আর লোন সাংশন হওয়ার দু'তিন মাসের মধ্যেই বাবা মাকে ছেড়ে সল্টলেকে নিজেদের ফ্ল্যাটে চলে এল । গৃহপ্রবেশের দিন সুমিতের মা এলেও তার বাবা আসেনি, তার ভাই অমিত মাকে সকালে নিয়ে এসে চলে গিয়েছিল, আবার বিকেলের দিকে এসে নিয়ে যায় । এরপরে তারা কোনদিন তাদের ফ্ল্যাটে আসেনি । এইভাবে মা, বাবার সঙ্গে সুমিতের দুরত্ব বাড়তে থাকে । এর কয়েকদিনের মধ্যেই বাবাইএর জন্ম । তখন মনীষার মা তাঁর ভাড়া বাড়ি ছেড়ে ওদের ওখানে ওঠেন । বাবাইকে দেখার জন্য তো কাউকে দরকার । তিনি ছাড়া আর কে আছে ?

এটা কিন্তু সুমিতের ভালো লাগেনি । মা-বাবাকে ছেড়ে তার আসার বিন্দুমাত্র ইচ্ছা ছিল না । সে জানে শুধু মনীষাকে খুশী

করতেই সে ফ্ল্যাট কিনেছে । কিন্তু সত্যিই কি এসব করে তাদের জীবনে শান্তি এসেছে ? মনীষা নতুন আসবাবপত্র দিয়ে তাদের ফ্ল্যাট সাজিয়ে তোলে । কিন্তু এসবের প্রতি সুমিতের কোন আকর্ষণ নেই, বরং সাজানো জিনিসগুলো একটু এদিক ওদিক হলে মনীষা যখন তার ওপরে বিরক্ত হয় তখন সে খুব দুঃখ পায় । এ ব্যাপারে মা ও মেয়ের মধ্যে কোন প্রভেদ নেই । শুধু স্ট্যাটাস মেনটেন্ট করা, লোক দেখানো ব্যাপার । এটাই যেন আজকের দিনের কালচার । বসার ঘর এটা ওটা দিয়ে না সাজালে বুঝি মানুষের কাছে সম্মান থাকে না । সুমিত এই ধরনের শিক্ষা কোনদিনই পায়নি, সে সহজ সরল জীবনযাপনে অভ্যস্ত, নম্রতা, বিনয়, লোককে মর্যাদা দেওয়া এইসবই সে ছোটবেলা থেকে তার বাবা-মার কাছে থেকে শিখে আসছে ।

মনীষার মা তাকে প্রতি পদে পদে শেখায় কি করে নিজেদের স্ট্যাটাস বজায় রাখতে হয়, তিনি বলেন, সুমি, তুমি একজন ব্যাঙ্কের অফিসার, কি বলে তুমি গামছা পরে নর্দমা পরিষ্কার করছ, ছি, ছি, এসব তোমার সাজে না ।

-- তা, আমাদের নর্দমা যদি আমি পরিষ্কার করি, তাতে ক্ষতি কি ?

প্রতিভাদেবী বলেন, এসব জমাদারের কাজ, তোমায় এসব মানায় না ।

এইরকম পরিবেশের মধ্যে থাকতে থাকতে সুমিত হাঁফিয়ে ওঠে । একটা মানসিক যন্ত্রণা তাকে কুড়ে কুড়ে খেতে থাকে । তার মনে হয়, এতদিন যে মা, বাবার ছত্রছায়ায় থেকে সে বড় হয়েছে, তারা তার কেউ নয়, তার ভাই, তার নিজের স্ত্রী এরা তার কেউ নয়, এই সংসারে সে সম্পূর্ণ একলা । কাকে জানাবে সে তার মর্মবেদনার কথা?

সুমিতের সব থেকে খারাপ লাগল যখন মনীষা তার নিজের ছেলে বাবাইকে তার থেকে দূরে সরিয়ে রাখল, তার কাছে ঘেঁষতে দেয় না। মনীষা চায় বাবাইকে সে নিজের মত করে মানুষ করবে, ছোটবেলা থেকে তাকে বিদেশী আদবকায়দা শেখাবে, ইংরাজী শেখাবে, বাঙলা শিখে কি হবে ? বাঙলা শিখে ক'জন মানুষ হয়েছে। হ্যাঁ মনীষা সুমিতকে মানুষ হিসেবে গন্য করে না, যখন তখন মনীষার কাছে অপ্রিয় কথা শুনতে হয়, তার কি দোষ তা সে বুঝতে পারে না। একদিন সুমিত একটা লাট্টু এনে সুতো জড়িয়ে ঘুরিয়ে ছুঁড়ে দিয়ে কিভাবে হাতে ঘোরাতে হয় তা বাবাইকে শেখাচ্ছিল। তাই দেখে মনীষা তেলেবেগুনে জ্বলে উঠল, সুমিতের দিকে বক্রদৃষ্টিতে তাকিয়ে বলল, এইসব খেলা না শেখালেই কি চলছিল না ?

সুমিত আশ্চর্য হয়ে মনীষাকে জিজ্ঞেস করল, কেন, এতে দোষের কি হল ? আমরাও তো ছোটবেলায় লাট্টু খেলতাম, তার জন্যে আমার মা-বাবা তো বকাঝকা করে নি।

মনীষা আরো উত্তপ্ত হয়ে বলল, তোমার মা-বাবা বলেনি বলে আমাকেও বলতে হবে না তার কোন মানে নেই। সকলেরই শিক্ষাদীক্ষা যে একরকম হবে তা তোমাকে কে বলল ? আমি বারণ করছি, ব্যস।

সুমিত অপমানে রাগে ক্ষোভে ফেটে পড়ে, তোমার কোনটা পছন্দ, কোনটা অপছন্দ তা লিখে টাঙিয়ে দিও। বাবাই শুধু তোমার ছেলেই নয়, ও আমারও ছেলে। সুমিতের আরও খারাপ লাগল যখন দেখল, পাশের ঘর থেকে মনীষার মা এসে মনীষার পক্ষ নিয়ে তাকে বলতে শুরু করল, আমাদের ঘরে ছেলেমেয়েরা কখনো লাট্টু খেলেছে বলে তো দেখিনি।

সুমিত গুম হয়ে বসে থাকে, সে কারোর সঙ্গে কোন কথা বলে না, কিছু জিজ্ঞেস করলেও কোন উত্তর দেয় না । একদিন মনীষা তাকে এক সাইকিয়াট্রিস্টের কাছে নিয়ে গেল । সাইকিয়াট্রিস্টের দেওয়া ওষুধ তাকে নিয়মিতভাবে খাওয়াতে লাগল । কিন্তু কোন ফল হল না । সুমিতের মানসিক যন্ত্রণা বেড়েই চলল, কোন ওষুধেই তা ঠিক হবার নয় । তার একটাই ওষুধ, মদ । এ না হলে তার চলে না, মদ ছাড়া সে থাকতে পারে না । মনীষা তার হাত থেকে যখন মদের বোতল কেড়ে নিয়ে বলত, কি হচ্ছে এসব ? এইভাবে নিজেকে নষ্ট করে ফেলছ । তখন তার জেদ আরো বেড়ে যেত, তাই নিয়ে হতো অশান্তি, এই অশান্তির সময়ে পাশের ফ্ল্যাটের বাসিন্দা ছুটে আসত, তারাও নানা কথা শুনিয়ে যেত ।

হ্যাঁ, সুমিত নিজেকে নষ্টই করে ফেলল । অত্যধিক সেবনের ফলে তার শরীরের স্বাভাবিক কর্মক্ষমতা কমে এল, খাওয়ায় কোন রুচি নেই, হাত, পা সরু সরু, শুধু পেটটা জালার মত ফুলতে লাগল । মনীষার মামারা বলল, সুমিতকে মুম্বাইএ টাটা মেমোরিয়ালে নিয়ে যাও । এছাড়া কোন উপায় নেই । কয়েকমাস ওখানে ট্রিটমেন্ট করার পর মনীষা তাকে কলকাতায় নিয়ে এনে বেলভিউতে ভর্তি করে দিল ।

এর কয়েকদিন পরে রাত্রে সুমিতের ভাই অমিতের মোবাইল ফোন বেজে উঠল । সে কানে মোবাইলটা ধরে বলল, হ্যালো । কে বলছেন?

-- আমি বৌদি বলছি ।

-- সব ঠিক আছে ?

-- না, ঠিক নেই । তোমার দাদা বেলভিউ নার্সিং হোমে ভর্তি আছে । আমি সেখান থেকেই বলছি । বাঁচবে কি না সন্দেহ । পারো যদি একবার দেখে যেও ।

পরের দিন সন্ধ্যেবেলা অমিত তার মা, বাবাকে সঙ্গে নিয়ে বেলভিউ নার্সিং হোমে মরণাপন্ন সুমিতকে দেখতে এসেছিল, সঙ্গে করে নিয়ে এসেছিল অঘোরবাবুর উইল করা তাদের বাড়ির দলিল। চোখের জল ফেলে চলে যাওয়ার আগে সেই দলিলে সুমিতের সই করিয়ে নিতে তারা ভোলেনি।

তারা চলে যাওয়ার পর আচ্ছন্ন হয়ে অর্ধ নিমীলিত চোখে সুমিত খোলা জানলা দিয়ে বাইরের দিকে তাকিয়ে রইল। কিছুক্ষণ আগে সূর্য অস্ত গেছে, তার রক্তিম আভা তখনও ছড়িয়ে আছে আকাশের আনাচে কানাচে। সন্ধ্যার সেই আলো আঁধারের মধ্যে ধীরে ধীরে চারিদিকের সুউচ্চ অট্টালিকাগুলো দুরে সরে যাচ্ছে, আর অন্ধকারের সাথে সাথে ওপর থেকে পৃথিবীর বুকে অশরীরী কারা যেন নেমে আসছে। তার মনে হলো সে তাদের বাড়ির পাশে কালীমন্দিরের সামনে দাঁড়িয়ে মায়ের উজ্জ্বল মুখের দিকে তাকিয়ে আছে; তার কানে ভেসে আসছে, পান্নালাল ভট্টাচার্যের গাওয়া রামপ্রসাদের গান :

''আসার আশা, ভবের আসা,

আসা মাত্র হলো,

প্রসাদ বলে ভবের খেলায়

যা হবার তা হলো,

এখন সন্ধ্যেবেলায় কোলের ছেলে

ঘরে নিয়ে চল ''

অন্যজীবন

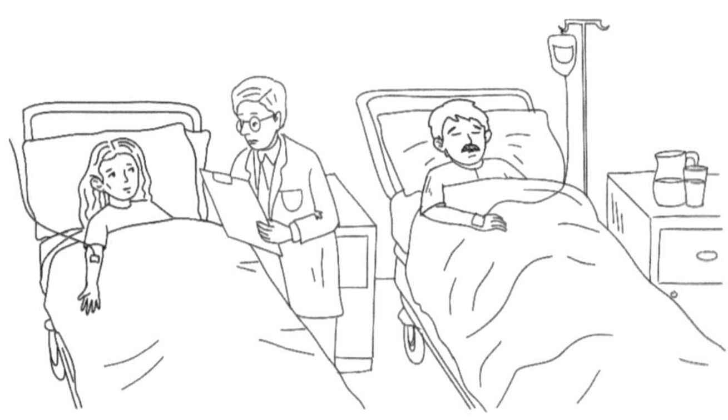

কর্মজীবনটা ব্যস্ততার মধ্যে কাটলেও কোথা দিয়ে হঠাৎ করে যে রিটায়ার্ডমেন্টের সময় এসে গেল তা দেবেশ ভাবতেই পারেনি । তার সহকর্মীদের অনেকেই অফিসের কাজের সঙ্গে সঙ্গে নানারকমের কোর্স করে রিটায়ার্ডমেন্টের পরে এটা ওটা কাজে লেগে পড়ল । তারা সবাই ব্যস্ত । আগে রোজ দেখা হতো, অফিসে কাজের ফাঁকে ফাঁকে রঙ্গ রসিকতা হতো, তারা সকলে একসঙ্গে বসে লাঞ্চ করত । এখন মেলামেশা তো দূরের কথা, কেউ ফোনে খোঁজখবরই নেয় না । দেবেশ নিজে থেকে ফোন করলেও অনেক সময় পাওয়া যায় না ; জিজ্ঞেস করলে বলে, আমি এখন অডিট করতে ইন্দোরে এসেছি, সুমনাকেও সঙ্গে করে নিয়ে এসেছি । কেউ বলে, আমি এখন গুরগাঁওএ, একটা ল্যাবরেটরি ওপেন হবে, দিন পাঁচেক থাকতে হবে । কেউ কেউ গানের ক্লাস, আঁকার ক্লাস, টিউশন ক্লাস খুলে বসেছে ।

কিন্তু দেবেশ কোন কোর্স-ফোর্স করেনি, সে শুধু অফিস গেছে, মুখ বুজে কাজ করেছে আর ছুটির সময় বাড়ি এসেছে। বেশ কয়েকবছর আগে দুরারোগ্য ব্যাধিতে আক্রান্ত হয়ে তার স্ত্রী-বিয়োগ হয়, একই মেয়ে বাইরের দেশে গিয়ে রিসার্চ করছে। সে এখন নিছকই একা। একাকী বসে থাকলেই মনের মধ্যে ভেসে ওঠে পুরোনো দিনের কত স্মৃতি। তার মনে পড়ে তার ছোটবেলাকার কথা। সেইসময়ে তারা যা করত সব এক সঙ্গে, একসঙ্গে স্কুলে যাওয়া, খেলাধুলা করা, পিকনিক করা, যখন আরো ছোট ছিল তখন মা বাবার সঙ্গে বিষ্টুময়রার দোকান থেকে মিষ্টি কিনে রিক্সা করে মামারবাড়িতে বেড়াতে যেত, কি আনন্দটাই না হতো। তার স্ত্রীবিয়োগ খুব বেদনাদায়ক, সেই বেদনা এখনো তীক্ষ্ণ কাঁটার মত বেঁধে। তারা একে অপরকে খুব ভালোবাসত। অফিস থেকে ফিরে চায়ের কাপে চুমুক দিতে দিতে তারা কত গল্প করত, কখনো কখনো বসন্তের জ্যোৎস্নাপুলকিত রাতে সবাই যখন ঘুমিয়ে পড়ত, তখন তারা দুজনে মিলে ব্যালকনিতে বসে সেই দৃশ্য উপভোগ করত, টবে কামিনী গাছে, মাধবীলতায় ফুটে থাকা ফুলের সুগন্ধ ঠাণ্ডা বাতাসে ভেসে আসত, সেইখানে তারা চুপ করে বসে থাকত। যখন রাত বাড়ত তখন সে বিনিতার গায়ে তার শালটা জড়িয়ে দিয়ে বলত, ঘরে চল, ঠাণ্ডা লাগবে। তাদের বিয়ের কয়েকবছর পরে ঘর আলো করে এল আর একজন, অনন্যা। মা হওয়ার মহিমা অমৃতের বসুধারার মত বিনিতার সারাদেহে ছড়িয়ে পড়েছিল। তার মধ্যে ফুটে উঠেছিল এক অন্য দীপ্তি। অনন্যা আসার পরে সে তাকে নিয়েই ব্যস্ত হয়ে পড়ল। তাকে স্নান করানো, খাওয়ানো, শোয়ানো, জামাকাপড় পরানো, শাসন করা এই ছিল তার নিত্য কাজ, এই কাজের মধ্যেই তার দিনের বেশীরভাগ সময়টা চলে যেত। মেয়ের ছিল হাজার বায়না, ওর পছন্দ এক আর মায়ের পছন্দ

আর এক, এই নিয়ে তাদের মধ্যে খিটিমিট লেগেই থাকত, তা জামা পরাই হোক, জুতো পরাই হোক কিংবা চুল বাঁধাই হোক। দেবেশ মা মেয়ের এই খিটিমিটিতে অতিষ্ঠ হয়ে দু'চার কথা বললে, বিনিতা তার দিকে চোখ পাকিয়ে বলত, ছেলে মেয়ে মানুষ করা অত সোজা নয়, এর জন্যে একটু আধটু শাসন দরকার, এই তোমার আদরেই মেয়ে বিগড়ে যাচ্ছে। এখন সেই সব দৃশ্য মনের মধ্যে ভেসে উঠলে মনে হয় কি সুখেরই না ছিল সেইসব দিনগুলো। কোথায় গেল সেই সুখ, জীবনে কোনকিছুই চিরস্থায়ী নয়, সবই ক্ষণস্থায়ী, সুখের চেয়ে দুঃখই বেশী। সুখের দিনগুলো চলে যেতে বেশী সময় লাগেনি। কি কষ্টেই না কেটেছে বিনিতার শেষের দিনগুলো, কোথায় গেল তার লাবণ্য, তার দীপ্তি, মাথাভর্তি একরাশ কালো কোঁকড়ানো চুল। দূরারোগ্য ব্যাধিতে তার শরীর হয়ে পড়লো বিবর্ণ, তার চোখে মুখে ফুটে উঠেছিল দুঃখযন্ত্রণার ছাপ। এখন সে একা, বয়ে নিয়ে বেরাচ্ছে শুধু তার মর্মবেদনা।

রোজই সকালে ঘুম থেকে উঠে দেবেশ যায় পার্কে বেড়াতে। একদিন পার্কে বেড়াতে বেড়াতে তার সহকর্মী মিঃ ভাটনগরের সঙ্গে দেখা। ভাটনগর তার সঙ্গে করমর্দন করে তাকে জিজ্ঞেস করল, মিত্রসাব, আভি ক্যয়া কর রহা ?

দেবেশ সংক্ষিপ্ত উত্তর দেয়, কুছ নেহী।

কুছ নেহী ? ভাটনগর তার কথা শুনে আশ্চর্য হয়। টাইম পাশ ক্যসে হোতা ?

একটু মুচকি হেসে দেবেশ জবাব দেয়, এ্যসা, খানা আউর শোনা।

--- ব্যস, আরে কুছ তো কর।

ভাটনগরের সঙ্গে কথা বলার পর দেবেশ ভাবে সত্যিই তো এইভাবে কদ্দিন কাটবে। কিন্তু কি করবে সে ? সে নিজেকেই জিজ্ঞেস করে, তার ভেতর থেকে কে যেন বলছে, কেন সবাই যা করে, তাই কর, সকলের সঙ্গে মেলামেশা কর, হোয়াটসঅ্যাপ, ফেসবুকে মেসেজ পাঠাও, চ্যাট কর। কাজের লোক চন্দনা বলে, দাদা, আপনি তো ঘরে বসে টিউশনি করতে পারেন। না, সেই কোয়ালিটিও তার নেই। এখন কম্পিটিশনের যুগ, লোকের টাকার অভাব নেই। তারা বেশী টাকা দিয়ে ভাল টিউশন সেন্টারে পড়বে। বললেই কি তার কাছে পড়ার জন্যে ছেলেকে পাঠাবে ? হ্যাঁ, গরীব দুঃখী লোকের অভাব নেই, রুমাও তো এইরকম কয়েকজন ছোট ছোট ছেলেমেয়েদের নিয়ে ক্লাস করে। সেও তো তার সঙ্গে কাজ করতে পারে। কিন্তু কি শেখাবে সেখানে, ওইসব বইতে যা লেখা আছে সেসবই তো। এইসব পড়ে কতটা তাদের দেশ সম্বন্ধে ধারনা জন্মায় ? ভারতের রয়েছে এক উচ্চমানের সংস্কৃতি। আমরা কেউই স্কুল কলেজের পড়াশুনার মাধ্যমে দেশের সংস্কৃতিকে জানিনি, কেন না এসব আমাদের জানানো হয়নি। কেন জানানো হয়নি জানি না। এসব নিয়ে কেউ প্রতিবাদও করেনি, এখনও করে না। সে ভাবে যেটুকু সে জেনেছে তা নিজের আগ্রহ থেকে, কেউ শেখায়নি। বেশীরভাগ মানুষের এসব জানার কোন তাগিদ নেই। তাই তাদের মধ্যে দেশীয় মনোভাব গড়ে ওঠেনি। বিভিন্ন সময়ে বাইরে থেকে শক, হুন, মোগল, পাঠান, মুসলমান, ইংরাজরা এসে আমাদের দেশে রাজত্ব করেছে, বসবাস করেছে, তাদের সংস্কৃতি আমাদের ওপরে চাপিয়ে দিয়েছে। ফলে আমরা ধীরে ধীরে দেশের সংস্কৃতিকে ভুলে গেছি, শুধু তাই নয়, যখন সনাতন হিন্দু ধর্মের কথা বলা হয় তখন কি শিক্ষিত কি অশিক্ষিত সকলেই হৈ হৈ করে ওঠে। সে পড়েছে মোগল স্রামাজ্যের ইতিহাস, বাবর থেকে ঔরঙ্গজেবের নাম

গড়গড় করে বলে যেত, কিন্তু সম্রাট অশোক, মহারাণা প্রতাপ, ছত্রপতি শিবাজি কিংবা হর্ষবর্ধনের পাঁচ পুরুষের নাম সে জানল না, সুদীর্ঘ বছর ধরে চোলরাজত্ব ছিল সেসবের বিন্দুবিসর্গও সে জানেনি। জানবে কি করে ? এসব বইএ কোথাও লেখা আছে? এইসব কারণে এসব কাজে তার কোন প্রবৃত্তি নেই।

এখন ফেসবুক, হোয়াটসঅ্যাপ এসব আর দেবেশের ভালো লাগে না। মাঝে মাঝে মুম্বাই থেকে তার বোন বুড়ি ফোন করে। তারা কিছুদিন হলো ওখানে থানে থেকে নবী মুম্বাইএ নতুন ফ্ল্যাট কিনে সিফট করেছে। দেবেশের ভগ্নীপতি অর্ধেন্দু ওখানে সেন্ট্রাল ব্যাঙ্কে কর্মরত। বুড়ি ফোনে খোঁজখবর নেয়, বলে, সেজদাদা, তুই কয়েকদিনের জন্যে এখানে ঘুরে যা, যতদিন খুশী থাকবি, এখানে থাকার কোন অসুবিধে নেই। খোলামেলা জায়গা, তোর ভালো লাগবে।

এখন গণতন্ত্রের যুগ, আমাদের দেশের সংবিধান গণতন্ত্রভিত্তিক, যা মানুষকে কতকগুলো অধিকার দিয়েছে, তার মধ্যে অন্যতম হচ্ছে বাকস্বাধীনতা। বিভিন্ন রাজনৈতিকদল, পত্র-পত্রিকা এই বাকস্বাধীনতার নামে যা খুশী তাই বলছে, এই পত্র-পত্রিকাগুলো তো বিভিন্ন রাজনৈতিকদলগুলোর কেনা গোলাম, তারা তাদের নিজেদের স্বার্থসিদ্ধির কাজে লাগায়, আর তারা বাকস্বাধীনতার নামে মানুষদের মধ্যে ঘৃণ্য ভেদভাবনার বীজ বপন করে চলেছে। পাশের বাড়ির আশীষ টিএমসির সাপোর্টার। একদিন সকালবেলায় আনন্দবাজার পত্রিকাটা নিয়ে এসে দেবেশের সামনে ছুঁড়ে ফেলে দিয়ে বলল, কাকু দেখুন, মোদি দেশের, সবকিছু বিক্রি করে দিচ্ছে, এখন দেউলিয়া হতে আর বেশী সময় বাকি নেই।

-- তাহলে 'আত্মনির্ভরতা' এসব ভুল ?

--কাকু, এসব বুজরুকি, মানুষকে বিভ্রান্ত করা ।

কে কাকে বিভ্রান্ত করছে, এসব নিয়ে কিছু মন্তব্য করা মানেই তর্ক, আর তর্ক মানেই বিরোধ । সে কিছু না বলে চুপ করে থাকে । সে এখন কাগজ পড়াও বন্ধ করে দিয়েছে । ওসব আর তার ভালো লাগে না । সেদিন পার্কের বেঞ্চে বসে তার বন্ধু কুনালের সঙ্গে কথা হচ্ছিল, হিন্দু মুসলমান নিয়ে । কুনাল বলছিল, দেশের মুসলমানদের সংখ্যা যে ভাবে বেড়ে চলেছে তা ভাববার বিষয়, আগে পার্কে কোন মুসলমান দেখা যেত না, এখন গিজগিজ করছে । এক একজনের পাঁচ ছ'টা বউ, তাদের চার পাঁচটা করে বাচ্চা । ওরাই তো এখন সব । কয়েকবছর পরে ওরাই দেশ চালাবে ।

দেবেশ নিরুদ্বেগ স্বরে বলল, এসব নিয়ে তুমি চিন্তা করে কি করবে ? যারা দেশ চালাচ্ছে তারা বুঝে সুঝেই তাদের এই অধিকার দিয়েছে । দেশের ভালো মন্দ তোমার আমার চেয়ে ওরা ভালো বোঝে, আর বোঝে বলেই তো আমরা তাদের ভোটে জিতিয়েছি ।

এইসব দেখেশুনে তার টিভি, কাগজ, মোবাইল কোন কিছুই আর ভালো লাগে না, অথচ নিষ্কর্মা হয়ে বসে থাকাও তো কারোর পক্ষে সম্ভব নয় । তার চারপাশে সবাই তো কোন না কাজে ব্যস্ত, তার কোন বন্ধুও তো তার মত বসে নেই । একটা মানসিক অবসাদ তাকে কুড়ে কুড়ে খেতে লাগল, অসহ্য । এক সময়ে তার দাদু ইংরাজদের বিরুদ্ধে লড়াই করেছিল, বাবাও স্বদেশী করত, চিরদিন তার বাবা খাদির জিনিস ব্যবহার করেছে । দাদুকে না দেখলেও সে বাবার কাছে শিখেছে দেশভক্তি, দেশ মায়ের মত, মা যেমন লালন পালন করে তোমাকে বড় করে তোলে, তেমনি দেশও তাই, দেশ তোমাকে অন্ন যোগায়, সেই খেয়ে আমরা বেঁচে আছি । তাই নিজের মাকে যেমন

ভালোবাসো, তেমনি ভালোবাসো দেশকে, দেশের সম্পত্তি নষ্ট করা পাপ, জাতি ধর্ম নির্বিশেষে সকলকে ভালোবাসো, তাদের পাশে দাঁড়াও, এসব সে ছোটবেলা থেকেই শিখে আসছে।

হ্যাঁ, দেশের সেবা, দেশের মানুষের সেবা। এটাই একমাত্র কাজ, একমাত্র ধর্ম। ওসব মন্দিরে টন্দিরে গিয়ে ঠাকুর দেবতার পূজো করে কি হবে ? মানুষের মধ্যেই তো ঈশ্বর বিরাজ করছেন; তাদের সেবাই তো ঈশ্বরের সেবা। পরের দিন সকালে ঘুম থেকে উঠে সে বেরিয়ে পড়ল। চেনা পরিচিত সকলের বাড়ি গিয়ে বলে এল, আমি ঘরেই থাকি, যখন কোন দরকার হবে ডাকবেন, কোন সংকোচ করবেন না।

দেবেশ এখন সত্যিই কোন না কাজে ব্যস্ত। শীলা ফোন করে বলে, দাদা, আজ ব্যাঙ্কে গিয়ে কিছু টাকা তুলে আনতে হবে-- পাশবুকটা আপডেট করে আনবেন--ফিক্সড ডিপোজিটটা রিনিউ করে আনতে হবে। মনিকাদির গাড়িটা চুরি গেছে, তাই নিয়ে ইন্সিউরেন্স কোম্পানীর সঙ্গে মামলা চলছে ; তার ফোন আসে, কাল কোর্টের ডেট আছে, মনে আছে তো ?

রাত বারোটার সময় ফোনটা বেজে ওঠে, হ্যালো, আমি অরূপ বলছি।

-- কি হলো, এত রাত্রে ? সব ঠিক আছে তো ?

-- গাড়িটা বার করতে হবে। এক্ষুনি হাসপাতালে যেতে হবে, তোমার দিদি কি রকম অবশ হয়ে পড়ে আছে। কোন কথা বলছে না।

মানা বৌদিকে হাসপাতালে নিয়ে গিয়ে দেবেশ দেখল আরো কত লোক সেখানে পড়ে আছে, তারা কত অসহায়, কেউ কেউ যন্ত্রণায় কাতরাচ্ছে। সেইসব মানুষদের দিকে তাকিয়ে তার মনে হলো, ঈশ্বর

কত লোককে কত গুণ দিয়ে পাঠিয়েছেন, তার কোন গুণ না থাকলেও তার ওপরে ঈশ্বরের অসীম কৃপা, তিনি তাকে সুস্থ রেখেছেন ।

জননী

রজতদের সংসারে শান্তি ছিল না। তারা ছিল দুই ভাই, এক বোন। তাদের ছিল অভাবের সংসার, বাবার ছিল সামান্য আয়, তাই দিয়ে তার মা কোনরকমে সংসার চালাত। মাসকাবারি দোকান থেকে ধারে জিনিস আসত, মাইনে পাওয়ার পর তার বাবা সেই ধার কিছু কিছু করে শোধ করত। তার মা কিভাবে ওই সামান্য আয়ে সংসার চালাত তা মা-ই জানত। কিন্তু সে দেখেছে তার বাবা, দাদা রঞ্জন এসব কিছু বুঝতে চাইত না। তাদের এটা ওটা চাই, না পেলেই অশান্তি। রঞ্জন ছিল এক নম্বরের পেটুক, সব জিনিস মুখে রোচে না। পছন্দমত জিনিস না পেলে সে রেগে যেত, এই তোমাদের রান্না, এক তরকারি দিয়ে কেউ ভাত খেতে পারে, রোজ একই তরকারি, কুমড়ো ছাড়া কি বাজারে আর কিছু পাওয়া যান না; রেগে গিয়ে সে কখনো কখনো ভাতের থালা ছুঁড়ে ফেলে দিয়ে উঠে চলে যেত। এইসব কারণে তার

মা তাকে ভয় করে চলত, রোজ রোজ ধারে বাড়ির দরজায় আসা মাছওয়ালার কাছ থেকে পাকা রুই মাছ কিনত । কিন্তু টাকা আসবে কোথা থেকে ? মাসের প্রথমের দিকে এইভাবে চললেও শেষের দিকে টাকার অভাবে তাদের দিন খুব কষ্টেই কেটেছে । তার মা কখনো কখনো অভুক্ত থাকত, চুপিচুপি কাপড়ের আড়াল করে সোনার চুড়ি পুকুরপাড়ে বেনুকাকীমার বাড়িতে নিয়ে গিয়ে বন্ধক রেখে আসত । এইসব রজত নিজের চোখে দেখেছে । সংসারের এই জ্বালা-যন্ত্রণা অশান্তির মধ্যে থাকতে কারই বা ভালো লাগে, সে দরজায় খিল দিয়ে পরীক্ষার পড়া তৈরি করত ।

রজত ছিল নিরীহ প্রকৃতির, সে মায়ের দুঃখ বুঝত, কিন্তু কি করবে সে ? সে বাজারে গিয়ে আধখাওয়া সস্তার আলু, পাকা উচ্ছে, করলা, বরবটি কম দামে নিয়ে আসত, কোনোদিন কোনো আব্দার করেনি, তার কোনো জিনিসের ওপর লোভ ছিল না, যা পেত তাতেই সন্তুষ্ট থাকত, জামা প্যান্ট ছিঁড়ে গেলে সেলাই বা রিপু করে পরতো, একটা কিংবা দুটো জামা -- সেগুলোই কেচে, ভাতের ফ্যানে মাড় দিয়ে শুকিয়ে ইস্ত্রী করে পরত, যতক্ষণ একদম ছিঁড়ে না যাচ্ছে ততক্ষণ সে জুতো মুচিকে দিয়ে সেলাই করে পরত, তার জন্য তার কোন আক্ষেপ ছিল না । সংসারের বিভিন্ন কাজে সে মাকে সাহায্য করত, মা এসে বলত, এই কড়াইশুঁটির খোসাগুলো ছাড়া, এবারের রেশনের চালে বড় কাঁকড়, কাঁকড়গুলো বেছে দেত । এছাড়া বিছানা তোলা, দোকান, বাজার করা, কাপড় কাচা, কেচে শুকতে দেওয়া, পুকুর থেকে ছিপে মাছ ধরে, বঁটিতে সেই মাছ কাটা, রাত্রিতে রিক্সা করে হোমিওপ্যাথি ডাক্তারের কাছে নিয়ে গিয়ে গ্যাস অম্বলের ওষুধ নিয়ে আসা । তার মা জিলিপি খেতে ভালোবাসত, বাজার থেকে ফেরার সময় মায়ের জন্যে দেশবন্ধুর দোকান থেকে গরম গরম জিলিপি

নিয়ে আসত । সে ছিল পরোপকারি, পাড়াপ্রতিবেশীদের নানাভাবে সাহায্য করত, তাদের পাশে গিয়ে দাঁড়াত, আর সেইকারণে সবাই যেমন তার ওপরে নির্ভর করত, তেমনি তাকে ভালোও বাসত ।

একবার সে তার বড়পিসী ও সেজোপিসীকে নিয়ে নবদ্বীপে রাসের মেলায় বেড়াতে গিয়েছিল । তার বড়পিসী বিধবা, তাদের বাড়ির কিছু দূরেই তার জেঠার বাড়ি, সেইখানেই সে থাকত । ছোটবেলা থেকেই সে তাকে দেখে আসছে, তার একটা সেলাই মেশিনে সে পাড়ার লোকেদের জামাকাপড় সেলাই করে দিত, সায়া, ব্লাউজ এইসব বানাত, এছাড়া বিভিন্ন রকমের আচার করে কাঁচের বয়েমে ভরে ছাদে রোদ্দুরে শুকতে দিত, বিভিন্ন ডালের বড়ি দিত । এতে তার যেমন সময় কাটে তেমনি উপার্জনও হতো । তার সেজোপিসী থাকে মগরায় তাদের জমিজায়গা আছে, চাষবাস হয়, যখন তাদের বাড়িতে বেড়াতে আসত তখন সঙ্গে করে নিয়ে আসত চাষের চালের মুড়ি, আখের গুড় । বড় পিসীই এসে বলল, রজু আমাদের নিয়ে যাবি নবদ্বীপে রাসের মেলায় ? রাসের মেলা দেখার আমার অনেক দিনের সখ । তারা জানে কেউ না গেলেও রজতই যাবে, সে না বলবে না । রজত এর আগে এতদূরে কোথাও যায়নি । ওখানে যাওয়ার কথা শুনে তার মনটা আনন্দে ভরে উঠল ।

রাসের মেলায় যাওয়ার অভিজ্ঞতার কথা সে এখনো ভুলতে পারেনি । নবদ্বীপ রেলস্টেশনে নামতেই হাতে প্যাক করে একটা ইনজেকশন দিয়ে দিল । শহরটাতে লোকের ভীড়, বাইরে থেকে অনেকেই তাদের মত এসেছে রাসের মেলা দেখতে, হোটেলে জায়গা নেই, অনেক ঘোরাঘুরির পর একটা লোকের বাড়িতে জায়গা পাওয়া গেল, বাড়ির উঠানে কয়েকটা কাঠের চৌকির ওপরে সতরঞ্চি পাতা, সেখানেই থাকো, এরকম অনেকেই আছে, থাকার হয় থাকো, কমন

টয়লেট, এছাড়া কোন উপায় নেই । অগত্যা তারা সেখানেই থাকার মনস্থ করল । সেদিনটা কোনভাবে কাটল, সেখানে রাধা মাধবের মন্দিরের ছড়াছড়ি, যেখানেই যাও পয়সা দাও, তীর্থ করতে এসেছ, পয়সা খরচা করবে না বললে চলে ? রাতে এখানে ওখানে ঘুরে খাওয়ার পরে ক্লান্ত শরীরটা উঠোনে উন্মুক্ত আকাশের নীচে সতরঞ্চি পাতা সেই চৌকিতে মেলে দিতেই তার চোখ ঘুমে জড়িয়ে এল । মাঝরাতে তীব্র শীতে তার ঘুম ভেঙে গেল, বাঁহাতটায় বেশ যন্ত্রণা হচ্ছে, তার সঙ্গে জ্বরও । শুয়ে শুয়ে সে কাতরাতে লাগল, সে দেখল তার পাশে দুই পিসী দিব্যি নাক ডাকিয়ে ঘুমছে । পরের দিন অন্য অনেকের সঙ্গে তারা গঙ্গা পেড়িয়ে গেল মায়াপুরে ইস্কন মন্দিরে । নবদ্বীপ যেমন ঘিঞ্জী, নোংরা, মায়াপুর তেমনি ছিমছাম, পরিষ্কার, সেখানের পরিবেশ ও সুশীতল হাওয়ার পরশে তাদের আগের দিনের সব ক্লান্তি অবসাদ দূর হয়ে গেল । ওখান থেকে পুনরায় নবদ্বীপে ফিরে তারা বিকেলের ট্রেনে ফিরে এসেছিল ।

রজতের মায়ের ছিল হীরে বসানো সোনার ওপর মিনে করা সৌখিন এক জোড়া বালা । সেই বালা বিক্রী না করলে তার ইঞ্জিনিয়ারিং, ম্যানেজমেন্ট কোনো কিছুই পড়া সম্ভব হতো না । যখন সে সকলকে ছেড়ে কানপুরে আইআইটিতে পড়াশুনার জন্যে চলে গেল, তখন তার মা, বোন শিউলির কি কান্না । কানপুরে প্রায়ই মায়ের কষ্টের কথা ভেবে তার মন খারাপ হয়ে যেত । এইভাবে দেখতে দেখতে কয়েকটা বছর কেটে গেল ।

শিউলি আর বিকাশ একে অপরকে ভালোবাসত । বিকাশ ব্যাঙ্কে কর্মরত, বিকাশের বাবা কেন্দ্রীয় সরকারের অধীনে চাকরি করতেন, টাকাপয়সার কোন অভাব ছিল না । বিকাশের কথা রজত তার বাবার কাছ থেকে জানতে পারে --- সেটা জানার পর সে তার বাবাকে বলল,

বেশ তো, তোমরা ওদের বাড়িতে গিয়ে বিকাশের মা-বাবার সঙ্গে কথা বল, ভালো লাগলে শুভ দিন দেখে ওদের বিয়ে দিয়ে দাও । এসব শুনে তারা রজতের ওপরে বিরূপ হয়ে ওঠে । তার মা বাবার কারোরই ওদের বিয়েতে মত ছিল না; কারণ একটাই, ওদের জাত আলাদা । তাদের রক্ষণশীলতার ভীত অনেক গভীরে, সেখানে রজতের কোন যুক্তিতর্কই প্রভাব ফেলতে পারেনি । অগত্যা শিউলি তার বাবা মার অমতেই বাড়ি থেকে বেরিয়ে গিয়ে বিকাশের বন্ধুর বাড়ি থেকে রেজিস্ট্রি করে বিকাশকে বিয়ে করে । এরপর থেকেই তাদের সংসারে ভাঙন ধরে । শিউলি ও বিকাশকে রজতের বাবা মা গ্রহণ করেনি । এরপরেই তাদের সংসারে সমস্যা তীব্রতর হয়ে ওঠে । রঞ্জন এক প্রাইভেট ফার্মে কাজ করে । তার আর্থিক অবস্থা ভালো নয় । সে বউ, মেয়েকে নিয়ে একই সংসারে থাকে । কিন্তু ছোটবেলাকার অভ্যাস ত্যাগ করতে পারেনি; সে নিজের স্বার্থ ছাড়া আর কিছু বোঝে না । তার বাবা মা তার ভয়ে সবসময় ত্রস্ত । চাকরি করে বিয়ে করলে হবে কি এখনও তার মা, না খেয়ে তাদের খাওয়ায় । এতে তার মায়ের শরীর আগের মতই জরাজীর্ণ ।

বেশ কয়েকদিন পরে রজত বাড়িতে এসেছে । তার মায়ের দু'চোখেই ছানি পড়েছে-- ঘোলাটে দৃষ্টি, তাই নিয়েই মা ঘরের কাজকর্ম করছে । আগেরবছর সাইকেল থেকে পড়ে গিয়ে তার বাবার পা ভেঙে গিয়েছিল, অপারেশন করে স্টীলের রড লাগানো হয়েছে, লাঠিতে ভর দিয়ে কোনরকমে হাঁটা চলা করছে ।

রজত তার মাকে ব্যারাকপুরে 'দিশা'তে নিয়ে গেল । সেখানে ডাক্তার এস বি মিত্রর সঙ্গে আগে থেকেই অ্যাপয়েন্টমেন্ট করা ছিল । ডাক্তার মিত্র দেখে শুনে বললেন, দুটো চোখেই ছানি পড়েছে, অপারেশন করতে হবে, ভয়ের কিছু নেই, তবে একসঙ্গে তো দুটো

হবে না, এখন একটার, দু'মাস পরে অন্যটার । তার আগে কতকগুলো টেস্ট করিয়ে নিয়ে আসুন, আর এই ওষুধগুলো লিখে দিচ্ছি, এগুলো খাওয়াবেন । পরেরদিন মেডিক্যাল টেস্ট-রিপোর্ট নিয়ে ডাক্তারকে দেখাতে উনি বললেন, ঠিক আছে । তিনি ডায়েরির পাতা খুলে দেখে বললেন, ওমাসের তিন তারিখের আগে ডেট দিতে পারছি না, দু'তারিখে নিয়ে এসে ভর্তি করে দেবেন ।

রজত চিন্তায় পরে গেল । আজ সেপ্টেম্বরের ছাব্বিশ তারিখ, তার মানে আরও এক সপ্তাহ পর মায়ের অপারেশন । সে আসার সময় অনেক জরুরী কাজ ফেলে এসেছে, বসকে অনেক বলে কয়ে মাত্র এক সপ্তাহের ছুটি নিয়ে এসেছে, কোনোভাবেই ছুটি বাড়ানো চলবে না । সে মনে মনে ভাবছিল শিউলির কথা । এইসময়ে তাকেই বেশী করে দরকার । বিকাশের পোস্টিং মালদায় । অনেক ভেবেচিন্তে কোনরকম কালবিলম্ব না করে সেইদিনই সন্ধ্যায় সে শিয়ালদায় এসে মালদা এক্সপ্রেসে চড়ে বসল আর পরের দিন সকালে মালদায় বিকাশদের ফ্ল্যাটে এসে বাইরের কলিংবেল বাজাল । শিউলি দরজা খুলে রজতকে দেখতেই আশ্চর্যচকিত হয়ে বলল, ছোড়দা যে, হঠাৎ কি মনে করে, সবাই ভালো আছে তো ? রজত শিউলিকে বলল, আমি তোকে নিতে এসেছি, মা, বাবা কারোরই শরীর ভালো নয়, দু'জনেই ধুঁকছে । মায়ের চোখের অপারেশন হবে, আমার পক্ষে ছুটি নিয়ে বেশীদিন এখানে থাকা সম্ভব নয় । এখন তোকেই ওখানে গিয়ে সব দেখাশোনা করতে হবে ।

শিউলি বলল, ছোড়দা, কে না চায় অসহায় মা বাবার সেবা করতে, আমারই কি ইচ্ছা করে না এইসময় ওখানে যেতে ! কিন্তু তারা আমায় নিলে তো । বলতে বলতে কান্নায় তার কণ্ঠরোধ হয়ে এল ।

রজত তাকে আশ্বস্ত করে বলল, তোকে কিছু ভাবতে হবে না, সে ভাবনা আমার ।

সেদিন ছিল রবিবার । বিকাশ ঘরেই ছিল । সবকিছু শোনার পর সে শিউলিকে বলল, তুমি বান্টিকে নিয়ে যাও, আমি নয় কয়েকদিন পরেই যাব । দুপুরে খাওয়ার পর গোছগাছ করে সেইদিনই শিউলি বান্টিকে নিয়ে রজতের সঙ্গে তাদের বাড়ি অভিমুখে রহনা হল । তাদের বাড়িতে এসে মা, বাবাকে প্রণাম করে শিউলি ও বান্টি যখন তাদের সামনে দাঁড়াল তখন তাদের দু'জনের চোখেই আনন্দের অশ্রু ঝরে পড়ছে । শিউলির মা তাকে জড়িয়ে ধরে বলল, মাকে এতদিন পরে মনে পড়ল ?

ফেরার সময় ফ্লাইটে বসে রজত ভাবছিল অন্যকথা । মা আমাদের স্নেহ ভালোবাসা দিয়ে কোলে পিঠে করে মানুষ করে তোলে, নিজে অভুক্ত থেকে মা আমাদের পুষ্টিকর খাবার খাইয়ে বড় করে তোলে, মায়ের হাত ধরেই আমরা হাঁটতে শিখি, আমাদের শেখায় জীবনে কি ভাবে চলতে হয়, কোনটা ঠিক, কোনটা বেঠিক । আমাদের দেশও তো মায়ের মত, দেশজননী, আমাদের খাইয়ে পরিয়ে বড় করে তোলে । মায়ের মত তারও দুঃখ কষ্ট আছে । যদি সন্তান অবাধ্য হয়, মাকে নির্যাতন করে, তাহলে মুখে কিছু না বললেও মায়ের যেমন কষ্ট হয় তেমনি দেশের মানুষ যদি দেশমাতাকে ভালো না বাসে, পরস্পরের সঙ্গে মারামারি করে, খুনোখুনি করে, দেশের সম্পত্তি নষ্ট করে তাহলে দেশবাসীর এইসব কার্যকলাপ দেশমাতার কষ্টের কারণ হয়ে দাঁড়ায় । সে বাড়ি থেকে আসার আগের দিন টিভিতে দেখছিল রাজ্যজুড়ে একশ্রেণীর লোকেদের কেন্দ্রীয় সরকারের সিএএ, এনআরসি বিরুদ্ধে সরব হয়ে রেলের সম্পত্তি ভাঙচুড় করতে, পুলিশ সেখানে দাঁড়িয়ে নীরব দর্শক । তাদের কিছু বলার উপায় নেই, বললেই বিপদ, এরাই

তো আসন্ন নির্বাচনে তোমাদের জেতাবে । তাই ওরা যা করছে করুক । দেশের ক্ষতি হোক, দেশমাতা কষ্ট পাক্, তাতে কিছু যায় আসে না । আমাকে ভোটে জিততে হবে, তাই এইসব লোকেদের ঘৃণ্য কাজকর্ম দেখেও দেখ না, এদের তোষণ কর, এরাই তো তোমার আশা ভরসা । এখানে নীতি,আদর্শ খুঁজতে যাওয়া বৃথা । রজতের মনে পড়ে সে একবার অফিসের কাজে আর্জেন্টিনা গিয়েছিল । সেখানে যে হোটেলে মিটিং হচ্ছিল তার সামনে একদিন সে দেখে বেশ কিছু সংখ্যক মানুষ কালো পোষাক পরে হাতে হাত ধরে দাঁড়িয়ে । কিছুক্ষণ পরে সে জানতে পারে ওখানে ইনটারন্যাশানাল মানিটারি ফান্ড থেকে কোন কর্মকর্তা এসে উঠেছিলেন । আর তারই প্রতিবাদে ওখানের মানুষ ওইভাবে দাঁড়িয়েছিল । এটাই তো সভ্যতা । এই যে বিভিন্ন দেশের বিজ্ঞানীরা গবেষনা করে নানান জিনিস আবিষ্কার করছে, খেলোয়াড়রা অলিম্পিকে সোনার মেডেল জিতে দেশের মুখ উজ্জ্বল করছে এসব তো তাদের দেশের আনুগত্যকেই প্রকাশ করে । মানুষ প্রতিবাদ করতেই পারে, সেটা কোন দোষের নয়, কিন্তু দেশের সম্পত্তি নষ্ট করা এটা কি ধরনের প্রতিবাদ ? এটা কি রকমের গণতন্ত্র ?

হার্ট-অ্যাটাক

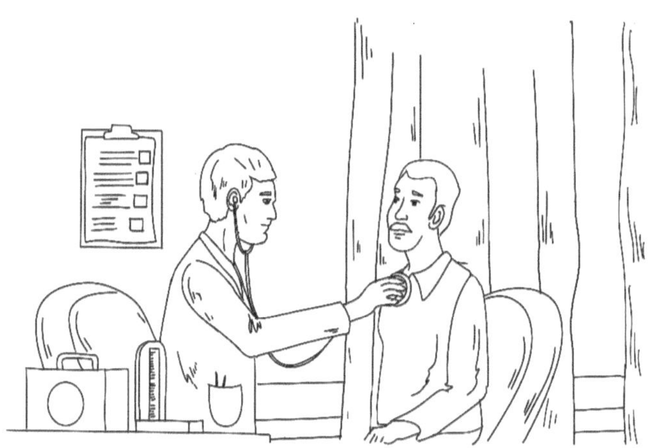

ভাস্কর চৌধুরী কোলকাতার মেডিক্যাল কলেজের ডাক্তার - হার্ট স্পেশালিস্ট । সময় তাঁর খুব ব্যস্ততার মধ্যে কাটে । ওপিডি, বেডে ঘুরে ঘুরে নিজের রোগীদের দেখা, নিজের চেম্বারে বসা, সার্জিক্যাল অপরেশন করা, মিটিং, এসব ছাড়াও অ্যাডমিনিস্ট্রেশনের কাজকর্ম আছে । সব কাজ সেরে বাড়ি ফিরতে বেশ দেরীই হয় । সল্টলেকে তাঁর ফ্ল্যাট, একটি মেয়ে সঞ্চয়িতা, সে ক্লাস নাইনে পড়ছে । মা, বাবা তাঁদের বসতবাড়ি চন্দননগরে থাকেন । তাঁদের সঙ্গে দেখা করার জন্যে সে সপ্তাহে একদিন বাড়িতে আসে । এখানে এলেই কাছাকাছি অনেক রোগী এসে ভীড় করে । বাইরের বসার ঘরটা তাই একটি ছোটখাট ডিসপেন্সারি । নগেন কাকা তাঁর দুরসম্পর্কের কাকা । কিছুদিন আগে পর্যন্ত তিনি স্থানীয় ডাক্তার এম সি দাসের কাছে কম্পাউন্ডারের কাজ করতেন । উনি মারা যাওয়ার পর নগেন কাকা

এখন ভাস্করের ডিসপেন্সারির কাজ সামলান । তিনি সকাল আটটার সময় এসে বাইরের ঘরটিতে বসেন । তখন থেকেই রোগীরা এসে নাম লেখায় । এরপরে প্রাতরাশ সেরে ভাস্কর যখন তাঁর ডিসপেন্সারিতে এসে বসে তখন ন'টা, সাড়ে ন'টা বেজে যায় । সেদিন ভাস্কর ডিসপেন্সারিতে এসে বসার পর প্রথম ব্যক্তিটির দিকে তাকিয়ে একটু আশ্চর্য হয়েই বললে, আরে, অলোক, তুই, কি ব্যাপার ?

অলোক মুখ কাঁচুমাচু করে ভাস্করকে বলল, তোমাকে এক্ষুনি আমার সঙ্গে আমাদের বাড়িতে যেতে হবে । বাবা সকালে উঠে বাথরুমে পড়ে গিয়ে অজ্ঞান হয়ে গেছে, কোন কথা বলছে না । কোনোরকমে বিছানায় শুইয়ে দিয়ে তোমার কাছে ছুটে এসেছি । সে ভাস্করের হাতদুটো ধরে বলল, ভাস্কর, তুমি আমার বাবাকে বাঁচাও ।

কোনোরকম কালবিলম্ব না করে ভাস্কর তার প্রয়োজনীয় জিনিসপত্র গুছিয়ে নিয়ে অলোকের সঙ্গে তাদের বাড়িতে হাজির হল । অলোকদের বাড়িতে গিয়ে সে দেখল, অশীতিপর দেবনারায়ণ মুখাজ্জী বিছানায় শায়িত, চোখ, পাল্‌স দেখে বুঝল কিছু একটা আঘাতে সেন্স হারিয়েছে । ইসিজি করে সে দেখল, হার্টের আর্টারি বেশ সরু হয়ে গেছে, দু'এক জায়গায় ব্লকেজ আছে । এক্ষুনি অ্যানজিওপ্লাসটি করা দরকার । সে অলোকের মায়ের দিকে তাকিয়ে বলল, জেঠিমা, ঘাবড়ানোর কিছু নেই, তবে ইমিডিয়েট অপরেশন হওয়া দরকার । সে তৎক্ষনাৎ মোবাইলে মেডিক্যাল কলেজের ডাক্তার বাগচীর সঙ্গে মোবাইলে কথা বলে তাদের বলল, এক্ষুনি মেডিক্যাল কলেজে নিয়ে গিয়ে ভর্তি করে দিন । আমি সব ব্যবস্থা করে দিচ্ছি । এই কথা বলে সে তার প্যাডে কয়েকটা ওষুধ লিখে দিয়ে বলল, এগুলো এখন খাওয়ান । সে ডাক্তার বাগচীর উদ্দেশ্যে একটি চিঠি লিখে অলোকের

হাতে দিয়ে বলল, ওখানে গিয়ে কার্ডিয়াক ডিপার্টমেন্টে ডাক্তার বাগচীর সঙ্গে দেখা করে এই চিঠিটা দিবি । আমি কাল সকালে গিয়ে দেখব ।

সেইদিনই ভাস্কর কোলকাতায় ফিরে গিয়ে পরেরদিন সকালে মেডিক্যাল কলেজে গিয়ে নিজের হাতে দেবনারায়ণের অপরেশন করল । অপরেশনের পর সে যখন অপরেশন থিয়াটার থেকে বাইরে বেরিয়ে এল তখন দেখল অপেক্ষারত দেবনারায়ণের বাড়ির বেশ কয়েকজনের উদগ্রীব চোখ তার দিকে তাকিয়ে । তারা কিছু জিজ্ঞেস করার আগেই সে বলল, অপরেশন সাকসেসফুল । সে আরো বলল, তবে আমরা ওনাকে কয়েকদিন আবজারবেশনে রাখতে চাই । অলোক জিজ্ঞেস করাতে সে বলল, সপ্তাহখানেক তো বটেই । অবস্থা স্বাভাবিক হলে ওনাকে বাড়ি নিয়ে যাওয়া যাবে । সে অলোকের মায়ের দিকে তাকিয়ে বলল, এইসময়ে আপনারা অযথা ওনার কাছে গিয়ে ভীড় করবেন না।

বাড়ি ফিরে ভাস্কর যখন তার বাইরের বসার ঘরে একাকী বসেছিল, তখন সে ভাবছিল পুরোনো দিনগুলোর কথা । দেবনারায়ণ মুখাজী এই অঞ্চলে ছিলেন একজন নামকরা উকিল । সকাল সন্ধ্যায় ওনার বাইরে বসার ঘরে গ্রামগঞ্জ থেকে আসা লোকের ভীড় উপচে পড়ত । তার টাকা পয়সার কোনো অভাব ছিল না । বাড়ি, গাড়ি, প্রতিপত্তি কোনটাই কম নয় । লোক যাই হোক না কেন এই ধরনের লোকেদের সমাজে সম্মান সব চাইতে বেশী, অর্থেরই লোকে মান দেয় বেশী, সততাকে নয় । বিভিন্ন সভাসমিতিতে ওনার ডাক পড়ত চীফগেস্ট হিসেবে । সেবার ওনার মেয়ে সুমিতার বিয়েতে কী খরচাটাই না করলেন, নিমন্ত্রিত অতিথিও কম ছিল না, দরাজ হাতে খরচা করলেন, লোকে ওনার প্রশংসায় পঞ্চমুখ ।

ভাস্কর বরাবরই পড়াশুনায় ভাল, কিন্তু অন্য অনেকের মতই তার পড়ার চেয়ে খেলার দিকে ঝোঁক ছিল বেশী -- খেলা বলতে বনবাদাড়ে ঘুরে বেরানো, গাছে চড়া,-- পাড়ায় একটাই জামরুল গাছ ছিল, তার সমবয়েসী পাড়ার ছেলেদের সঙ্গে সেও সেই গাছে উঠে জামরুল পেড়ে খেত । এছাড়া গঙ্গায় গিয়ে সাঁতার কাটা। থান ইট জড়ো করে ক্রিকেট খেলা, ঘুড়ি ওড়ানো, মারামারি করা, পিকনিক করা --- সেইসব দিনগুলোর কথা ভেবে তার এখন মনে হয় সে কি ছেলেমানুষই না ছিল । তবে এর মধ্যে ছিল একধরনের আনন্দ, মা, বাবার বকুনি যেমন ছিল, তেমনি ছিল আনন্দ ।

ভাস্কর যখন স্কুলে পড়ত তখন পাড়ার আর সকলের সঙ্গে ক্লাবের সরস্বতী পূজোর সময় উকিলবাবু দেবনারায়ণ মুখাজ্জীর বাড়িতে ফুল চুরি করতে গিয়ে তারা ধরা পড়েছিল । তখন উকিলবাবু পাড়ার সকলের সামনে তাদের কি অপমানটাই না করেছিলেন, তোমরা সবাই ভদ্রঘরের ছেলে, এই তোমাদের শিক্ষা ...স্কুলে গিয়ে চুরি করা শেখো ... কোন স্কুলে পড় তোমরা ...তোমাদের স্কুলের হেডমাস্টারকে গিয়ে আমি সব বলছি... এখন এইসব করে হাত পাকাচ্ছো, পরে বড় হয়ে এক একজন ক্রিমিন্যাল হবে, এই বলে রাখলুম । সকলের সামনে এইভাবে তাদের চোর বলে অপমান করাতে ভাস্করের নিজেকে খুব অপরাধী বলে মনে হয়েছিল । এই অপমানের জ্বালা তাকে তাড়িয়ে নিয়ে বেরিয়েছিল দীর্ঘদিন । সে যখন তাদের বাড়ির সামনে দিয়ে যেত তখন মুখ নীচু করে যেত, অলোককে সে এড়িয়ে চলত, দেখা হলে পাশ কাটিয়ে অন্য রাস্তা দিয়ে চলে যেত, তাকে দেখলে অলোক তার দিকে তাচ্ছিল্যের দৃষ্টিতে দেখত, সে যেন তার কাছে এক নিকৃষ্টমানের জীব । অনেকদিন সে তাদের বাড়ির কারোর সঙ্গে কোন কথা বলেনি।

ছোটবেলায় সে বিদ্যাসাগরের লেখা বর্ণপরিচয়ে পড়েছিল, না বলিয়া পরের দ্রব্য লইলে চুরি করা হয় । বিদ্যাসাগরের বইতে যা'ই লেখা থাকুক না কেন, এখনকার দিনে চুরির মানে অন্য, চুরি দুইরকমের, লিগ্যাল আর ইললিগ্যাল । যাকে সকলে চোর বলে জানে সেও আদালতে গিয়ে প্রমাণ করে আসছে সে চোর নয় । আর তারজন্য দেবনারায়ণের মত দুঁদে উকিলরা আছেন । সে একবার দেখেছিল অসীমকাকাদের বাগানে নারকেল চুরি করতে গিয়ে এক গেছুরের ছেলে ধরা পড়েছিল । অসীমকাকা পুলিশ ডেকে তাকে তাদের হাতে তুলে দিয়েছিল । ছেলেটাকে কয়েকদিন হাজতবাস করতে হয়েছিল, কি করবে বেচারা, গরীব মানুষ, কে তার হয়ে সাক্ষী দেবে, পরে সে ছেলেটাকে দেখেছিল স্টেশনের সাবওয়েতে নামার সিঁড়ির একপাশে বসে ভিক্ষে করতে । আইনের বইতে লেখা আছে চুরি করা, ঘুষ নেওয়া, মিথ্যা বলা, এগুলো অপরাধ, তারজন্যে শাস্তির বিধানও আছে । কিন্তু ক'জন তাদের এই কুকীর্তির জন্যে শাস্তি পাচ্ছে, বিশেষ করে যাদের টাকাপয়সার কোন অভাব নেই ? এই সমাজে অসাধু লোকের সংখ্যা কম নয়, এইসব লোকেদের টাকার জোরে দেবনারায়ণের মত উকিলদের দিয়ে নিজেদের নির্দোষ প্রমাণ করতে বেশী সময় লাগে না । ন্যায় অন্যায় কিছু নয়, আইনের বই খুলে উনি আদালতে বিচারকের সামনে ওনার ক্লায়েন্টের পক্ষে যেটা বলবেন সেটাই ন্যায় । এখন টাকার জোরে সবই সম্ভব, 'হয়'কে 'নয়', 'নয়'কে 'হয়' । সেটাই তো ওনার কাজ আর এই কাজের করেই তো ফুলেফেঁপে উঠেছে দেবনারায়ণ ও তাঁর বংশধরেরা । এই সমাজে প্রতিষ্ঠিত গণ্যমান্য লোকেরা তো ওরাই ।

দেবনারায়ণের চন্দননগরে বাড়িতে আসার দু'দিন পরের ঘটনা । ভাস্কর বাড়ীতে এসে সন্ধ্যের একটু পরের দিকে কলকাতায় নিজের

বাসায় ফেরার জন্যে তৈরী হচ্ছিল । সেইসময় অলোক তাদের বাড়িতে এসে হাজির এবং একরকম জোড় করে সে তাদের বাড়িতে ভাস্করকে ডেকে নিয়ে গেল । সে কি খাতির ! অলোকের মা প্লেটে করে সাজিয়ে নানারকম খাবার সাজিয়ে এনে তাকে বললেন, আজকে কাজের লোককে ছুটি দিয়ে আমি সব নিজে হাতে তোমার জন্যে বানিয়েছি । ডিসে কয়েকটা ফুলকো লুচি, বেগুনভাজা, তার সঙ্গে বাটিতে করে দই মাছ, মাংস, রসগোল্লা, সন্দেশ, রাবড়ি । সেগুলোর দিকে তাকিয়ে একরকম আঁতকে উঠে ভাস্কর বলল, এ কী করেছেন আপনি ! এত কিছু কি করে খাওয়া সম্ভব ?

অলোকের মা প্রতিমাদেবী ভাবে গদগদ হয়ে বললেন, ওসব আমি জানি না, সবকিছু খেতে হবে তোমাকে । তুমি তো আমার অলোকের মতই, তোমরা একই ক্লাসে পড়তে, আমাদের বাড়িতে কত আসতে, একসঙ্গে পড়াশুনা, খেলাধুলা, পিকনিক করতে, কত আনন্দে কাটত সেইসব দিনগুলো, এখন তো কেউ কারোর খোঁজই নেয়, যে যার সে তার । নাও, খেয়ে নাও ।

ভাস্কর মনে মনে ভাবছিল, কোনদিনই অলোকের সঙ্গে তার সেইরকম বন্ধুত্ব ছিল না । দু'একবার কি কারণে অলোকের সঙ্গে সে তাদের বাড়ি এসেছিল, ব্যস ঐ পর্যন্তই । সে একটু চুপ করে থেকে বলল, সত্যি বলছি এখন আর এসব কিছু সহ্য হয় না, মিছিমিছি কেন শরীরকে কষ্ট দেওয়া । ঠিক আছে কাকীমা, আপনি একটা খালি প্লেট নিয়ে আসুন, যা খাওয়ার আমি তুলে নিচ্ছি । অনেক পীড়াপীড়ির পর তিনি একটা খালি প্লেট নিয়ে এলে সে তাতে সেখান থেকে কিছুটা তুলে দিয়ে বাকিটা খেতে শুরু করে ।

ভাস্কর খেতে থাকলেও তার খাওয়ায় কোন আগ্রহ নেই, খেতে হয় তাই খাচ্ছে, না বলার উপায় নেই । খাবার সময় তার সেই পুরোনো দিনগুলোর কথা আবার মনে ভেসে উঠল, কি অপমানটাই না তারা তাকে করেছিল । তাদের ছিল পয়সার দেমাক, ধরাকে সরা জ্ঞান করত, ভাস্করের বাবা ছোটখাটো কাজ করত, তাদের অবস্থা স্বচ্ছল ছিল না । তার জন্যেই হয়ত তারা তাদের থেকে দূরত্ব বজায় রেখে চলত । অলোকদের বাড়ির ছাদে সারি সারি টবে ফুটে থাকত বাহারি ফুল, রাস্তা থেকে দেখা যেত, বাড়ির সামনে দাঁড়িয়ে থাকত সাদা রঙের ফোর্ড কার, তাদের চাকর সকাল, বিকাল জল ন্যাকড়া দিয়ে মুছত । এই গাড়ি চড়েই তারা ঘুরতে যেত । এদের মানবিকতা, স্নেহ মমতা বলে কিছু আছে ? আজ যে তাকে ডেকে এটা ওটা খাওয়াচ্ছে, তারমধ্যে তার প্রতি সত্যিকারের ভালোবাসা কতটুকু ? সে যতটা পারে খেয়ে উঠে পড়ে বলল, কাকীমা, আজ চলি, ফিরতে দেরী হয়ে যাবে ।

দেবনারায়ণবাবুর সঙ্গে দেখা করতে গেলে উনি কাতর চোখে ভাস্করের দিকে তাকিয়ে বললেন, এখন তো আমার যাবার সময়, তুমি যে আমায় মৃত্যুর দুয়ার থেকে ফিরিয়ে নিয়ে আনলে তার জন্যে তোমার প্রতি কৃতজ্ঞতা জানানোর আমার কোন ভাষা নেই । ওখান থেকে বেরিয়ে আসার সময় উনি ভাস্করকে জিজ্ঞেস করলেন, তোমাকে কত দিতে হবে বললে না তো ?

ভাস্কর হাসিমুখে বলল, তার কোন দরকার হবে না । আপনি যে সুস্থ হয়ে বাড়ি ফিরে এসেছেন সেটাই আমার সবথেকে বড় পাওয়া ।

প্রাদেশিকতা

অচিন্ত্যর জীবনের বেশীরভাগ সময়টা কেটেছে বাঙলার বাইরে। প্রথম জীবনে ইউনিভার্সিটি থেকে পাশ করে বেরোনোর পরপরই অর্ডন্যান্স ফ্যাক্ট্রিতে চাকরি পেয়ে সে চলে এল কানপুরে, তখন তার কতই আর বয়স, বাইশ, তেইশ। ট্রেনিং শেষ হওয়ার পরে সেখানেই ফিল্ড গান ফ্যাক্ট্রিতে পোস্টিং। কয়েকজন বন্ধু মিলে মেসে থাকত। এইরকম আরো অনেক মেস ছিল আশে পাশে, সেখানে যারা থাকত তারা বেশীরভাগই অর্ডন্যান্স ফ্যাক্ট্রিতে কর্মরত ও ব্যাচেলার, কেউ কেউ আবার ফ্যামিলি ছেড়ে ব্যাচেলার জীবনযাপন করছে। অচিন্ত্যদের মেসে যারা থাকত তারা ফ্যাক্ট্রির কাজের সাথে সাথে পড়াশুনাও করত, তাই বেছে বেছে মেসের নাম দেওয়া হলো 'সন্দীপন মেস', অচিন্ত্যরই দেওয়া নাম। সেসব কতদিন আগের কথা। কয়েকবছর সেখানে কাটিয়ে ডিফেন্সের চাকরি ছেড়ে সে ভারতীয় মানক ব্যুরোতে চাকরি নিয়ে চলে গেল চেন্নাইয়ে। তার চেনা পরিচিত কয়েকজন বলেছিল,

চেন্নাইয়ে যাচ্ছ যাও, কিন্তু ওখানে অনেক সমস্যা, ভাষার সমস্যা, খাওয়ার সমস্যা, জলের সমস্যা। কয়েকবছর চেন্নাইয়ে থাকার পর সে সেখান থেকে বদলি হয়ে এল কলকাতায়, পরে কলকাতা থেকে সে এল দিল্লীতে। দিল্লীতেই তার কর্মজীবনের বেশীরভাগ সময়টা অতিবাহিত হয়। এরমধ্যেই বিয়ে, এক কন্যা। জীবনটা কিন্তু তার স্বাভাবিক গতিতে চলেনি। দুরারোগ্য ব্যাধিতে কয়েকবছর আগে তার স্ত্রীবিয়োগ হয়। মেয়ে বিদেশে থেকে পড়াশুনা করছে। এখন সে নিছক একা। সোদপুরে কাছাকাছি তাদের নিজেদের ফ্ল্যাট। এতদিন সেটা ভাড়া দেওয়া ছিল, এখন ভাড়াটে উঠে যাওয়ায় সে সেখানে এসে একাই বাস করছে।

গঙ্গার ধারে মনোরম পরিবেশে অবস্থিত তাদের ফ্ল্যাট। ব্যালকনিতে দাঁড়ালেই চোখে পড়ে গঙ্গার দৃশ্য, সেখানের শীতল হাওয়ায় মন, প্রাণ জুড়িয়ে যায়, সকাল সন্ধ্যায় দেখে যাত্রীবোঝাই নৌকার যাওয়া আসা, নৌকায় মাঝিদের জাল ফেলে মাছ ধরার দৃশ্য। সন্ধ্যাবেলায় গঙ্গার ওপারে ছোটছোট বাড়ি, গাছগাছলার আড়ালে সূর্যের অস্ত যাওয়ার দৃশ্য। একা একা ব্যালকনিতে বসে সে দেখতে পায় সাদা বকের দল উড়ছে দূর চক্রবালের কোলে, বর্ষার সময় গঙ্গা ঝাপসা হয়ে যায় বৃষ্টির ধারায়। এইসব দেখতে দেখতে সে যেন ফিরে পায় তার ছোটবেলাকার হারিয়ে যাওয়া দিনগুলিকে।

সকালে সে ব্যাগ নিয়ে প্রাতভ্রমণে বেড়িয়ে পড়ে। গঙ্গার ধার দিয়ে হাঁটতে হাঁটতে সোজা চলে যায় বাজারের দিকে। বাজার থেকে এটা ওটা কিনে বাড়ি ফেরে -- কতরকমের শাকসজ্জি, টাটকা আবার দামেও সস্তা। এসব জিনিস তাদের দিল্লীতে পাওয়া যায় না। সে একা, এতকিছুর দরকার নেই, তবু সে এটা ওটা কেনে, না কিনলে মনটা কিরকম খচখচ করে, সঙ্গে করে নিয়ে আসে দুধ, সেই দুধ দিয়ে ঘরেই পাতে দই। রোজ তার দই দিয়ে ভাত খাওয়ার অভ্যাস। রান্না

সে নিজেই করে, একজন ঠিকে ঝি কাজে আসে, সে বাসনমাজা, ধোয়া মোছার কাজ করে । প্রাতভ্রমণের পরে চা খেতে খেতে কাগজে চোখ বোলায় । তার বাবা, মা দুজনেই গত হয়েছেন । নিকট আত্মীয় বলতে শাশুড়ি থাকেন গঙ্গার ওপারে রিষড়ায় আর শ্যামনগরে তার জ্যাঠতুতো দিদি । আর বর্ধমানে থাকে তার ভাই আর ভায়ের বউ, তার মত তাদেরও এক মেয়ে বাইরে থাকে । প্রথমে সে এখানে এসেই শ্যামনগরে গিয়ে জ্যাঠতুতো দিদির সঙ্গে গিয়ে দেখা করেছিল । তারপর তিনি নিজেই মাঝে মাঝে এসে এখানে থাকেন । দিদি এসে নানারকমের পদ রান্না করে, মুগের ডাল, শুক্ত, থোড়, মোচা, আমড়ার টক । দিদি বিধবা, নিজে মাছমাংস খান না, কিন্তু কোন বাছবিচার নেই, তাঁর হাতের তৈরী মাছের ঝাল খুব সুস্বাদু । তিনি খুব ভক্তিময়ী, স্নেহপ্রবণ । তাঁর কাছে পুরোনো দিনের কথা শুনতে অচিন্ত্যর খুব ভাল লাগে, একবার শুরু করলে অনর্গল কথা বলে যান । সেইসব কথা শুনতে শুনতে সে তার অতীত দিনে ফিরে যায় । সে দিদির বাড়ি গিয়ে ওখানের মুলোজোড়ের মেলা থেকে বাসন কোসন কিনে নিয়ে এনেছিল, আর এনেছিল শিবঠাকুর আর কালীমাতার মূর্তি । রোজ সে জল বাতাসা দিয়ে দেব দেবীর পূজো করে । বেশ শান্তিতে কাটছিল তার দিনগুলো ।

এখানে এসে সে দেখল, সব জায়গাতেই রাজনীতি, বাসে, ট্রেনে, চায়ের দোকানে, অলিতে গলিতে, টিভিতে সর্বত্র রাজনীতি । কাগজগুলোতে অন্যান্য খবরের চেয়ে রাজনৈতিক খবরই বেশী । এছাড়া মিছিল, পথ অবরোধ এসব তো রোজে লেগেই আছে । লোকের এসব গা সহা হয়ে গেছে । আগেও যে এসব ছিল না তা নয়, কিন্তু দীর্ঘদিন বাঙলার বাইরে থাকার পর এখানে এসে এসব দেখে শুনে অচিন্ত্যর কি রকম অদ্ভুদ লাগে । সামনেই রাজ্যের ভোট, ভোট

তো নয় ভোটযুদ্ধ । বিভিন্ন রাজনৈতিক দলের কর্মীরা তাদের নিজেদের দলকে জেতানোর জন্যে উঠে পড়ে লাগল ।

একদিন সকালে অচিন্ত্য তার বাইরের বসার ঘরে বসে চা খেতে খেতে কাগজ পড়ছিল । সেইসময়ে দরজায় কলিংবেল বাজতেই সে দরজা খুলে দেখে, কমবয়েসী কয়েকজন অপরিচিত ব্যক্তি সেখানে দাঁড়িয়ে । সেইসব যুবকেরা নিজেদের পরিচয় দিয়ে বলল, কাকু, এবারের ভোটে যাতে আমাদের দল জেতে সেটার জন্যে আপনার কাছে এসেছি, বলে তারা তাকে সেখানে তাদের প্রার্থীর ফটো সহ এক প্যাম্ফলেট তার হাতে ধরিয়ে দেয় । এরপর তারা বলতে শুরু করল, এখানে বাঙলার বাইরে থেকে এসে অবাঙালীরা রাজত্ব করছে, এখন ওরাই সব, সবকিছু ওদের দখলে, আর তারজন্যে বাঙালীরা মার খাচ্ছে, এসব আর আমরা সহ্য করব না, আমাদের খাবে, আমাদের পরবে আর আমাদের ওপর রাজত্ব করবে তা আমরা কখনই মেনে নেব না । আমরা মনে করি বাঙলা শুধুমাত্র বাঙালীরই । তাই আমাদের শ্লোগান, 'বাঙলা নিজের মেয়েকেই চায় ' । দেখবেন, ভোটটা যেন আমরাই পাই ।

তাদের কথাগুলো কিন্তু অচিন্ত্যর ভালো লাগল না । আমাদের দেশ তো একটাই, তা হল ভারতবর্ষ । আর প্রশাসনের কাজের সুবিধার জন্য বিভিন্ন স্টেট তৈরী করা হয়েছে, সেখানে বাঙলা বাঙালীর, অবাঙালী যারা, তারা বহিরাগত, এসব কথা ওঠে কেন ? এইভাবে যদি সব জায়গার মানুষ ভাবতে থাকে তাহলে সেটা তো আমাদের দেশের পক্ষে ক্ষতিকর, এতে তো বিচ্ছিন্নবাদী শক্তিগুলোই বেশী করে প্রশ্রয় পাবে । বাঙলার বাইরে সর্বত্র কত বাঙালী বাস করছে, এদের দেখাদেখি যদি অন্য প্রদেশের লোকেরা এখানের এইসব এক বিশেষ রাজনৈতিক মতাবলম্বী যুবসম্প্রদায়ের মত বলতে শুরু

করে তামিলনাড়ু শুধুমাত্র তামিলদের, পাঞ্জাব শুধুমাত্র পাঞ্জাবীদের আর সেখানে বসবাসকারি বাঙালীদের সঙ্গে বিমাতৃসুলভ আচরণ করে তাহলে সেটা কি ভালো ? সে দেখেছে ভারতবর্ষের বিভিন্ন অঞ্চলে এইরকম প্রাদেশিক মনোভাবাপন্ন রাজনৈতিক দল আছে তাদের কাজই হলো মানুষে মানুষে বিদ্বেষ ছড়ানো, হিংসা, মারামারিকে প্রশ্রয় দেওয়া । সেইসব ছেলেদের কিছু একটা বলতে গিয়েও অচিন্ত্য নিজেকে সংযত করে চুপ করে থাকে । কেননা সে জানে কিছু বলা মানেই বিরোধ, কি দরকার খামোকা এইসব বিতর্কের মধ্যে জড়ানো, জলে বাস করে তো কুমীরের সঙ্গে বিবাদ করা চলে না ।

ছেলেগুলো চলে যাওয়ার পর অচিন্ত্য ভাবছিল ফেলে আসা দিনগুলোর কথা, কানপুরে সেই মেস লাইফের কথা । মেসের বাইরের ছেলেরাও সেখানে আসত ক্যারম খেলতে, তাস খেলতে । তাদের চিন্তা ভাবনার সঙ্গে তার যে সবসময় মিল ছিল তা ঠিক নয়, কিন্তু তার কোনদিনই মনে হয়নি তারা আলাদা, তারা ভিন্ন, আমাদের কেউ নয় । সে কাজ করত স্টীল মেল্টিং শপে । একবার সেখানে কাজ করবার সময় চোখে আর্ক লেগে তার চোখে কী যন্ত্রণা, তাদের মেসে বসবাসকারি যে ছেলেটি সারারাত জেগে তার চোখে গরম কাপড়ের সেঁক দিয়েছিল সে তো কোন বাঙালী নয় ।

অচিন্ত্যরা যে জায়গায় ভাড়া থাকত সেই বাড়ির মালিক ছিলেন একজন ডাক্তার, তিনি থাকতেন সীতাপুরে, বাড়ির মালকিন মাঝবয়েসী মহিলা, সঙ্গে দুই কন্যা । প্রতি বুধবার সন্ধ্যায় মহিলাটি দৈনিক জাগরণ পত্রিকাটি সঙ্গে করে নিয়ে এসে বেড়ার ওপাশ থেকে ডাকতো, অচিন্ত্য ভাইয়া । দেবপ্রিয় বলত, অচিন্ত্য যা, তোর স্পিরিচুয়াল সিস্টার এসে গেছে । এরপর ভাবিজির সঙ্গে তার চলত আধ্যাত্মিক বিষয় নিয়ে আলোচনা । যেদিন সে ওখানের চাকরি ছেড়ে তার পরের

চাকরি নিয়ে চেন্নাইয়ে চলে যায় তখন সে দেখেছিল ভাবিজির চোখে জল যা এখনও তার স্মৃতিপটে উজ্জ্বল হয়ে আছে ।

চেন্নাইএ সে যে জায়গাতে ভাড়া থাকত সেটা একটা বাই-লেনের ওপরে । লেনটির দুই পাশে ছোট ছোট দেশলাইএর খোপের আকারের বাড়ি, কোনোটা একতলা, কোনোটা দু'তলা, পাশে ছাদে ওঠার সিঁড়ি । বাড়িতে ঢোকার গেটের ভেতরে ও চার পাশে বেশ কিছুটা জমি, সেখানে নানা রকমের ফুল, শাকসজ্জির গাছ । ওখানে কোন চোরের উপদ্রব নেই, লোকেদের বাড়ির চৌহদ্দির মধ্যে ছোট ছোট গাছে পেয়ারা, ডাব হয়ে রয়েছে, কেউ হাত দেয় না । সে যে বাড়িতে থাকত সেটা রাস্তার এক প্রান্তে, রাস্তাটা দিয়ে যেতে আসতে লোকের সঙ্গে দেখা হয় । চেন্নাইয়ে যাওয়ার আগে অনেকেই তাকে বলেছিল সেখানের ভাষা, খাওয়ার সমস্যার কথা । হ্যাঁ, সমস্যা ছিল বইকি । তবে কয়েকদিনের মধ্যেই কাজ চালানোর মত সে তামিল ভাষা রপ্ত করে নিয়েছিল, রাস্তার ধারে দোকানগুলোর সাইনবোর্ড দেখে তামিল অক্ষরও বুঝতে তার কোন অসুবিধা হতো না । সারাদিন তার কাটত ঘরের বাইরে, দিনের বেলা বাইরে খেলেও রাত্রে ঘরে ফিরে এসে সে রান্না করত । সুতরাং সে যেমনটা ভেবেছিল তেমনটি নয় । বরং সেখানের বেশীরভাগ লোকই খুব সরল ও সাদাসিধে, নিজে থেকে আলাপ না করলেও তুমি যদি ওদের সঙ্গে কথা বলো, তবে তারা তোমাকে ঘরে ডেকে নিয়ে গিয়ে বসতে বলবে, কফি দিয়ে আপ্যায়ন করবে । একবার অচিন্ত্য দাঁতের যন্ত্রণায় কষ্ট পাচ্ছিল, সে তার বাড়ি থেকে বেশ কিছুটা দুরে গিয়ে ডাক্তারকে দেখাতেই ডাক্তার নির্দ্বিধায় তার কষের দাঁতটা তুলে দিল । সেই অবস্থায় সে নিজের বাড়িতে না গিয়ে সোজা সামনের বাড়ির দরজায় গিয়ে ধাক্কা দেয়, সেই বাড়ির গৃহকত্রী এসে দরজা খুলে দাঁড়াতেই সে তাঁর দাঁতের দিকে ভদ্রমহিলার

দৃষ্টি আকর্ষণ করে বলল, বুঝতেই পারছেন এই অবস্থায় আমার পক্ষে সলিড কিছু খাওয়া সম্ভব নয়, আমার জন্যে রসম করে পাঠিয়ে দিন। অচিন্ত্যর কথা শুনে ভদ্রমহিলা তো খুব খুশী। উনি তো কয়েকদিন তাকে রসম, সম্বর করে পাঠাতে লাগলেন, আরো বললেন, তার যখন যা দরকার হবে তা তাদের জানাতে সে যেন কোন সংকোচে না করে। অফিস থেকে ফেরার পর অচিন্ত্য কাঁধে ঝোলা ব্যাগ ঝুলিয়ে বেরিয়ে পড়ত, ভেতরের রাস্তা দিয়ে বেশ কিছুটা হেঁটে এসে দোকান বাজার করত, আর ফেরার সময় এক ফুলওয়ালীর কাছ থেকে কিনে আনত ফুল। রোজ ফুল কেনার ফলে কিছুদিনের মধ্যেই তাদের সঙ্গে এক চেনাপরিচিতি হয়ে ওঠে। যখন ফুলওয়ালী থাকত না তখন তার মেয়ে ফুল বিক্রী করত। একদিন ফুলওয়ালীটি তাকে একটা বিয়ের কার্ড দিয়ে বলল, আমার মেয়ে রাধার বিয়ে, আপনি আসবেন।

অচিন্ত্যকে একবার কয়েকদিনের জন্যে ত্রিচিরাপল্লীতে এক সিলিভার ফ্যাক্টিতে যেতে হয়েছিল। সেই কোম্পানীর মালিক তার জন্য রোজ বাড়ি থেকে লাঞ্চ পাঠিয়ে দিতেন। সহজভাবে মেলামেশার ফলে সে যে জায়গায় থাকত সেখানের আশপাশের লোকজনের সঙ্গে তার একটা প্রীতির সম্পর্ক গড়ে ওঠে। সেখান থেকে বদলি হয়ে সে যখন কোলকাতায় চলে আসে তখন তার আশপাশের প্রতিবেশীদের অনেকেই তাদের বাড়িতে তাকে নেমন্তন্ন করে খাইয়েছিল। সে দেখল, ওখান থেকে চলে আসার সময় তাকে বিদায় জানাতে তারা তার বাড়িতে এসে উপস্থিত।

দিল্লীতে যখন সে বদলি হয়ে আসে তখন তার মেয়ে ঋতু বেশ ছোট, বছর দুয়েকের হবে। সেখানে এসে তারা প্রথমের দিকে যে জায়গায় এসে ওঠে সেখানে অনেক সমস্যা। সেখানেই তাদের কেটেছে বেশ কয়েকটি বছর। বাড়িটা বদল করে তারা যে জায়গায় উঠল তার

পাশেই থাকে এক পাঞ্জাবী পরিবার । খুব শীঘ্রই তাদের সঙ্গে একটা মধুর সম্পর্ক গড়ে উঠল । ঋতু বেশীরভাগ সময়টা থাকে পাঞ্জাবী তনয়া গুন্নু আর অন্নুর সঙ্গে । ভাবিজি রোজই কিছু না কিছু রান্নার পদ করে পাঠিয়ে দিতেন । যখন রাখী হাসপাতালে ভর্তি ছিল তখন তারাই তো রোজ রান্না করে তাদের খাওয়াতো ।

অচিন্ত্য মনে মনে ভাবে এই যে মানুষে মানুষে বিভেদ সৃষ্টি করা এতে তো মানুষের মধ্যে যে সুস্থ স্বাভাবিক সম্পর্ক নষ্ট হয়, মানুষ একে অপরকে হিংসা করতে শেখে, বিচ্ছিন্নতাবাদী শক্তিগুলোই বেশী করে প্রশ্রয় পায় যা দেশের সংহতির মূলে আঘাত করে । এ হলো সংকীর্ণতা । এই সংকীর্ণ রাজনীতি করে কিছু সংখ্যক মানুষকে প্রলুব্ধ করা যায়, ভোটে জেতাও যায়, কিন্তু তা দেশের পক্ষে ক্ষতিকর । সে দেখেছে বাঙলা সংস্কৃতির ধ্বজাধারী বেশ কিছু লোক কিছু করুক না করুক বাঙালী অবাঙালীর মধ্যে বিভেদ সৃষ্টি করে চলেছে । এসব উন্নত মানসিকতার পরিচয় নয় । যথার্থ অর্থে ভারতীয় হতে হলে বাঙালীদের এই সংকীর্ণ গণ্ডীকে কাটিয়ে উঠতে হবে । এই রাজ্যে যেসব মহান ব্যক্তিরা জন্মেছিলেন, যাদের আমরা শ্রদ্ধার সঙ্গে স্মরণ করি তাঁরা কেউই মনে এইধরনের সংকীর্ণতাকে স্থান দেননি । আমরা রবীন্দ্রনাথকে নিয়ে গর্ব করি । কিন্তু আমাদের কাজে কর্মে তার প্রতিফলন কোথায় ? তিনি শুধু ভারতীয়ই ছিলেন না, ছিলেন এক বিশ্বের মানুষ, তিনি শান্তিনিকেতনে তাঁর তৈরী স্কুলের নাম দিয়েছিলেন বিশ্বভারতী, তিনি শুধু বাঙলার কবি নয়, বিশ্বকবি । তাঁর লেখা, ‘মিলাবে আর মিলিবে, যাবে না ফিরে, এই ভারতের মহামানবের সাগরতীরে । স্বামী বিবেকানন্দ আমেরিকায় শিকাগোতে গিয়ে সেখানে বিশ্বধর্ম সম্মেলনে হিন্দুধর্মের প্রতিনিধি হয়ে সেদিন যে বক্তৃতা দিয়েছিলেন তার শুরুতেই তাঁর কণ্ঠ থেকে স্বতস্ফূর্তভাবে উচ্চারিত

হয়েছিল,   My Sisters and Brothers of Amarica. এটাই তো ভারতের সনাতন ধর্মের শিক্ষা, সকলকে আপনার করে নেওয়া, কেউ আমার পর নয় । এনারা তো এই বাঙলার মাটিতেই জন্মেছিলেন । আজকের বাঙালীর মধ্যে সেই ভাবনার প্রতিফলন কোথায় ?

মোবাইল ফোন

চন্দননগর স্টেশন রোডের ধারে অরুণের মোবাইল ফোন সারানোর দোকান । আজকাল মোবাইল ছাড়া চলে না -- ছেলে বুড়ো সকলের হাতেই মোবাইল -- সমাজের নীচুস্তর থেকে উচ্চস্তর পর্যন্ত মোবাইলের অবাধ গতি । তাই নিয়ে সবাই সবসময় ব্যস্ত । সেইজন্যে তার দোকানে সকাল বিকেল সবসময়ই লোকের ভীড় । অরুণ বসে দোকানের সামনের দিকে, তার কাছে এসে লোকে জানায় তাদের সমস্যার কথা, এক একজনের সমস্যা এক একরকম, সেইসব শুনে সে দাম হাঁকে । সারানোর জন্যে তার দু'জন কর্মচারী, বিল্টু আর পল্টু । অরুণ লোকের কাছ থেকে মোবাইল নিয়ে পেছনে তাদের দিয়ে বলে, চটপট জ্যাকটা পাল্টে দে, আধঘন্টার মধ্যে হওয়া চাই । বিল্টু আর পল্টু মোবাইল সারানোর কাজে সারাদিন ব্যস্ত, তাদের নিঃশ্বাস ফেলার সময় নেই । এছাড়া অরুণদার তো ফাইফরমাস আছেই, কাস্টমারদের কাউকে কাউকে সামনে বসিয়ে রেখে বলে, বিল্টু, যা দু'কাপ চা আর এক প্যাকেট বিস্কুট নিয়ে আয়, যাবি আর আসবি । বিল্টু ছেলেটা

চটপটে, পল্টুটা সেইরকম নয় । তাকে যা বলবে সে মুখ বুজে করে, কোন রাগ, বিরক্তি নেই, মুখের ওপরে কোন কথা বলবে না । যার জন্যে বিল্টুকেই অরুণ বেশী করে খাটায় । এত কাজের চাপে তার ঠিক সময়ে খাওয়া হয় না । কখনো কখনো সে ভাতশুদ্ধু টিফিনকৌটো বাড়িতে ফেরত নিয়ে আসে । তার মা টিফিনকৌটো খুলে চোখ কপালে তুলে বলে, হ্যাঁরে আজকেও খাসনি ? বিল্টু শুক্নমুখে বলে, কি করব মা, একদম সময় পাইনি । তার মা রাগতস্বরে বলে, সময় পাইনি বললেই হলো । সবাই সময় পায়, আর তুইই খাওয়ার সময় পাস না । কি এমন কাজ, দেবে তো ওই সামান্য কয়েকটা টাকা, তার জন্যে এত খাটায় ? লোকটার শরীরে কি একদম দয়া-মায়া বলে কিছু নেই ? এইভাবে রোজ রোজ না খেয়ে থাকলে পিত্তি পড়বে । এই করেই তো তোর বাবা আমাদের ছেড়ে অকালে চলে গেল । এইসব কথা বলতে বলতে বিল্টুর মায়ের চোখ অশ্রুসিক্ত হয়ে ওঠে, সে কাপড়ের আঁচলের খুঁট দিয়ে চোখ মোছে । পরের দিন বিল্টুর বেরোনোর আগে টিফিন ক্যারিয়ার গুছিয়ে দিয়ে সে বিল্টুকে বলে, লক্ষ্মীটি, দুপুরে সময় মতো খেয়ে নিস । আমিও তো কাজ করি, তাই বলে কি উপোষ করে আছি ? না খেলে শরীর টিকবে কি করে ?

বিল্টুর বাবা ছিল হকার, ট্রেনে ঘুরে ঘুরে বই বিক্রি করত, আর তার মা লোকেদের বাড়িতে গিয়ে করে দাসীবৃত্তি । কতই আর রোজগার । একটাই ঘর, সেখানে মাথাগুঁজে কোনরকমে থাকা, বৃষ্টি হলে ছাদ থেকে টপটপ করে জল পড়ে । এইভাবে খুবই কষ্টের মধ্যে তাদের দিন কাটত । এরমধ্যেই গড়িয়ে গড়িয়ে স্কুলের পাঠ শেষ করে বিল্টু কলেজে ভর্তি হল । কিন্তু এরচেয়েও যে আরো কষ্টের দিন তাদের জন্যে অপেক্ষা করে আছে তা কে জানত । সারাদিন অক্লান্ত পরিশ্রম করেও তার বাবার রোজগার ছিল খুবই সামান্য, কখনো কখনো শূন্য হাতে বাড়ি ফিরত, বেশীরভাগ সময়ই অভুক্ত থাকত ।

একদিন সে বৃষ্টিতে ভিজতে ভিজতে বাড়ি ফিরল । তারপরে তার এল জ্বর, তার সঙ্গে কাশি । জ্বর সারলেও, কাশির কমার কোন লক্ষণ নেই । ডাক্তার বলল, টিবি হয়েছে, শুধু ওষুধে হবে না, এরসঙ্গে ভালো পথ্যের দরকার । কিন্তু কে যোগাবে সেই পথ্য । এমনিতেই তার শরীর দুর্বল, রোগভোগ করতে করতে আরো খারাপ হতে লাগল । বেশীদিন ভুগতে হল না, দুঃখ, কষ্ট আর সংসারের জ্বালা যন্ত্রণা থেকে মুক্তি পেয়ে কয়েকদিনের মধ্যেই সে মারা গেল । তাদের জীবনে নেমে এল এক চরম সংকট, তারা কি করবে ভেবে পেল না । বাধ্য হয়ে বিল্টুকে কলেজ ছাড়তে হল । সে মোবাইল রিপেয়ারের ট্রেনিং নিয়ে অরুণের দোকানে ঢুকে পড়ল । অরুণ তাকে সাফ সাফ জানিয়ে দিল, বেশী মাইনেপত্তর দিতে পারব না, এই টাকায় পোষায় তো কর, না হলে অন্য জায়গায় যাও ।

এই লাইনে কম্পিটিশন কম নয় । লোকে চায় সস্তার জিনিস, কম সময়ের মধ্যে কাজ কমপ্লিট হওয়া চাই, আবার ঠিক ঠিক রিপেয়ার হওয়া চাই, খারাপ হলে লোকে আসবে কেন, তার ওপরে নানান কথা শোনাবে -- কিছু বলতে যেও না, ওরা যা বলছে শুনে যাও । এর আগে পল্টুর সঙ্গে যে ছেলেটা কাজ করত সে ভালো অফার পেয়ে অন্য জায়গায় চলে গেছে । তার জায়গাতেই বিল্টু কাজ করে । অরুণদা তাকে কথা শোনাতে ছাড়ে না, যখন যা মুখে আসে তাই বলে দেয়, রেগে গেলে তো কথাই নেই । বিল্টু সেসব নীরবে শোনে, কোন প্রতিবাদ করে না, সাত চড়ে কোন রা নেই । সেদিন অরুণ দোকানে ছিল না, একজন কাষ্টমার এসেছে তার মোবাইলের ডেলিভারি নিতে । বিল্টু লোকটাকে বলল, আপনার মোবাইল তো রেডি । সে লোকটাকে জিজ্ঞেস করল, চার্জের ব্যাপারে অরুণদার সঙ্গে আপনার কি কথা হয়েছে ? লোকটা বলল, সাড়ে চারশো । এই কথা বলে লোকটা তাকে টাকাটা দিয়ে মোবাইল নিয়ে চলে গেল । পরে

যখন অরুণ এসব কিছু জানতে পারল, তখন সে রেগে গিয়ে বিল্টুকে বলল, তুই কি আক্কেলে সাড়ে সাতশো টাকার জিনিস সাড়ে চারশোতে দিয়ে দিলি ? এটা কি তোর নিজের দোকান, যা খুশি তাই করবি? এই টাকা আমি তোর মাইনে থেকে কেটে নেব । আর এরপরে যা করবি আমাকে জিজ্ঞেস করে করবি । আবার যদি এমনটা হয় তাহলে আর তোকে আসতে হবে না, এই বলে রাখলুম ।

বিল্টু চুপ করে শোনে । বরং সে আরো মনোযোগ দিয়ে কাজ করতে থাকে । যতই সময় লাগুক, আগে কাজ তারপরে অন্য কিছু, যতক্ষণ সে দোকানে থাকে ততক্ষণ কাজের মধ্যেই ডুবে থাকে । কখনো কখনো সে পল্টুর কাজ করে দেয়, বলে, তুই খেয়ে নে, আমি তোরটা করে দিচ্ছি ; কখনো বলে, আমার এখনও কাজ বাকি আছে, আমার ফিরতে দেরি হবে, তুই বাড়ি যা । তার কাজের একটাই উদ্দেশ্য ঠিকভাবে কাজ করা যাতে লোকে কোন অসুবিধে না হয় । এতে লোকেও খুব খুশী । এর ফলে অরুণের দোকানের সুনাম বাড়তে থাকে । লোকে অন্য জায়গা ছেড়ে অরুণের দোকানে সকাল সন্ধ্যায় অরুণ ভিড় করে দাঁড়িয়ে থাকে । অরুণ মোবাইল রিপেয়ারিং শপের আশে পাশে আরো এইরকমের দোকান । কিন্তু সেইসব দোকানের তুলনায় অরুণের দোকানে মানুষের ভিড় অপেক্ষাকৃত বেশী ।

সেদিন অরুণের একমাত্র মেয়ে টুসির জন্মদিন । মেয়ের আব্দার সে তার স্কুলের বন্ধুদের নেমন্তন্ন করে খাওয়াবে । তাদের বাড়ির সামনে যে লনটা আছে সেই জায়গাটা ভাল করে ডেকরেশন করবে । টুসির মা অনিন্দিতা বলল, আমি একা মানুষ এতজনের যোগার কি করে করি বল তো ? টুসির তো বলল, ওর সব মিলিয়ে জনা পঁচিশেক বন্ধু হবে । অরুণ বলল, সেসব তোমায় চিন্তা করতে হবে না।

অনিন্দিতা জিজ্ঞেস করলে, আমি মা হয়ে চিন্তা করব না তো, চিন্তাটা কে করবে শুনি ?

অরুণ বলল, খাবার বাইরে থেকে অর্ডার দিলেই হবে । আমার বন্ধু সুজিত ক্যাটারিং এর কাজ করে, ওকে বললেই হবে । আমি দোকানে যাওয়ার সময় বলে যাব । তুমি শুধু একটা মেনু-লিস্ট বানিয়ে আমাকে দিয়ে দিও ।

--- আর ডেকরেশন, তাও কি তুমি ডেকরেটরকে দিয়ে করাবে ?

--- ডেকরেটর কেন ? তোমার চেয়ে এইরকম ভালো ডেকরেটর আর কে আছে ? ক্লাবের সরস্বতী পূজোয় তো ভালোই সাজিয়েছিলে ।

--- সে তো আমি একা নয়, আরো অনেকে ছিল ।

অরুণ একটু চুপ করে থেকে বলল, আমাদের দোকানের পল্টু বিল্টুদের বলছি, ওরা রাত্রে বাড়ি যাবার আগে এখানে ঘুরে যাবেখণ । ওরা তোমাকে হেলফ করবে ।

অনিন্দিতার নির্দেশমত সেদিন ছেলেদুটো সাজানোর জিনিস কিনে এনে তাদের ঘরদোর সাজানোর কাজে লেগে পড়ল । রঙবেরঙের কাগজ কিনে এনে সেই দিয়ে বিভিন্ন ডিজাইনের ফুল বানিয়ে মালা তৈরী করে তারা তাদের লনটার বিভিন্ন জায়গায় এমন সুন্দর করে সাজিয়ে তুলবে তা অরুণ ভাবতেই পারেনি । পুরো কাজটা অনিন্দিতার নির্দেশমত হলেও ছেলেদুটোর কাজ দেখে সে সত্যিই খুব খুশী । অরুণ হাসতে হাসতে অনিন্দিতাকে বলল, ভালোই হল, আর কয়েকদিন পরেই তো ক্লাবের পূজো--এবাবের ডেকরেশনের জন্যে তোমার আর কোন চিন্তা নেই ।

বাড়ি ফেরার আগে পল্টু ও বিল্টু জায়গাটা ভালো করে ধুয়ে মুছে গেল । অনিন্দিতা তাদের বলল, তোমরা কাল সকালে দোকানে যাওয়ার আগে একবার এখানে ঘুরে যেও । এখনো কিছু কাজ বাকি

আছে, টুকিটাকি কিছু কিছু জিনিস আনতে হবে। সেসব কমপ্লিট করে তোমরা দোকানে যেও। তোমাদের দাদার সঙ্গে এব্যাপারে আমার কথা হয়ে গেছে। টুসি তার মায়ের কানে কানে কি বলতে, সে বলল, আমার মেয়ের ইচ্ছে তোমরা কাল এখানেই খাবে। কাল আর তোমাদের লাঞ্চ আনার দরকার নেই। বিল্টুরা খুব খুশী হল। পরেরদিন অরুণদের বাড়ি দুপুরে লাঞ্চের সময় আসার সময় বিল্টু নিয়ে এল এক সুদৃশ গ্রীটিংস কার্ড ও কাগজের তৈরী এক টেবল-ল্যাম্প। কার্ডটা টুসির হাতে দিয়ে সে বলল, আমি তোমার জন্যে এই কার্ডটা বানিয়েছি, হ্যাপি বার্থডে টু ইউ। সেগুলি পেয়ে টুসি খুব খুশী, এত সুন্দর কার্ড ও টেবল-ল্যাম্প যে বিল্টু বানাতে পারে তা সে কল্পনাই করতে পারেনি। সে এত খুশী যে রাত্রে তার বার্থডে পার্টিতে আসা বন্ধুদের সে গর্বের সঙ্গে বিল্টুর বানানো সেই গ্রীটিংস কার্ড ও টেবল-ল্যাম্প ঘুরে ঘুরে দেখাচ্ছিল।

কয়েকদিন পরে অরুণ অনিন্দিতাকে বলল, আজ বিল্টুর জন্মদিন।

অনিন্দিতা জিজ্ঞাসু দৃষ্টিতে তার দিকে তাকিয়ে বলল, তা কি হয়েছে ? আর তুমি জানলেই বা কি করে ?

অরুণ বলল, কাল সে বাড়ি যাওয়ার সময় আমাকে বলছিল, বলল, আজ সে আসতে পারবে না। আমি জিজ্ঞেস করাতে বলল, তার জন্মদিন। চল না, আজ আমরা ওদের বাড়িতে যাই, দেখলে তো সে টুসিকে কি রকম ভালোবাসে। আর ছেলেটাও খুব ভাল।

অনিন্দিতা রাজি হয়ে গেল। বিল্টুদের বাড়িতে যাওয়ার আগে তারা দোকান থেকে কিনে নিল, কেক, প্যাস্ট্রি আর মিষ্টির প্যাকেট। এর আগে অরুণ তাদের বাড়িতে যায়নি। একে ওকে জিজ্ঞেস করে

তারা যখন তাদের বাড়িতে গিয়ে পৌছল তখন তারা দেখল সেটা একটা গলির মধ্যে একটা খোলা জায়গায় । সেই জায়গায় একদিকে সারি সারি টালির সেড দেওয়া পাশাপাশি কয়েকটা ঘর, ঘরের সামনে বারান্দা, তারই একটা ঘরে বিল্টুরা থাকে । ওখানে পৌছনোর পর বিল্টুর মা দরজা খুলে তাদের সাদর অভ্যর্থনা করে বলল, বিল্টু তো তার বন্ধুদের সঙ্গে ব্যান্ডেল চার্চ বেড়াতে গেছে । সে তাদের মিষ্টি দিয়ে আপ্যায়ন করে সকৃতজ্ঞচিত্তে বলল, আজকের দিনে আপনারা যে এতকিছু জিনিস নিয়ে এই গরীবের ঘরে আসবেন তা আমি ভাবতেই পারিনি । আমি খুবই খুশী । বিল্টু থাকলে সে খুব খুশী হত । আপনারা আমাদের জন্য যা করেছেন তা ভাষায় প্রকাশ করা যায় না । আপনাদের ঋণ আমরা কোনদিনই শোধ করতে পারব না ।

অরুণ বলল, আর আপনিও আমাদের যা দিয়েছেন তাই বা কে দেয় ।   এখন তো লোকে নিজেদের স্বার্থ ছাড়া আর কিছু বোঝে না । কিন্তু বিল্টু সেইরকম নয়, তার মত নির্লোভ, বিশ্বাসী, সরল, নম্র, ভদ্র, বিনয়ী, কর্তব্যনিষ্ঠ, দায়িত্বসচেতন, সৎ, পরিশ্রমী, পরপোকারি ছেলে আমি এর আগে কখনো দেখিনি ।

গানের ভেলা

বিকাল চারটে সাড়ে চারটে হবে । এইসময় রাস্তায় লোকজন বেশী থাকে না । দোকানিরাও সব দোকানপাট বন্ধ করে বাড়িতে বিশ্রাম নিচ্ছে । পথিক কাঁধে ব্যাগ নিয়ে কলেজ থেকে ফিরছিল । বাড়ির কাছাকাছি এসে সে দেখল শিবনাথকাকু আর সুমী কাকীমা ট্যাক্সি থেকে নামছে । ওনাদের বাড়ি পথিকদের বাড়ির সামনে রাস্তার ওপারে । পথিক নিজে থেকেই শিবনাথকাকুকে জিজ্ঞেস করল, কাকু, কোথা থেকে ফিরছেন ?

শিবনাথকাকু ট্যাক্সির ভাড়া মিটিয়ে বললেন, দিল্লী থেকে ফিরছি । জানোই তো তোমার কাকীমা দীর্ঘদিন ধরে লিভারের অসুখে ভুগছে । এখানের ডাক্তার বলল, অপরেশন করতে হবে, এখানে হবে না, আপনারা দিল্লীতে ইন্সটিটিউট অফ লিভার অ্যান্ড বিলারি সায়েন্সে নিয়ে যান । ওখানেই অপরেশন হল ।

পথিক সুমী কাকীমার দিকে তাকিয়ে দেখল, তাঁর শরীর বেশ দুর্বল, একে অপরেশন, তারপর এতখানি রাস্তার ধকল তো আছেই। সে তাঁকে জিজ্ঞেস করল, এখন কেমন আছেন ?

সুমী কাকীমা মৃদু হেসে বললেন, এখন ভালোই আছি। তবে এখন রেস্টে থাকতে হবে। আবার তিন মাস পরে চেক আপের জন্যে যেতে বলেছে।

পথিক ওনাদের সঙ্গে নিয়ে আসা ব্যাগ সুটকেশ তুলে নিয়ে ওনাদের বাড়িতে পৌঁছে দিয়ে বলল, কাকু, কোন দরকার হলে বলবেন।

শিবনাথকাকু কিছু বলার আগেই সুমী কাকীমা বললেন, সে আর বলতে। তুমি তো আমার ছেলের মতই, তোমাকে বলব না তো কাকে বলব। মাঝে মাঝে এসে গান শুনিয়ে যেও, তোমার গান শুনতে আমার খুব ভালো লাগে।

হ্যাঁ, পথিকের গানের গলা খুব ভালো, সবাই খুব সুখ্যাতি করে। তাদের পরিবারে মা, বাবা দু'জনেই গান গায়, তাদের রক্তে গান। এইসব জায়গায় রবীন্দ্রজয়ন্তী, নজরুলজয়ন্তী, স্বাধীনতা দিবস, সরস্বতী পূজো উপলক্ষ্যে সারাবছর ধরে সাংস্কৃতিক অনুষ্ঠান লেগেই থাকে। সেইসব অনুষ্ঠানে সে গান গেয়ে বেশ খ্যাতি অর্জন করেছে। পড়াশুনায় ভালো হলেও শিবনাথকাকুর ছেলে সুভাষদার মতো অত ভালো নয়। সুভাষদা বরাবরই ভালো রেজাল্ট করে এসেছে। ভালো বলেই ডিসটিংশন নিয়ে পাশ করার পর কমপিটিটিভ পরীক্ষা দিয়ে চাকরি পেতে তার কোন অসুবিধা হয়নি। গুরগাঁওতে এক আইটি কোম্পানীতে সে কর্মরত। সুভাষদার বোন পিয়ালী পথিকের চেয়ে বছরখানেকের ছোট, তারা একই কলেজে পড়ত। হঠাৎ করে সে

এখান থেকে দিল্লী চলে গিয়ে দু'বছর ড্রপ দিয়ে ওখানের এক ভালো কলেজে ভর্তি হল । পথিক পড়াশুনায় মোটামুটি ; পড়াশুনার চেয়ে গানবাজনার দিকে তার ঝোঁক বেশী । সে মাঝে মাঝে হতাশায় ভোগে, ভাবে এখানের পড়ার পর সে কি করবে ।   কলেজের সে দেখেছে পড়াশুনার চেয়ে রাজনীতিই বেশী, বেশীরভাগ ছাত্র কি ছেলে কি মেয়ে তারা কোনো না কোনো রাজনৈতিক দলের সঙ্গে যুক্ত । তারা মিটিং করে, নানরকম দাবিদাওয়া নিয়ে পোস্টার লেখে, হাতে প্ল্যাকার্ড নিয়ে মিছিল করে, কখনো কখনো গণ-অবস্থান করে । সে জানে তারা ক্লাস কামাই করে যে এইসব রাজনৈতিক দলের হয়ে কাজ করে বেরাচ্ছে তা এমনি এমনি করছে না, একটা রাজনৈতিক দলের ছাপ থাকলে পরবর্তী জীবনে বেশ কিছু সুযোগ সুবিধা পাওয়া যায়, সেখানে মেরিটটা কোন ফ্যাক্টর হয়ে দাঁড়ায় না । পথিক কিন্তু কোন দলের নয়, কোন মিটিংএ সে অংশ নেয় না । তার এসব ভালো লাগে না । যখন সকলে বিভিন্ন দাবি নিয়ে কলেজ প্রিন্সিপ্যালের কাছে যায় আর যতক্ষণ না সেই দাবি না মিটছে ততক্ষণ প্রিন্সিপ্যালকে ঘেরাও করে রাখে তখন সে কলেজের পাশে গঙ্গার ধারে একাকী বসে বসে গান গায় । কিন্তু এতে তার মন ভরে না । সে মাঝে মাঝে ভাবে, শুধু গান গেয়ে কি হবে ? এইসব করে সে কতটা সাকসেস হবে ? সে খুব একটা ভাল মেরিটের ছেলে নয়, আবার রাজনীতিও করে না । কে কোনো না কোনো চাকরি ? সে যদি সুভাষদার মতো ব্রিলিয়ান্ট হতো, কিংবা পিয়ালীর মতো দিল্লী বাইরের কোন কলেজে গিয়ে ভর্তি হতো, যেখানে কোন রাজনীতি নেই, এই নিয়ে দেওয়াল লিখন নেই, পোস্টার নেই, ছাত্রছাত্রীরা শুধু পড়াশুনাই করে তাহলে তাকে হয়ত এইরকম হতাশায় ভুগতে হতো না । কিন্তু এসবের জন্যে টাকার দরকার । শিবনাথকাকুর পক্ষে যা সম্ভব তার বাবার পক্ষে কি করে তা সম্ভব ?

সেদিন সন্ধ্যেবেলা সে নিজে থেকেই গেল শিবনাথকাকুর বাড়িতে। সুমী কাকীমা অনেকটা সুস্থ, উঠে চলে বেরাচ্ছেন, নিজেই রান্নাবান্না করছেন। তিনি একটা প্লেটে করে কয়েকটা লাড্ডু এনে পথিককে দিয়ে বললেন, মুগের লাড্ডু করেছি, খাও।

পথিক বলল, এই অসুস্থ শরীরে আপনি আবার এসব করছেন কেন ?

--- সে হোক বাবা, এটুকু আর করতে পারব না ?

শিবনাথকাকু হাসতে হাসতে বললেন, তোমার কাকীমা কাজ ছাড়া একদণ্ড থাকতে পারে না। দিল্লীতে অপরেশনের পরে আমরা সপ্তাহখানেক ছিলাম, তাতেই অস্থির, কবে বাড়ি যাব-- আরে ভালো লাগবে কেন -- ওখানে তো ঠায় বসে থাকা।

পথিক লাড্ডু খেতে খেতে বলল, ঠিকই তো, নিষ্কর্মা হয়ে বসে না থেকে কাজেকর্মে ব্যস্ত থাকা অনেক ভালো। এরপরে তাদের অনুরোধে পথিক গাইল রবীন্দ্রসঙ্গীত, গ্রামছাড়া ওই রাঙামাটির পথ ; তারসঙ্গে বাঙলা আধুনিক।

শিবনাথকাকুর সঙ্গে তঁদের বাড়িতে চা খেতে খেতে গল্প হচ্ছিল। তিনি বলছিলেন, এখানের রাজনৈতিক নেতাদের কাছে আমরা শুধু একটা কথাই শুনি, এখানে উন্নয়নের জোয়ার এসেছে, মানুষের আর কোনো সমস্যা থাকবে না। কোথায় উন্নয়ন, সব ফালতু কথা। উন্নয়ন বলতে শুধু রাস্তাঘাট উন্নত হয়েছে, আগে যেখানে কাঁচা ছিল এখন সেখানে পাকা রাস্তা, এখন লোকে পানীয় জল পাচ্ছে, আগে লোডশেডিং হতো, এখন আর হয় না, আগে লোককে রেশনের জন্যে লাইন দিতে হতো, এখন হয় না। কিন্তু এটাই কি সব ? উন্নয়ন বলতে বোঝায় শিক্ষার উন্নতি, চিকিৎসার উন্নতি, কলকারখানার উন্নতি। এসব কোথায় ? এখানের স্কুল কলেজে পড়াশুনার করে ক'টা ছেলে

মেয়ে সাইন করছে ? যে প্রেসিডেন্সী কলেজের একসময়ে কত নাম ছিল এখন NIRF লিস্টের প্রথম একশ ইউনিভার্সিটির মধ্যে এর নাম নেই, সাধ করে কি পিয়ালীকে পড়াশুনার জন্যে দিল্লীতে পাঠাতে হল? চিকিৎসার ক্ষেত্রেও সেই একই অবস্থা, এখানকার লোকেদের ভালো চিকিৎসার জন্যে ভেলোর, মুম্বাই, দিল্লীতে দৌড়তে হচ্ছে, তার কারণ একটাই, আমরা এখনও এখানে ওইসব জায়গার মত পরিষেবা গড়ে তুলতে পারিনি, কলকারখানার অবস্থাও সেই একই রকম, নামীদামী কোম্পানীগুলো সব একের পর এক বন্ধ হয়ে গেল, কোম্পানীর মালিকেরা গেটে তালা ঝুলিয়ে অন্য স্টেটে চলে গেল, সেখানে কোনো সমস্যা নেই, সব সমস্যা শুধু এখানেই।

পথিক মনে মনে ভাবছিল, শিবনাথকাকুর কথাগুলো মিথ্যা নয়। আর মিথ্যা কথা বলে বাঙালীকে হেয় করে ওনার কি লাভ। উনিও তো তার মতো বাঙালী, বাঙলা তারও জন্মভূমি, তারা সকলেই বাঙলাকে ভালোবাসে, চায় তাদের জায়গার উন্নতি। এ হল ওনার বেদনার কথা। সে তো নিজে বন্ধুদের সঙ্গে সিঙ্গুরে টাটার ন্যানোর ফ্যাক্ট্রি ঘুরে দেখে এসেছে। কতখানি জায়গার জুড়ে সেই ফ্যাক্ট্রি গড়ে উঠেছিল, সেই ফ্যাক্ট্রির construction এর কাজ সব বন্ধ। সেখানে রাজনৈতিক দলের লোকেরা বসে কোম্পানীর বিরুদ্ধে বিক্ষোভ দেখাচ্ছে, পাশে সেইসব লোকেদের জন্যে মাংস ভাত রান্না হচ্ছে। কি হলো এসব করে ? ওরা তো সব গুটিয়ে গুজরাটে চলে গেল, এতে কার ক্ষতি হলো ? এইসব করে এখানকার বাঙালীরা কি পেল ? সে শিবনাথকাকুকে জিজ্ঞেস করল, এই যে অবক্ষয়, দৈন্যদশা এসবের জন্য দায়ী কে ?

শিবনাথকাকু বললেন, দায়ী বাঙালীর মানসিকতা। বাঙালী চিরকালই কনজারভেটিভ, নতুন কিছু গ্রহণ করার মানসিকতা তাদের

নেই, যখন কম্পিউটারের সূত্রপাত হয়, তখন এই রাজ্যের কি শিক্ষিত, কি অশিক্ষিত সব মানুষই রাস্তায় নেমে এর বিরোধিতা করেছিল, এসব আমরা নিজেদের চোখে দেখেছি । তারপর তো রাজনীতি তো আছেই, যার কাজ হল নিজেদের আখের গোছানো, কিছু কিছু মানুষকে সুযোগ সুবিধে দিয়ে হাতে রাখা আর মানুষে মানুষে বিদ্বেষ ছড়ানো । যখন কোনো পক্ষ কোনো উন্নয়নমূলক কাজ করতে গেছে তখন অন্য পক্ষ এসে বাধা দিয়েছে, করতে দেব না, হতে দেব না, দেখি ওরা কিভাবে করে ? এতে প্রতি পদে পদে উন্নতি ব্যহত হয়েছে । তারপরে সবসময় সেন্টারের নিন্দে করা, যেহেতু ওরা অন্য দল, তার ফলে কোনদিনই সেন্টারের সঙ্গে ভালো সম্পর্ক গড়ে ওঠেনি যেটা ছাড়া কোনো উন্নয়নই সম্ভব নয় । বেশ কিছু সংখ্যক মানুষ আছে যারা এসব দেখেও দেখে না, তারা চোখ বুজে থাকে, জিজ্ঞেস করলে বলে, ওসব রাজনীতির ব্যাপার । যতদিন না বাঙালীর এই মানসিকতার পরিবর্তন হচ্ছে ততদিন কিছুই হবার নয়। There will be no change, আমরা ছোটবেলাতে যেমন দেখেছি, এখনও তেমনি।

পরীক্ষায় পথিকের খুব একটা ভালো রেজাল্ট হলো না । এই রেজাল্ট নিয়ে সে কি করবে ? কে তাকে চাকরি দেবে ? ইউনিভার্সিটিতে পড়া যাবে না । বাবা, মা দু'জনেই তার ওপরে ক্ষুব্ধ, তার মনে শান্তি নেই, মনে সবসময়ই দুশ্চিন্তা, এরপর সে কি করবে । সব জায়গাতেই কোটার ব্যাপার, কিংবা রাজনৈতিক নেতাদের দয়াদাক্ষিণ্য । তার তো কোনোটাই নেই । সে দেখল, রাস্তার দু'ধারে যে সব জায়গা ফাঁকা ছিল সেখানে নানান জিনিস, ফাস্ট ফুডের স্টল গড়ে উঠল, সেইসব স্টলগুলোর মালিক যারা তারা কেউই তার অপরিচিত নয় ।

বাইরের এই অবস্থা তাকে বিব্রত করে, রাতের ঘুম কেড়ে নেয় । দরজা খুলে সে সিঁড়ি দিয়ে ছাদে উঠে পায়চারি করতে থাকে, মাথার ওপরে নক্ষত্রখচিত উন্মুক্ত আকাশ । আকাশের দিকে তাকিয়ে সে ভাবে এই বিশ্ব অনন্ত যার কোন সীমাপরিসীমা নেই, অনন্ত এই কাল, মহাকালে ক্ষণিকের জন্য বুদবুদের মতো ভেসে ওঠা আমাদের এই জীবন, মহাকালের কাছে কতটুকু এই জীবন,   ব্রহ্মাণ্ডের এই বিশালতার কাছে কিছুই নয় । আর এরমধ্যেই অহংৎ এর দাপাদাপি, সবসময় আমি, আমার এইসব নিয়েই আছি, বাসনা কামনার আবিলতা, কি পেলাম, কি পেলাম না তার হিসেব করতে করতেই আমাদের সারা জীবন কাটে, তার জন্যে যত হানাহানি, মারামারি, কাটাকাটি, হিংসা, লোভ, স্বার্থপরতা, মিথ্যাচার, প্রবঞ্চনা, জুয়াচুরি, শঠতা । শিক্ষিত, অশিক্ষিত মানুষের মধ্যে কোনো প্রভেদ নেই । মানুষ ঈশ্বরের পূজো করে তার বাসনাকে চরিতার্থ করার জন্যে, তার কাছে হাত বাড়িয়ে প্রার্থনা করে, এটা দাও, ওটা দাও । কে এমন আছে যে সত্যি সত্যিই ঈশ্বরকে জানতে চায় । ছাদে পায়চারি করতে করতে সে গাইতে থাকে, ''তোমার অসীমে প্রাণ মন লয়ে যত দূরে আমি ধাই -- কোথাও দুঃখ, কোথাও মৃত্যু, কোথা বিচ্ছেদ নাই ।।''

বাহ্যজ্ঞানশূন্য হয়ে কতক্ষণ যে এইভাবে গেয়ে চলেছে সে নিজেই জানে না । হঠাৎ তার মনে হল সে এখন আর এই জগতে নেই। অন্য কোনো এক জগতের বাসিন্দা যেখানে সত্যিই কোনো দুঃখ, যন্ত্রণা নেই, শুধুই আনন্দ, কোনো কামনা, বাসনা, নিত্যদিনের চাওয়া পাওয়ার হিসেব যা সতত মানুষকে বিব্রত করে সে সব থেকে সে মুক্ত, সে বাস করছে এক অখণ্ড চেতনার মধ্যে, তার কোনো অহংকার নেই, অন্যের সঙ্গে তার কোনো বিচ্ছেদ নেই, কেউ তার পর নয়, সকলের জন্যে

রয়েছে তার করুণা, ভালোবাসা। তার সকল সত্তা এক অনাস্বাদিত আনন্দে ভরে ওঠে।

ওয়ার্ল্ড ইউনিয়ন

বেশ কয়েকবছর আগোকার কথা --দিনটি ২০শে আগস্ট । সেইদিনটিতে কামারকুন্ডুতে সেখানের ওয়ার্ল্ড ইউনিয়ন সেন্টারের উদ্যোগে চলছে সারাদিনব্যাপি আলোচনা শিবির, এরসঙ্গে আছে গান, আবৃত্তি, বক্তৃতা এইসব । প্রতিবছর এই দিনটি ওয়ার্ল্ড ইউনিয়ন দিন হিসেবে পালন করা হয় । পশ্চিম বাঙলায় বিভিন্ন স্থানে এইরকম বেশ কয়েকটি সেন্টার গড়ে উঠেছে । সেইসময়ে একজন বিশিষ্ট ব্যক্তি ছিলেন সমর বসু । তাঁর বসতবাড়ি উত্তরপাড়ায় ভদ্রকালীতে, তিনি পোষ্ট এ্যান্ড টেলিগ্রাফ ডিপার্টমেন্টে কাজ করতেন । এটা তাঁর পেশা, আর নেশা হল পশ্চিম বাঙলায় বিভিন্ন স্থানে শ্রীঅরবিন্দ সেন্টারগুলোতে ঘুরে ঘুরে মা শ্রীঅরবিন্দের জীবন ও আদর্শ নিয়ে বক্তৃতা দিয়ে বেরানো । তাঁর ছিল অসামান্য বাগ্মীতা । তাঁরই প্রচেষ্টা ও অনুপ্রেরণায় সেইসব সেন্টারগুলো গড়ে ওঠে । এই কামারকুন্ডুর অধিবাসী ছিলেন নিরাপদ,

চাষবাস নিয়ে থাকেন, আর বছরে একবার বেড়িয়ে পড়েন দেশভ্রমন করতে । সেবার পণ্ডীচেরীতে শ্রীঅরবিন্দ আশ্রমে যান, সেখানেই তাঁর সঙ্গে সমর বসুর পরিচয় । তিনি তাঁর দ্বারা প্রভাবিত হয়ে স্থানীয় কয়েকটি ছেলেমেয়েদের নিয়ে ওনারই বাড়িতে ওয়ার্ল্ড ইউনিয়ন সেন্টার গড়ে তোলেন । তাঁরাই আজকের এই অনুষ্ঠানের উদ্যোগতা । স্থানীয় স্কুলের চত্বরে একটা খোলা জায়গা ঘিরে অনুষ্ঠানের আয়োজন করা হয়েছে । স্থানীয় ব্যক্তিরা ছাড়াও বিভিন্ন স্থানের সেন্টার থেকে অনেকেই সেখানে উপস্থিত । অচিন্ত্যও সেখানে উপস্থিত । কোন্নগরের অমরেন্দ্র বিদ্যাপীঠের এক ছাত্রী স্বাতী সঙ্গীত পরিবেশন করল, ''হিংসায় উন্মত্ত পৃথবী নিত্য নিষ্ঠুর দ্বন্দ্ব'' । অচিন্ত্য বক্তব্য রাখল, ''বিজ্ঞান ও দর্শনের মিলন কি সম্ভব ?''

মধ্যাহ্নভোজনের বিরতিতে সেখানের কর্মীরা উপস্থিত সকলকে স্কুলের ক্যান্টিনে নিয়ে গেল । সেখানে খাওয়ার সুব্যবস্থা । অচিন্ত্যর ভালো লাগল যখন সে দেখল মধ্যাহ্নভোজনের সময় অনেকেই তার বলার প্রশংসা করল । সেখানের সেন্টারের কর্মীদের আন্তরিক ব্যবহারে অচিন্ত্য মুগ্ধ । তার আরো ভালো লাগল সেখানের প্রকৃতির নিবিড় সান্নিধ্য, স্কুলের বাগানে ফুটে রয়েছে বিচিত্র বর্ণের ফুল, রাস্তার দু'ধারে আউশ ধানের ক্ষেত, কাছেই পুকুর, সেই পুকুরের জলে হাঁসেরা সাঁতার কেটে বেরাচ্ছে, মাটির ঘর, সেখানে কোথাও কোথাও গরু বাঁধা, সেই গরুগুলো মাঝে মাঝে ডেকে উঠছে হাম্বা বলে, চাষীর বউ ঝিরা কেউ পুকুরের জলে বাসন মাজছে, কেউ আঁচলা ভরে গুগলি তুলছে । এইসব দৃশ্য সে আগে কখনো দেখেনি ।

এরপরে আবার অনুষ্ঠানের শুরু । অনুষ্ঠানের শেষে সমর বসু ওয়ার্ল্ড ইউনিয়ন আন্দোলনের তাৎপর্য ও সেই আন্দোলনে সাধারণ

মানুষ হিসেবে আমরা কিভাবে অংশগ্রহণ করতে পারি তা এক মনোমুগ্ধকর ভাষণের মাধ্যমে তুলে ধরলেন ।

এখন পর্যন্ত মানুষের সব থেকে বড় গোষ্ঠী হল জাতি । কিন্তু বেশীরভাগ ক্ষেত্রেই দেখা যায় এইসব জাতিরা একে অপরের সঙ্গে শত্রুভাবাপন্ন । এরই ফলস্বরূপ বিগত শতাব্দীতে আমাদের পর পর দুটো বিশ্বযুদ্ধের সম্মুখীন হতে হয়েছিল । দ্বিতীয় বিশ্বযুদ্ধের পরেই বিভিন্ন দেশের সমাবেত প্রচেষ্টায় গড়ে ওঠে সম্মিলিত রাষ্ট্রসঙ্ঘ যার উদ্দেশ্য যুদ্ধ নয়, শান্তি, বিভিন্ন দেশের মধ্যে সুস্থ স্বাভাবিক সম্পর্ক গড়ে তোলা । যদিও বিভিন্ন দেশের মানুষের শুভবুদ্ধি থেকেই এই সংস্থাটি গড়ে উঠেছে এবং তার উদ্দেশ্য সিদ্ধির ব্যাপারে কিছুটা সফল, তথাপি এখনও যুদ্ধের সম্ভাবনাকে একেবারে উড়িয়ে দেওয়া যায় না ।

প্রথম বিশ্বযুদ্ধের পরে শ্রীঅরবিন্দ পন্ডীচেরী থেকে প্রকাশিত আর্য পত্রিকায় বেশ কয়েকটি রচনার মাধ্যমে বিশ্ব ঐক্যের দুটি সম্ভাবনার কথা তুলে ধরেছিলেন, পরে সেইসব রচনা নিয়ে প্রকাশিত হয় তাঁর বিখ্যাত বই The Ideal of Human Unity. এই সম্ভাবনা হলো হয় সমাজতান্ত্রিক রাষ্ট্রের ছাঁচে গড়ে ওঠা একটি বিশ্বরাষ্ট্র নয় একটি বিশ্বঐক্য যেখানে জাতিগুলো নিজেদের স্বতন্ত্র অস্তিত্ব বজায় রেখেই তাদের মধ্যে সুষম সামঞ্জস্য গড়ে তুলবে যেখানে জাতিগুলো স্বকীয় বৈশিষ্ট্য অনুযায়ী উন্নতির জন্য থাকবে স্বাধীনতা । এর পরে দ্বিতীয় বিশ্বযুদ্ধের সমাপ্তি ও সম্মিলিত রাষ্ট্রসঙ্ঘ গড়ে ওঠার পরে তাঁর জীবনের শেষের দিকে তিনি আরো একটা রচনা লিখলেন যেটি The Postscript Chapter নামে উক্ত বইটির শেষে সংযোজিত হয়।

১৯৪৭ সালে ভারতের স্বাধীনতার প্রাক্কালে শ্রীঅরবিন্দের যে বেতার-ভাষণ প্রচারিত হয়েছিল সেখানে তিনি তাঁর পাঁচটি স্বপ্নের

উল্লেখ করেছিলেন । তার মধ্যে তৃতীয় স্বপ্নটি ছিল, বিশ্ব-মিলন, -- তৃতীয় স্বপ্নটি ছিল একটি বিশ্ব-মিলন, যাকে ভিত্তি করে সমগ্র মানবজাতি একটি সুন্দরতর, উজ্জ্বলতর ও মহত্তর জীবন আরম্ভ করবে । শ্রীঅরবিন্দ জানালেন, মানবঐক্য শুধুমাত্র কয়েকজন ব্যক্তির মানসিক ধারনা কিংবা অবাস্তব কল্পনা নয়, তা সত্য । আমাদের সত্তার গভীরে রয়েছে ঐক্য যা প্রকাশের অপেক্ষায় । আমাদের লক্ষ্য সেই ঐক্যকে প্রকাশ করা । প্রকৃতির গতিধারা আমাদের সেই দিকেই নিয়ে চলেছে । আমাদের কাজ হলো এই গতিধারাকে জানা ও প্রকৃতির এই কাজে সহযোগিতা করা । শ্রীঅরবিন্দ তাঁর লেখা The Ideal of Human Unity বইটিতে বাইরের ঘটনার অন্তরালে প্রকৃতির গতিধারাকে বিশ্লেষণ করে দেখিয়েছেন আমরা এক নিম্নতর অবস্থা থেকে উচ্চতর ঐক্যের দিকে এগিয়ে চলেছি, আর তার পেছনে কাজ করে চলেছে প্রকৃতির ইচ্ছা । এ হল আমাদের জীবনে অবশ্যাম্ভাবী পরিনতি, আমরা চাই কি চাই না তাতে কিছু যায় আসে না, কিন্তু প্রকৃতির এই কাজের গতি খুবই মন্থর । আমরা আমাদের অজ্ঞানতার জন্যে প্রকৃতির কর্মকান্ড বুঝতে পারি না ও তাঁর কাজে সহযোগিতা করি না । বেশীরভাগ ক্ষেত্রেই নিজেদের স্বার্থ, অহংৎ, বাসনা, কামনা এইসবের দ্বারা পরিচালিত হই । এরজন্যেই আমাদের যত সমস্যা । যদি আমরা ঠিক ঠিকভাবে প্রকৃতির কর্মধারা বুঝে তাঁর কাজে সক্রিয়ভাবে সহযোগিতা করতে পারতাম তাহলে সেই কাজ অনেক সহজ ও দ্রুতগতিতে এগিয়ে যেত   এর জন্যে আমাদের মানসিকতার পরিবর্তন দরকার । কিভাবে আমরা আমাদের মানসিকতার পরিবর্তন ঘটিয়ে ব্যক্তিগত তথা সমষ্টিগত কাজের মধ্যে দিয়ে প্রকৃতির এই কাজে সহযোগিতা করতে পারি সেই কথাই তিনি খুব স্পষ্টভাষায় তুলে ধরলেন ।

এত সুন্দর প্রাঞ্জলভাবে ওয়ার্ল্ড ইউনিয়নের নীতি ও আদর্শের কথা সেদিন সমর বসু তাঁর ভাষণের মধ্যে দিয়ে তুলে ধরলেন যা শুনে সকলেই মুগ্ধ, কয়েকজনের প্রশ্নের উত্তরও তিনি দিলেন । তিনি বললেন, মানুষের মধ্যেই তো ভগবান, তিনি এক হয়ে সকলের মধ্যে বিরাজ করছেন । তাকে প্রকাশ করাই তো মানবধর্ম, শ্রীঅরবিন্দ তো সেই কথাই বলে গেছেন । এই যে ঝগড়া, বিবাদ, মারামারি, হানাহানি তার কারণই হলো আমাদের অহং যা আমাদের ভগবানের থেকে দূরে সরিয়ে রাখে । সুতরাং বিবাদ নয়, মানুষে মানুষে প্রীতির সম্পর্ক গড়ে তুলতে হবে । সেটাই হল যথার্থ ওয়ার্ল্ড ইউনিয়ন ।

সমর বসু অচিন্ত্যর দিকে তাকিয়ে বললেন, তোমার বলাটা খুব ভালো হয়েছে, পারলে এটা রচনার আকারে লিখে পাঠিয়ে দিও । পণ্ডীচেরী শ্রীঅরবিন্দ আশ্রম থেকে প্রকাশিত ''পুরোধা''তে ছাপানোর ব্যবস্থা করব ।

অচিন্ত্য বলল, আচ্ছা ।

ফেরার সময় অচিন্ত্য ভাবছিল, সত্যি সত্যিই কি আমরা ঐক্য চাই ? শান্তিপূর্ণ সহাবস্থানের জন্য যে মানসিকতার দরকার তা আমাদের কারোরই নেই । মুখে আমরা শান্তি, সম্প্রীতি, ঐক্যের কথা বললেও কাজে তার প্রতিফলন কোথায় ? মা, শ্রীঅরবিন্দ বার বার আমাদের স্মরণ করিয়ে দিয়েছেন যে আমরা কেউই একে অপরের থেকে বিচ্ছিন্ন কোনো সত্তা নয়, আমাদের সত্তার গভীরেই রয়েছে ঐক্য, সেই ঐক্যের মধ্যে আমাদের বাস করতে হবে, কাজে কর্মে আচার আচরণের মধ্যে দিয়ে আমাদের বাইরের জীবনে তা ফুটিয়ে তুলতে হবে, তবেই শান্তি আসবে । কিন্তু বেশীরভাগ ক্ষেত্রেই আমাদের

কাজকর্ম সম্পূর্ণ বিপরীত, আমরা সবাই নিজের স্বার্থসিদ্ধির জন্যে একে অপরের সঙ্গে প্রতি নিয়ত লড়াই করছি।

এই তো দুদিন আগের ঘটনা। তাদের পাড়ায় পোস্টার ছেঁড়া নিয়ে দুই রাজনৈতিক দলের লোকেদের মধ্যে কথা কাটাকাটি, হাতাহাতি, তারপর রক্তারক্তি কান্ড। কেউ কাউকে সহ্য করবে না। সবাই ভাবে আমি যা বলছি, সেটাই ঠিক, অন্যেরা ভুল, কোন সহনশীলতা নেই, হৃদয়বোধ নেই।

এই ক'দিন বৃষ্টিতে তাদের বাড়ির সামনের রাস্তাটার অবস্থা খুবই খারাপ, এখানে ওখানে গর্ত, নর্দমার নোংরা জল রাস্তায় উঠে এসেছে, দুদিন ধরে কর্পোরেশনের ময়লা নিয়ে যাওয়ার গাড়িটাও আসছে না, যে যার বাড়ির ময়লা রাস্তার ওপরেই ফেলছে, অসুবিধে সকলেরই, কিন্তু কারোর কোনো মাথাব্যথা নেই। অচিন্ত্যর ক্লাবের ছেলেরা উদ্যোগী হয়ে এগিয়ে এল। তারা পাম্পে করে রাস্তা থেকে জল সরিয়ে, নোংরা পরিষ্কার করে, খানাখন্দ বুজিয়ে, দুরমুশ করে সমান করে ডিডিটি ছড়িয়ে দিল। এখন আর কোন অসুবিধে নেই। এই যে সমাবেত প্রচেষ্টা কাজে লাগিয়ে মানুষের সার্বিক উন্নতি এটাই তো ওয়ার্ল্ড ইউনিয়ন।

ফিরতে একটু দেরী হয়ে গেল। সামনে দিয়ে একটা মিছিল আসছে, মানুষের মিছিল, তাদের মধ্যে যুবক যুবতীর সংখ্যাই বেশী, তাদের হাতে কোনো রাজনৈতিক দলের প্ল্যাকার্ড, ব্যানার, তাতে তাদের নেতার ফটো, মুখে শ্লোগান, লড়ছি, লড়ব, আমাদের সংগ্রাম শোষিত মানুষের সংগ্রাম, খেটে খাওয়া মানুষের সংগ্রাম, আসন্ন নির্বাচনে এই চিহ্নে ভোট দিয়ে আপনারা আমাদের জয়যুক্ত করুন। মিছিলটা শেষ হতে বেশ সময় লাগল, এতক্ষণ তাদের বাসটা দাঁড়িয়েছিল। ফাঁকা

পেয়ে তাদের বাসটা স্পীডে চলতে লাগল । অচিন্ত্যর কানে তখনও সেই শ্লোগান বাজছে ।

সুখের পায়রা

প্রথম চাকরি নিয়ে সুবীর যখন কানপুরের অর্ডন্যান্স ফ্যাক্ট্রিতে এসে জয়েন করল তখন সে যে মা বাবার আদুরের দুলাল সে কথা বলার অপেক্ষা রাখে না। জন্মের পর থেকেই তার সব দায়দায়িত্ব তার মা, বাবার, কোন কিছুই তাকে নিজেকে করতে হয়নি। ছোটবেলা থেকেই সে যা চেয়েছে তাই পেয়ে এসেছে, এর জন্যে তাকে কোনো পরিশ্রম করতে হয়নি। সে শুধু পড়াশুনাই করেছে, ব্যস, সংসারের আর কোনো খবরই তাকে রাখতে হয়নি, এইভাবেই সে বড় হয়েছে। তার পড়ার বইগুলোও বাঁধানোর দায়িত্ব তার দিদির -- তার দিদি চন্দ্রিমা যখন নিজের বইগুলোতে মলাট দিত তখন সুবীরেরটাও দিয়ে দিত। সে বেলা পর্যন্ত্য বিছানায় শুয়ে থেকেছে, তার ওঠার পরে তার মা-ই বিছানা তোলে, উঠে দাঁত ব্রাশ করার পর তার মা-ই মুখের সামনে দুধ, জলখাবার এনে দেয় -- সে নিজের জন্যে জলটুকুও গড়াতে জানে

না, তার জন্যে তার মা আছে, চানের জল গরম করে দেওয়া, এমনকি ভাত খাওয়ার সময় মাছের কাঁটা বেছে দেওয়া, এসব যে সুবীর তার মাকে বলে সেজন্যে তার মা করে তা নয়, তার মায়ের ভয় হয় যদি মাছ খেতে গিয়ে তার গলায় কাঁটা ফুটে যায় । খাওয়ার পরে যেখানে সে খায় সেখানেই এঁটো বাসন পড়ে থাকে, তার মা সেটা তুলে রান্নাঘরের সিঙ্কে নামিয়ে রাখে । সে কোনদিন নিজের নোংরা বাসী জামাকাপড় কাচেনি, কিভাবে কাচতে হয় তা সে জানে না -- সবটাই করে তার মা,-- তার মা তার ছাড়া জামাকাপড়গুলো কেচে, শুকিয়ে, ইস্ত্রী করে ঘরের আলনায় তুলে রাখে । বাড়ির খাবার সবসময় তার মুখে রোচে না, বরং বাড়ির তৈরী খাবারের চেয়ে বাইরের দোকানের খাবারের ঝোঁক তার বেশী । সে যখন যা আব্দার করেছে তার মা তা যুগিয়েছে, আজ মাঞ্চুরিয়ান, কাল মোমোস, পরশু চিলি চিকেন এইসব । অথচ এই একমাত্র ছেলেকে নিয়ে তার মা বাবার স্বপ্ন ছেলে বড় হবে, দশের একজন হবে । কিন্তু এসবের জন্যে যে তাকে স্বাবলম্বী করে গড়ে তুলতে হয় সেদিকে তাদের খেয়াল নেই ।

সুবীরের বড়মাসী এসে সেদিন বলেই ফেলল, নমিতা, তোর কোনো আক্কেল নেই, এইভাবে ছেলে মানুষ হয়, আমরাও তো ছেলে মানুষ করেছি, কিন্তু তোর মত নয় । সুবীরকে একটু আধটু শেখা, কিভাবে নিজেরটা নিজে করতে হয় । সবসময় বাবা বাছা করলে হয়, নিজের দুধটা তো নিজে নিয়ে খাবে ?

সুবীরের মা বলে, কি করব দিদি, ও কি করে করবে, এখনো তো ছেলেমানুষ, তোমার জয়ন্ত তো ওর চেয়ে চার বছরের বড় । বড় হলে ও নিজে থেকেই সব শিখে যাবে ।

সুবীরের বড়মাসী রাগতস্বরে বলে, তুই আমাকে শেখাসনি। আর কবে বড় হবে শুনি ? আর যা শিখবে ছোটবেলা থেকেই তো শিখবে, এসব বড় বয়েসে শেখার নয়।

সুবীরের বড়মাসীর কথাগুলো তার মা চুপ করে শোনে, কোনো উত্তর দেয় না।

সুবীরের তিন বছরের প্রবেশন, এরমধ্যেই তাকে মেটালার্জিতে AMIE করতে হবে। তার মত আরো কয়েকজন সেখানে জয়েন করেছিল, তারা কয়েকমাসের মধ্যেই চাকরি ছেড়ে দিয়ে অন্যত্র ভালো অফার পেয়ে চলে গেল -- রয়ে গেল শুধু সুবীর ও সুপ্রিয়। তারা OFTI এর হোস্টেলে একই ঘরে থাকত। সুপ্রিয় সুবীরের সম্পূর্ণ বিপরীত প্রকৃতির। সে বড় হয়েছে মা, বাবার কড়া শাসনের মধ্যে, তাঁরা ছোটবেলা থেকেই সুপ্রিয়কে অপরের ওপরে নির্ভর না করে নিজের কাজ নিজেই করার শিক্ষা দিয়েছেন। তাই সকালবেলায় ঘুম ভাঙার পর সুপ্রিয় পরিপাটি করে বিছানা পরিষ্কার করত, অন্যদিকে সুবীর তার বিছানা এলোমেলো রেখেই ফ্যাক্টরিতে চলে যেত। সারাদিন এইভাবে তার বিছানা, বালিশ পড়ে থাকত, কোন জিনিস কোথায় রাখত তা সে ভুলে যেত, বেশীরভাগ সময়েই বিনা ইস্ত্রি করা নোংরা জামা প্যান্ট পরেই সে বেরিয়ে যেত, অন্যদিকে সুপ্রিয় সবসময় পরিষ্কার পরিচ্ছন্ন থাকতে ভালোবাসত, জামা, প্যান্ট, এমনকি রুমালগুলোও সে ইস্ত্রি করে ঘরের মধ্যে সাজিয়ে রাখত। পাশাপাশি রাখা জুতোজোড়ার একজোড়া জুতো চকচক করছে, আর অন্য জোড়াতে কোনদিন পালিশ করা হয়েছে বলে মনে হতো না। সুবীরের গোছগাছের কোনো বালাই ছিল না। ঘরের একপ্রান্ত থেকে অন্যপ্রান্ত পর্যন্ত টাঙানো থাকত একটা দড়ি, তাতে জামা, প্যান্ট ঝুলিয়ে রাখত, ঝোলানোর সময় প্যান্ট থেকে টাকা পয়সা, টুকিটাকি জিনিস মেঝেতে

পড়ে গড়াগড়ি যেত । এইরকম বিপরীত প্রকৃতির দুই বন্ধু একই ঘরে একসাথে বসবাস করত । কিন্তু কোনদিন তাদের মধ্যে ঝগড়া বিবাদ হয়নি, বরং তাদের মধ্যে ছিল গভীর বন্ধুত্ব । তারা যা করত, সব একসঙ্গে, একসঙ্গে বেড়াতে যাওয়া, মেসে খেতে যাওয়া, ফ্যাক্ট্রিতে যাওয়া, দোকানে জিনিস কিনতে যাওয়া, সিনেমা যাওয়া, গভীর রাত পর্যন্ত একসঙ্গে পড়াশুনা করা । পড়তে পড়তে সুবীর প্যাকেটের পর প্যাকেট সিগারেট খেত, আর সেই সিগারেটের টুকরো অ্যাসট্রেতে পড়ে থাকত । কখনো কখনো ওয়ার্ডেন মিসেস গ্রোভার হোস্টেল পরিদর্শনে আসতেন । এসে ঘরের এই অবিন্যস্ত অবস্থা দেখে খুব রাগারাগি করতেন, তিনি OFTI থেকে সুবীর ও সুপ্রিয়কে ডেকে পাঠাতেন, খুব বকাবকি করতেন, অ্যাসট্রেটা ছুঁড়ে ফেলে দিয়ে চেঁচামিচি করতেন, চার্জম্যানলোক ইতনা সিগারেট পিতে হো, তুমলোগোকো বিমার হো যায়গা । তুমহারা এগেনস্টমে ম্যায় কমপ্লেন করুঙ্গা ।

সুপ্রিয় ছিল খুব ধীর, স্থির, শান্ত প্রকৃতির আর তার সঙ্গে ছিল বিচক্ষণতা । যে কোনো পরিস্থিতি মোকাবিলা করার ক্ষমতা রাখত, একাই সবদিক সামলাতো । কখনো কখনো সুবীর রাত্রে ক্লান্ত দেহে বিছানায় শুয়ে ঘুমিয়ে পড়ত, সুপ্রিয় তার চশমাটা চোখ থেকে খুলে টেবিলে রেখে দিত, তার গায়ের চাদরটা টেনে দিত, মেঝেতে পড়ে থাকা টাকা পয়সা তুলে সুবীরের বিছানার সামনে টেবিলে রেখে দিত, দুধ, কমপ্ল্যান গরম করে ট্রেতে করে সুবীরকে দিত । এর জন্যে তার কোনো ক্ষোভ ছিল না, বরং সে করত তার স্বভাবসিদ্ধ ভঙ্গীতে আনন্দের সঙ্গে । এতদুরে ছেলেকে একা পাঠিয়ে সুবীরের বাবা, মা ছিলেন খুবই চিন্তিত--কি করছে, কি খাচ্ছে, কিভাবে দিন কাটাচ্ছে এইসব ভেবে তারা ছিলেন খুবই অস্থির -- রোজই সকাল, বিকাল, রাত্রে বারবার ফোন করে তারা এইসব কথা জিজ্ঞেস করতেন ।

সুপ্রিয়র বাবা তাকে কিন্তু কখনও ফোন করে এসব কথা জিজ্ঞেস করতেন না, মাঝে মাঝে মানিঅর্ডার করে টাকা পাঠাতেন আর দেওঘর থেকে একাই চলে এসে তাঁর ছেলের কাছে দু'একদিন কাটিয়ে যেতেন । এইভাবে ফ্যাক্টরির কাজ আর পড়াশুনার মধ্যে দিয়ে দিনগুলো ভালোই কাটছিল ।

তাদের মেসের রাঁধুনি নিতাই ছিল উড়িষ্যা নিবাসী । হোস্টেলের তার জন্য নিদ্দিষ্ট ঘরে সে একাই থাকত । তার বউ, ছেলে ছিল উড়িষ্যার গঞ্জাম জেলায় তাদের গ্রামের বাড়িতে । একবার বউএর অসুখের খবর শুনে সে একমাসের ছুটি নিয়ে দেশের বাড়ি চলে গেল । তার অনুপস্থিতিতে মেস বন্ধ, সকলে যে যার মত ব্যবস্থা করে নিল । সুপ্রিয় ও সুবীরকেও নিজেদের রান্না করে খেতে হতো । আর সকলের মত তারাও তাদের ঘরে হিটার জ্বালিয়ে ভাত তরকারি রান্না করত । দিনেরবেলা ফ্যাক্টরির ক্যান্টিনে খেলেও তারা রাত্রের দিকে এসে রান্না করত । সুপ্রিয় ছিল রান্নায় সিদ্ধহস্ত । কিন্তু কখনো কখনো যখন সুবীর রান্না করত তখন দেখা গেল তরকারি পুড়ে গেছে, কখনো নুনে পোড়া, আধসেদ্ধ, ভাত ও ফ্যান একাকার । বেশীরভাগ সময়েই পোড়া হাঁড়ি, কড়া ঝামা দিয়ে ঘষে ঘষে মাজতে হতো । সুপ্রিয়র কাছে থাকতে থাকতে খুব কম দিনের মধ্যেই পরে অবশ্য সুবীর রান্না করতে শিখে গেল । যেসব কাজ সুবীর তার মা বাবার ছত্রছায়ায় থেকে শিখতে পারেনি, তার বন্ধুর সংস্পর্শে এসে সে ধীরে ধীরে রপ্ত করে নিল ।

এইভাবে তাদের কেটেছে, দিনের পর দিন, মাসের পর মাস, বছরও শেষ হল । এই সময়ের মধ্যে তাদের বন্ধুত্বের বন্ধন আরো নিবিড় হয়েছে । মাঝে শুধু পূজোর সময়ে বাড়ি যাওয়া -- সুবীর প্রতিবছর দুর্গাপুজোর সময় দু'সপ্তাহের ছুটি নিয়ে যেত বাড়িতে আর সুপ্রিয় কানপুরেই থাকত । সে সেখানে থেকেই পড়াশুনা করেছে,

সেখানেই বরাবর পুজো কাটিয়েছে । এখানে তার বন্ধুর সংখ্যা কম নয় । আরমাপুরের এ্টেটে জাঁকজমক করে পুজো হয় --পুজোর সঙ্গে সঙ্গে হয় নানারকম অনুষ্ঠান, অর্কেস্ট্রা, প্রতিযোগিতা, যাত্রা, ভোগ খাওয়া, এছাড়া লাগত স্টল, সেখানে মুখরোচক খাওয়া । এই পুজো ছেড়ে কোথাও যেতে তার মন চাইত না । কিন্তু এই কয়েকদিনের সুবীরের অনুপস্থিতিতে সুপ্রিয়র কিরকম ফাঁকা ফাঁকা লাগত । তাদের দু'জনেরই মন খারাপ হয়ে গেল যখন প্রবেশনের শেষ ছয়মাস সুবীবকে নাগপুরের কাছে আমবাঝারি অর্ডন্যান্স ফ্যাক্ট্রিতে ট্রেনিংএর জন্য পাঠিয়ে দেওয়া হলো । ট্রেনিংএর শেষে সেখানেই পোস্টিং । সুপ্রিয়র পোস্টিং কানপুরে । সুবীরের তখনও কয়েকটি পেপার ক্লিয়ার হতে বাকি । সে সুপ্রিয়কে বলল, দেখ, তোর তো এই পেপারগুলো ক্লিয়ার হয়ে গেছে, ওগুলোর সব নোটস আমাকে দিয়ে দে । সুপ্রিয় তাকে হাসিমুখে বলল, সেটা এমন কি কথা, তুই নিয়ে যা । চোখের জলে বন্ধুকে বিদায় দিয়ে কানপুর সেন্ট্রাল থেকে ঘরে ফিরে আসার পর সুপ্রিয়র খুব একা একা লাগছিল ।

একদিন সকালে ছুটির দিনে সুপ্রিয় ঘরে বসে চা খেতে খেতে সদ্য আসা 'দেশ' পত্রিকাটাতে চোখ বোলাচ্ছিল । সেইসময়ে সে অবাক হয়ে দেখল, তাদের ফ্যাক্ট্রিতে স্টীল মেল্টিংশপে কর্মরত তপন মুখাজ্জী এসে হাজির । তপন বয়েসে সুপ্রিয়র চেয়ে বেশ বড়, কিন্তু এখনও সুপারভাইজার পদে আটকে আছে । কিন্তু তার ভীষন দেমাক । যখন সুপ্রিয়র স্টীল মেল্টিংশপে পোস্টিং ছিল, তখন তাকে স্টীল মেল্টিং সংক্রান্ত কিছু জিজ্ঞেস করলে সে তাকে এব্যাপারে সাহায্য করা তো দুরের কথা এমন ভাব দেখাত যেন তার প্রশ্নটা অর্বাচীনের মত, সে তাচ্ছিল্যে স্বরে বলত, ভালো করে দেখ, মন দিয়ে পড়াশুনা কর । নিজেরা চেয়ারে বসে বসে চা, কফি খেলেও কোনদিন তাকে অফার

করেনি । এইধরনের একজন ব্যক্তির তার কাছে আসাতে সুপ্রিয় একটু অবাক হয়ে গেল ।

তপন হাসিমুখে বলল, আজ ছুটির দিন, ভাবলাম তোমার সঙ্গে একটু কাটিয়ে যাই । তা সব ভালো তো ?

-- হ্যাঁ । আপনি কেমন ?

-- আমরাও ভালো আছি । তুমি তো এখন হিটট্রিটমেন্ট শপে আছ ? ওখানের মিঃ মজুমদার আমার বিশেষ বন্ধু, আমরা একসঙ্গে জয়েন করেছিলাম, তার কাছ থেকেই তোমার সব খবর পাই । তুমি তো কানপুর ইউনিভার্সিটি থেকে ম্যাথামেটিক্সে ফার্স্টক্লাস মার্কস নিয়ে এম এসসি করেছ ?

-- হ্যাঁ, আপনি সব খবরই রাখেন দেখছি --

তপন নিজে থেকেই বলতে শুরু করল, আমারও এখানে দেখতে দেখতে বছর পনেরো হয়ে গেল । আমি এলাহাবাদ থেকে পাশ করেছি, ওখানেই জন্ম, বাড়ি ঘরদোর, বাবা, মা ওখানেই থাকেন । আমি এখানে স্বরূপনগরে ফ্যামিলি নিয়ে থাকি, ফ্যামিলি মানে আমার স্ত্রী, আর এক মেয়ে । এসো না একদিন আমাদের বাড়ি । আমার স্ত্রী ঘরোয়া, খুব মিশুকে । তুমি ভালো মার্কস নিয়ে এম এসসি করেছ, AMIE তেও ভালো মার্কস পেয়েছ, এত বছরের এক্সপেরিয়েন্স আছে, সেটাই বা কম কি, এখন বয়েস কম, এইসময়ে বেটার চান্সের জন্য এদিক ওদিকে অ্যাপলাই কর । কিছুক্ষণ এটা ওটা বলার পর তপনদা চলে গেলেন । যাবার সময় পুনরায় বলে গেলেন, আসবে কিন্তু আমাদের বাড়ি, ভুলো না যেন ।

তপনদার এইভাবে আসা ও ঔদার্যপূর্ণ ব্যবহার সুপ্রিয়কে যেমন অবাক করল, তেমনি সে বেশ খুশীই হল । না, লোকটা আগে যেমনই তার সঙ্গে ব্যবহার করে থাকুক না কেন, আসলে তিনি সেরকম মানুষ

নন, ওনার মনটা খুব ভালো, না হলে কি তিনি এভাবে এসে তার সঙ্গে এত আন্তরিকভাবে কথা বলেন, তার খোঁজখবর নেন । ক'টা লোক এমন করে ?

পরেরদিনই বিষয়টা জানা গেল । তপন নিজে থেকেই সুপ্রিয়কে ফোন করে জানালো । ফ্যাক্টরিতে যারা সুপারভাইজার আছে তাদের দীর্ঘদিন কোনো প্রমোশন হয়নি, তাই তারা চার্জম্যান পদে প্রমোশনের জন্য আন্দোলন করে আসছিল । ম্যানেজমেন্ট এখন তাদের জানিয়েছে তাদের এই দাবী মেনে নিতে তারা রাজি, তবে এরজন্য তাদের পরীক্ষা দিতে হবে । তপন তাদেরই একজন । এখন সুপ্রিয়ই ভরসা, সেই কারণেই তপনের সুপ্রিয়র কাছে আসা, সে সুপ্রিয়কে বলল, তুমি আমাকে মেটালার্জি পড়াও ।

এটা এমন কি শক্ত কাজ । তার তো বই, নোটপত্তর সবকিছুই রয়েছে । কিন্তু সমস্যা হল সেইসব বিষয় নিয়ে যেগুলোর নোটস সুবীর আমবাঝারিতে যাবার সময় তার কাছ থেকে নিয়ে গেছে । সুপ্রিয় সেই কথা সুবীরকে জানাল, তোর তো পরীক্ষা হয়ে গেছে, এখন তো ওগুলো তোর দরকার নেই, আমাকে পাঠিয়ে দে । ভুলোমনা সুবীর কয়েকদিন খোঁজাখুজির পর সুপ্রিয়কে বলল, তোর নোটসগুলো খুঁজে পাচ্ছি না, আমারও বেশ কিছু নোটস নেই । এখানে গরুর খুব উৎপাত-- যা পায় তাই খায়, আবার গুঁতোতে আসে,-- একদিন খোলা দরজা দিয়ে কয়েকটা গরু ঢুকে টেবিলের ওপরে রাখা খাতা, কাগজ সব খেয়ে ফেলল, তারমধ্যে তোর নোটসগুলোয় ছিল । সরি ।

সন্দীপন মেস

মেসের নাম সন্দীপন । কানপুরে কাকাদেও অঞ্চলের একপ্রান্তে অবস্থিত এই সন্দীপন মেস । এই মেসের মেম্বার চারজন -- দেবপ্রিয়, শুভ্রাংশু, মানস ও অচিন্ত্য । মানস ছাড়া বাকি সকলেই অর্ডন্যান্স ফ্যাক্ট্রিতে কর্মরত -- দেবপ্রিয় ওএফসিতে (অর্ডন্যান্স ফ্যাক্ট্রি কানপুর), শুভ্রাংশু এসএফএতে (স্মল আর্মস ফ্যাক্ট্রি) আর অচিন্ত্য এফজিকেতে (ফিল্ড গান ফ্যাক্ট্রি) । মানস কাজ করত লাল ইমলির উলেন ফ্যাক্ট্রিতে । শুভ্রাংশু ও মানস মামাতো পিসতুতো ভাই । আর আছে রামু, ওদের রান্না করে । বাড়িটার একদিকে ওদের মেস আর অন্যদিকে থাকেন দুই কন্যাসহ বাড়ির মালকিন, বাড়ির মালিক ডাক্তার, থাকেন সীতাপুরে । কানপুর থেকে সীতাপুরের দূরত্ব দু'শ কিলোমিটারের মত । তিনি সেখানেই থাকেন, মাঝে মাঝে বাড়িতে আসেন ।

কানপুরের এই অঞ্চলে আরো বেশ কয়েকটা মেস আছে, সেইসব মেসের এক একটা নাম, যেমন, আপনজন, বৈকালিক ইত্যাদি । এখানে যারা থাকে তারা সবাই অবিবাহিত, তাদের বেশীরভাগই অর্ডন্যান্স ফ্যাক্ট্রিতে কর্মরত । আগে তারা বিভিন্ন ট্রেনিংএর সঙ্গে যুক্ত

ছিল, ট্রেনিং শেষ হবার পর তাদের হোস্টেল ছাড়তে হল, তাদের মধ্যে যাদের পোস্টিং কানপুরে তারা এইসব মেসে থাকে। দেবপ্রিয় ও অচিন্ত্য চার্জম্যান অন প্রবেশনের পদে ওএফসিতে জয়েন করেছিল, আগে তারা ছিল সেখানের ট্রেনিং ইন্সটিটিউটের হোস্টেলে, ট্রেনিংএর শেষে তাদের আর সেখানে থাকার অনুমতি নেই। এইসব মেসে জায়গা খালি নেই, অগত্যা ট্রেনিং শেষে তারা দুজনে মিলে ঘর ভাড়া করে থাকতে শুরু করে। এর আগে তারা দুই জায়গায় ভাড়া ছিল, ভাড়া একটু সস্তা হলেও সেসব জায়গায় অনেক অসুবিধে, ছোট ছোট ঘর, বাড়ির চারপাশটা নোংরা, রাস্তার ওপাশে ঝুপড়ি সেখানে লেবার ক্লাসের লোকেদের বাস, রাস্তার ধারেই মলত্যাগ করে, দুর্গন্ধে টেকা যেত না। সেই তুলনায় এই জায়গাটা বেশ ছিমছাম, পরিচ্ছন্ন আর একতলা হওয়ায় এবং আলাদা গেট থাকায় যেতে আসতে কোনো অসুবিধে নেই, ভাড়াটা একটু বেশী-- তা হোক, এইরকম জায়গায় এর চেয়ে ভালো ঘর পাওয়া মুশকিল। এখন তো আর দু'জন নয়, চার জন, তাই ব্যয়ভারটা সকলে সমানভাবে ভাগ করলে কোনো অসুবিধে হয় না। শুভ্রাংশুর   ইচ্ছা AMIE কমপ্লিট করার, আগে সে যেখানে ছিল সেখানে একটা ঘরে গাদাগাদি করে চার পাঁচজন একসঙ্গে থাকত, সেখানে পড়াশুনা করার অসুবিধে। সেই কারণে সে দেবপ্রিয়দের সঙ্গে থাকার কথা বলাতে তারা রাজি হয়ে গেল। শুভ্রাংশুর সঙ্গে এল তার পিসতুতো ভাই মানস। কয়েকদিনের মধ্যেই ওদের মধ্যে এক মধুর সম্পর্ক গড়ে উঠল। মেসটির বাইরে ও ভেতরে দুটো ঘর, ভেতরের ঘরটা বেশ নিরিবিলি। শুভ্রাংশু ও অচিন্ত্য থাকত ভেতরের ঘরে, আর দেবপ্রিয় ও মানস বাইরের ঘরে।

বাড়িউলি মাসের এক তারিখে সন্ধ্যেবেলা তাদের মেসে ভাড়ার টাকা নিতে চলে আসেন, এছাড়াও মাঝে মাঝে হঠাৎ করে ঢুকে পড়েন

-- কখন আসবেন বোঝার উপায় নেই । সোজা ঘরের ভেতরে গিয়ে এদিক ওদিক দেখতে থাকেন, খাটের তলা, আবর্জনা ফেলার বাক্স কিছুই বাদ যায় না । সব সময় সন্দেহবাতিক । ছেলেগুলো ঠিক তো, এখানে আসার আগে ভালো ভালো কথা বলে তো ঢুকল, যেখানে কাজ করে সেখানকার অশোকস্তম্ভ মার্কা আই-কার্ডের কপি দিয়ে বলল, আপনি আমাদের ওপরে সম্পূর্ণ নির্ভর করতে পারেন -- এখানে সবাই শিক্ষিত, মার্জিতরুচিসম্পন্ন, কোনো পার্টি পলিটিক্সের মধ্যে নেই, সবাই ভালো বংশ থেকে এসেছে, চাইলে আপনি আমাদের বাবার সঙ্গে ফোনে কথা বলতে পারেন -- আর মানুষের সমস্যা থাকতেই পারে -- যখন কোনো দরকার হবে আমাদের জানাবেন, আমরা তো আছিই । বাড়িউলি সবকিছু শুনে ওনার কর্তার সঙ্গে পরামর্শ করে বললেন, ঠিক আছে, ভালো ছেলের মতো থাক তো কোনো আপত্তি নেই । তোমরা তো বাঙালী, মাছ, মাংস খাও, তবে রান্না করার সময় রান্নাঘরের জানলাটা বন্ধ করে রেখো যেন এদিক গন্ধ না আসে, যদি আসে তো তারপর দিনই বিনা নোটিশে ঘর ছাড়তে হবে । এটাই অনেক বড় ছাড় । এর আগে তো মিশ্রাজীর বাড়িতে কড়া নির্দেশ ছিল, Nonveg not allowed. আর একটা জিনিস, ড্রিংক্স চলবে না । এইসব শর্ত মানতে রাজি তো থাক । ওরা তাতেই রাজি, তবু বিশ্বাস হয় না । তাই মাঝে মাঝে ঢুকে পড়ে দেখে যান ।

অচিন্ত্য কাজ করত স্টিলমেল্টিং শপে । দিনে রাত্রে ডিউটি । শুরুতে সে কোনো অফিসারের সাথে রাত্রে ডিউটি করত । কয়েকদিন যেতে না যেতেই সেখানের ফোরম্যান দাসগুপ্তদা তাকে ডেকে বলল, প্যারেলাল, তোমাকে সামনের সপ্তাহ থেকে একাই রাত্রে যেতে হবে, মেল্টিং দেখতে হবে, কি পারবে তো ? অচিন্ত্য একবাক্যে রাজি । তারপর থেকে সেই নাইট ডিউটির ইনচার্জ -- প্রথমের দিকে এক

সপ্তাহ অন্তর, পরের দিকে একটানা একমাস রাতের ডিউটি । সেই একমাত্র অবিবাহিত, বাকি অফিসাররা সকলেই বিবাহিত, সকলেরই রাতের ডিউটিতে অসুবিধে, তাই তুমিই যাও । তাছাড়া নাইট ডিউটি অ্যালাওয়েন্স আছে, সেটাও তো কম নয় । একা একা রাত্রে থেকে তাকে সবদিক সামলাতে হতো, সারারাত্রি কাটত বিনিদ্রায় ।

সারারাত জেগে ফ্যাক্টরি থেকে সে যখন মেসে ফিরত তখন তার শরীরে শক্তি বলে কিছু থাকত না --- অবসন্ন শরীরটা বিছানায় এলিয়ে দিয়ে সে পড়ত ঘুমিয়ে । কখন যে মাথার কাছে টেবিলের ওপরে চা, রুটি তরকারি ঢাকা দিয়ে রামু আর সকলের জন্যে দুপুরের লাঞ্চের টিফিন কেরিয়ার নিয়ে চলে গেছে সে টের পায়নি । মেসের মধ্যে একা একা তার ভালো লাগত না । কখনো কখনো সে তার সাইকেলটা নিয়ে বেরিয়ে পড়ত, রাউতপুরের দিকে রাস্তা ধরে এগিয়ে যেত । সরু ঘিঞ্জি, নোংরা এবড়ো খেবড়ো রাস্তা, রাস্তার দুইধারে কাঁচা, পাকা বাড়ি, সেইসব বাড়িতে কোনো মতে মাথা গুঁজে লোকের বাস । সেখানের লোকেরা এইরকম অপরিচ্ছন্ন পরিবেশে থাকতেই অভ্যস্ত । রাস্তার কলে জল নেওয়ার জন্যে বউয়েরা ভীড় করে দাঁড়িয়ে । রাস্তার সেই ধুলোর ওপরেই লোকে বসে পড়েছে, খাটিয়ার ওপরে বসে তাস খেলছে, সাইকেল চালানোর উপায় নেই, বেল বাজালেও কেউ সরতে চায় না, বরং বিরক্ত হয়, পাঁচটা কথা শুনিয়ে দেয় । দেবপ্রিয় শুনে বলল, এটা তো কানপুর, এখানে ওসব বেল টেল চলবে না । কারোর সাইকেলে বেল দেখেছিস ?

কিছুদূর যেতেই রাস্তাটার বাঁদিকে একটা মাটির রাস্তা গ্রামের দিকে চলে গেছে, সেই রাস্তার ধারে বেশ কয়েকটা নার্সারি । অচিন্ত্য সেখান থেকে কিনে নিয়ে আসে রজনীগন্ধা, গাঁদা, জবা, নয়নতারা, বেলী ফুল গাছের চারা ।

মেসে ফিরে গেটের ভেতরে দুইধারে কিছুটা জায়গাতে সে সেইসব গাছ লাগায়, জল, সার দিয়ে সেইসব গাছগুলো পরিচর্যা করে । 'অচিন্ত্য ভাইয়া', ঘাড় ঘুরিয়ে সে পেছনের দিকে তাকিয়ে দেখে বাড়িউলি দাঁড়িয়ে । চুপচাপ বসে না থেকে সে তাঁর সঙ্গে কথা বলতে থাকে । এটা ওটা কথা বলার পরে আধ্যাত্মিক বিষয় নিয়ে আলোচনা হয় । দুজনেই তাদের বিশ্বাস, অবিশ্বাসের কথা বলতে থাকে । এইভাবে ভাবের আদান প্রদান করতে অচিন্ত্যর ভালো লাগে । এক একজনের বিশ্বাস এক একরকম, সেটাই স্বাভাবিক । কিন্তু সেই বিশ্বাসকে আঁকড়ে থেকে আমারটাই ঠিক তার তোমারটা ভুল সেই নিয়ে তর্ক, বিবাদ করার কোনো মানে নেই । বরং তা ঈশ্বর থেকে আমাদের দূরে সরিয়ে রাখে । যখনই দেখবেন ঝগড়া, বিবাদ সেখানে মনে করতে হবে আমরা ঈশ্বর থেকে দূরে সরে এসেছি, এসব আমাদের অহংকার, আর অহং হলো অজ্ঞানতা । ঈশ্বর যেমন এই জগতের সৃষ্টিকর্তা তেমনি তিনি এই জগতের মধ্যে বিধৃত, বিভিন্নভাবে বিভিন্নরূপে এই জগতে তাঁর প্রকাশ, তাই তাকে জানার উপলব্ধির পথও এক নয় । এর জন্যে চাই অকপট বিশ্বাস, ভালোবাসা । আমি যা বিশ্বাস করি নিষ্ঠার সঙ্গে সেই পথ ধরেই আমাকে এগোতে হবে । কে কি বলল তাতে কিছু যায় আসে না । আসল হলো অন্তরের শুদ্ধতা,   ঈশ্বর কোন বাইরের বস্তু নয়, তিনি আমাদের অন্তরে সবসময় বিরাজ করছেন । সে বলতে থাকে, ঈশ্বর আমাদের সকলের মধ্যেই রয়েছেন, তিনিই আমাদের পরিচালনা করছেন, সকল বিপদ আপদ থেকে উদ্ধার করছেন, নানান ঘাত প্রতিঘাতের মধ্যে দিয়ে আমাদের এক নিদিষ্ট লক্ষ্যের দিকে এগিয়ে নিয়ে চলেছেন । তাকে উপলব্ধির জন্য আমাদের মনকে শুদ্ধ করতে হবে, পবিত্র করতে হবে, আমরা মনোময় জীব, কিন্তু মন আমাদের নিয়ন্ত্রণে নেই, দৈহিক ও

প্রাণিক কামনা বাসনা মেটানোর কাজে সে সবসময় ব্যস্ত । এইসব কামনা বাসনা হলো আবিলতা, তারা আমাদের মনকে অশুদ্ধ করে তোলে, যত আমরা এসব থেকে মনকে মুক্ত করব তত মন শুদ্ধ হবে । এছাড়া মন সবসময় চঞ্চল, বাইরের জগতের এটা ওটা নিয়ে সে সবসময় মত্ত । আধ্যাত্মিক পথে এগোনো এই চঞ্চল মন দিয়ে হয় না । তাকে শান্ত ও বাসনা, কামনা থেকে মুক্ত করতে হবে, তারজন্য নিরন্তন অভ্যাস দরকার । গীতাতে বলা আছে এর জন্য দুটি উপায়, অভ্যাস ও বৈরাগ্য । এই মন সবসময় আমাদের মধ্যে মনের ওপরে যে আত্মা রয়েছে সেখানে নিবদ্ধ করতে হবে । এইভাবে আমরা আত্মার মধ্যে বাস করতে পারব, তার মধ্যে দিয়ে ঈশ্বরের নির্দেশ শুনতে পারব । সেই নির্দেশ অনুযায়ী কাজ করাটাই হল আসল কথা, আমাদের হতে হবে তাঁর কাজের যন্ত্র যাতে করে কোনোরকমের বাধা না পেয়ে সেই কাজ আমাদের মধ্যে দিয়ে অবিকৃতভাবে সম্পন্ন হতে পারে । নিত্য মন্দিরে গিয়ে পূজো করা, ব্রত উদযাপন করা, আচার অনুষ্ঠান পালন করা এক জিনিস আর সৎচিন্তা, সৎকর্ম, অন্তরের শুদ্ধতা, ভক্তির দ্বারা, অহংশূন্য, বাসনাশূন্য হয়ে অকপট ভাবে আমাদের অন্তরে অধিষ্ঠিত ঈশ্বরের কাছে নিজেকে নিবেদন করা অন্য জিনিস, এইভাবে আমরা ঈশ্বরের কাছে আসতে পারি, তাঁর নির্দেশ শুনতে পারি ।

ভাবিজি জিজ্ঞেস করেন, তাহলে মানুষ এই যে নিয়মিত ভাবে পূজো করে, মন্দিরে যায় তার কোন দরকার নেই ।

অচিন্ত্য বলে তা কেন ? এসবের মধ্যে দিয়েই তো মানুষের ভক্তি জাগরিত হয়, জ্ঞানের স্ফুরণ হয় । এগুলো তো উপায় কিন্তু অনেক ক্ষেত্রে দেখা যায় মানুষ এইসব জিনিসকেই সত্য বলে মেনে নিয়ে আসল সত্য থেকে দূরে সরে যায়, তার কাছে এই আচার বিচার এটাই

একমাত্র সত্য মনে হয় । তাতে কি হয়, সে সারা জীবন ধরে এর মধ্যেই আটকা পড়ে থাকে ।

ভাবিজি জিজ্ঞেস করলেন, কিভাবে অন্তঃকরণ শুদ্ধ হয় ?

অচিন্ত্য বলল, তার উপায় হলো সৎ চিন্তা, সৎ কর্ম করা, মনকে কামনা বাসনা থেকে মুক্ত রাখা, মিথ্যা কথা না বলা, লোভ না করা, গরীব লোকেদের সাধ্যমত সাহায্য করা, অল্পে সন্তুষ্ট থাকা, ঈশ্বরে মতি রাখা, শরীরে কোনো দোষ না রাখা ।

-- কিন্তু তোমরা যে মাছ, মাংস খাও এটা কি কোনো দোষের নয়?

--- আমরা যে পরিবেশের মধ্যে বড় হয়েছি সেখানে ছোটবেলা থেকে দেখে আসছি লোককে মাছ, মাংস খেতে, একটা শিশুর জন্মানোর পরে যখন তাকে প্রথম ভাত খাওয়ানো হয় তার সঙ্গে মাছ দেওয়া হয়, কেউ যদি মাছ না খায় তাকে প্রশ্ন করা হয়, মাছ না খেলে তোমার শরীর কি করে টিকবে, চোখ কি করে ভালো থাকবে ? আমাদের শাস্ত্রে কখনই বলেনি তুমি আমিষ খাবে না । সেখানে বলা হয়েছে সাত্ত্বিক,রাজসিক ও তামসিক খাদ্যের কথা । ছোটবেলায় যখন অসুখ থেকে যখন সেরে উঠতাম, তখন শরীরের দুর্বলতা কাটানোর জন্য মা আমাদের ছোট ছোট মাছের সেদ্ধ ঝোল করে খাওয়াতো । এটা হলো সংস্কার, আপনাদের সংস্কার ভিন্ন । আপনারা মাছ মাংস খেতে অভ্যস্ত নয় । তাই আপনারা পারবেন না, খেলে বমি হয়ে যাবে । তবে হ্যা, আমিও আপনার মত মনে করি নিজের পেট ভরার জন্য একটা জীব হত্যা করে খাওয়ার কি প্রয়োজন ?

এইসব নিয়ে আলোচনা করতে তাদের দুজনেরই ভালো লাগে । কখনো কখনো ভাবিজি এটা ওটা বানিয়ে নিয়ে এসে অচিন্ত্যকে দেয় ।

প্রতি বুধবার সন্ধ্যেবেলায় দৈনিক জাগরণ পত্রিকা এনে বেড়ার ওপাশ থেকে ভাবিজি হাঁক পাড়তেন, অচিন্ত্য ভাইয়া । সেই ডাক শুনে দেবপ্রিয় অচিন্ত্যর দিকে তাকিয়ে মুচকি হেসে বলত, যা, তোর স্পিরিচুয়াল সিস্টার এসে গেছে । অচিন্ত্য গেলে ভাবিজি তাঁকে সেই পত্রিকায় হিন্দীতে লেখা আধ্যাত্মিক বিষয়ে লেখা রচনা থেকে পড়ে শোনাতেন । তারপর তাদের মধ্যে এই বিষয় নিয়ে দীর্ঘসময় ধরে আলোচনা হতো ।

দেবপ্রিয়র ছিল অসামান্য স্মৃতিশক্তি । সে গান শুনতে খুব ভালোবাসত । শুধু তাই নয়, কোনো গান শুনে সে বলে দিত সেটা কোন সিনেমার গান আর হুবহু সুরে নির্ভুল গাইতে পারত । তার জন্মস্থান গোরখপুরে, পড়াশুনা কানপুরে, বাঙলা ও হিন্দীভাষায় সে ছিল সমান পারদর্শী । তার ছিল ম্যাথামেটিক্সে মাস্টার ডিগ্রী । ইঞ্জিনিয়ারিং পড়ার সময়ে সে অচিন্ত্যকে এই বিষয়ে অনেক সাহায্য করেছিল । এখনো সে টিউশনি করে, টিউশনি বলা ভুল হবে । অপরের অনুরোধে ছুটির দিনে কাকাদেও থেকে আরমাপুরে সাইকেলে চড়ে সে কোনো পারিশ্রমিক ছাড়াই পড়াতে যেত, মাঝে মাঝে ফ্যাক্টরি থেকে ফেরার সময় সেখানে যেত । শুধু সে একাই নয়, অচিন্ত্য ও শুভ্রাংশুও বিনা পারিশ্রমিকে পড়াতে যেত ।

শুভ্রাংশু ছিল বয়েসে আর সকলের চেয়ে বড় । সে বাঙলা ছাড়া শুধু হিন্দীই নয়, পাঞ্জাবী ভাষাতেও অনর্গল কথা বলতে পারত । তার ছিল অনেক গুণ । সে ভালো ম্যাজিক দেখাতে পারত । একা স্টেজে ম্যাজিক দেখিয়ে লোকের মনোরঞ্জন করতে পারত । তুমি চিৎ হয়ে শুয়ে পড়, তোমার বুকের ওপরে রেখে দেওয়া হলো একটা কমলালেবু আর তাকে একটা ছুড়ি দিয়ে চোখবাঁধা অবস্থায় গেটের বাইরে রাস্তায় ছেড়ে দেওয়া হলো । সেই অবস্থায় সে এসে তার হাতের ছুড়ি দিয়ে

সেই কমলালেবুকে বিদ্ধ করে দিত । যাদুকর পি সি সরকারের মতোই চোখবাঁধা অবস্থায় কোনো খাতায় তোমার লেখা কোন বাক্য হুবহু লিখে দিত । এছাড়া সে ছিল ব্রিজ খেলায় পারদর্শী ।   ব্রিজ কম্পিটিশনে সে ছিল চ্যামপিয়ান । তার সব থেকে বড় গুণ হলো পরোপোকারিতা । লোকের বিপদে আপদে সে আগে ছুটে যেত । একবার রাত্রে ডিউটির সময় ফার্নেসের ইলেকট্রিক আর্ক লেগে অচিন্ত্যর চোখে যন্ত্রণা হচ্ছিল, তখন শুভ্রাংশু সারা রাত ধরে জেগে তার চোখে সেঁক দিয়েছিল । সেসব কথা অচিন্ত্যর এখনো মনে আছে ।

এরপরে আসি মানসের কথায় । মানস খালি গলায় ভালো গান গাইতে পারত । হিন্দী, বাঙলা দুইভাষার গানেই ছিল তার অবাধ গতি । কানপুরের অনেক অনুষ্ঠানে সে গান গেয়ে অনেককে আনন্দ দিয়েছিল । এছাড়া সে ভালো ফুটবল খেলত । মাঝে মাঝে এরজন্য তার পায়ে চোটও লেগেছে । কিন্তু এসব কিছু তাকে কাবু করতে পারেনি । ছুটির দিনে বাইরের ঘরে বসত ক্যারম খেলার আড্ডা । বাইরে থেকে আসত অমিত, বিল্লু আর সমীর । রামুর কাজ ছিল কিছুক্ষণ পরে পরে চা করে সকলকে পরিবেশন করা । রামু ছিল খুব হাসি খুশি । মেসের বেশীরভাগ সময় কাটতো রঙ্গ-রসিকতায়, তাতে রামুও কখনো কখনো যোগ দিত । এর সঙ্গে নাচ গানের আসর ভালোই জমত ।

আমাদের জীবন পরিবর্তনশীল । সময়ের সাথে সাথে সব কিছু বদলে যায়, কোনো কিছুই চিরস্থায়ী নয় -- থেকে যায় শুধু সুখদুঃখভরা স্মৃতি । সেই স্মৃতিতে ভেসে ওঠে পুরোনো দিনের বেশ কিছু মানুষের মুখ । অনতিকাল পরেই বিআইএসের চাকরি নিয়ে অচিন্ত্য চলে গেল কানপুর থেকে সুদূর চেন্নাইয়ে । চলে যাওয়ার সময়টা তার কাছে ছিল খুবই বেদনাদায়ক । সকলকে ছেড়ে চলে যাওয়ার সময় তার চোখ

ছলছল করে উঠল । চোখের জল গোপন করে সে ট্রেনে উঠে এক কোনে চুপ করে বসেছিল--বসে বসে সে ভাবছিল, সে ফেলে এল কয়েকজন ভালো আর খাঁটি মানুষের সংস্পর্শ, যারা গীতার ভাষায় ''নিত্যতৃপ্তো নিরাশ্রয়ঃ'', যারা সর্বদা তুষ্ট, যারা কারোর ওপর নির্ভর করে না ।

চেন্নাইয়ে আসার বেশ কয়েকদিন পরে অচিন্ত্য লেটারবক্স খুলে দেখল দেবপ্রিয়র লেখা একটা চিঠি । তাতে লেখা সে যে স্টিলমেল্টিং শপে কাজ করত সেখানে এক মর্মান্তিক দুর্ঘটনার কথা । এই দুর্ঘটনায় তার পরিচিত বেশ কয়েকজনের প্রাণ হারাতে হয়েছে । পড়ে তার মনটা বেদনায় ভরে উঠল । চিঠির শেষে সে লিখেছে, ''তুই চলে যাওয়ার পর আমাদের সকলের মন খুব খারাপ । একদিন ভাবিজি এসে তোর কথা বলে খুব দুঃখ করছিল, তার সঙ্গে একটা গানের লাইন বলে উঠল, পরদেশী সে আঁখিও ন মিলানা'' ।

চষক

কিছুক্ষণ আগে সূর্য অস্ত গেছে। সন্ধ্যাবন্দনা সেরে এক কাপ চা নিয়ে অচিন্ত্য বাইরের ঘরে একা বসে। সামনের ছোট টেবিলটার ওপরে এক কাপ চা আর বিস্কুট। মনের মধ্যে নানা চিন্তা জট পাকাচ্ছে। বসে বসে সে সেইসব চিন্তার জট খুলতে থাকে। এটাই তার কাজ। আর কোন কাজ নেই। পড়াশুনা, লেখালেখি ওসব আর ভালো লাগে না। কতই আর বয়েস -- এই বয়েসে তার বন্ধুরা রিটায়ারের পরে এখনও বিভিন্ন কাজে ব্যস্ত, ট্যুর করে বেরাচ্ছে। কয়েকবছর আগে তার স্ত্রী-বিয়োগ হয়, আর এই কয়েকবছরে সে বয়েসের তুলনায় অনেকটা বুড়িয়ে গেছে। এখন সে একা, কিন্তু যখন সে ছোট ছিল তখন যা কিছু করত সব একসঙ্গে, একসঙ্গে স্কুলে যাওয়া, সাইকেলে চড়ে ঘুরে বেড়ানো, খেলাধুলা করা, চড়ুইভাতি, দলবেঁধে ঠাকুর দেখতে যাওয়া, গঙ্গার বুকে সাঁতার কাটা। সেইসব পুরোনো দিনগুলোর কথা মনে পড়ছে। ভাবতে ভাবতে তার মনটা খারাপ হয়ে যায়, কি সুন্দর ছিল

সেইসব দিনগুলো, অভাব ছিল, কিন্তু আনন্দও ছিল । সেইসব আনন্দের দিনগুলো আর ফিরে আসবে না । তখন শরীরচর্চা ছিল এক প্রধান খেলার অঙ্গ । পাড়ায় পাড়ায় ব্যায়াম, জিমন্যাসটিক ক্লাব, কুস্তির আখড়া -- এসবের প্রতিযোগিতা হতো । তাদেরও ক্লাব ছিল,-- নবারুণ ব্যায়াম সমিতি, তারই দেওয়া নাম । মনে পড়ে বর্ষার দিনে খরস্রোতা গঙ্গা জলে টইটুম্বুর । সেই জলে এক পাটবোঝাই নৌকা উল্টে গিয়েছিল । সুকুমারের বাবা যোগেনবাবুই খবরটা নিয়ে এল । খবরটা শুনে তারা সবাই দল বেঁধে ছুটল, তারপরে গঙ্গার জলে নেমে সাঁতার কেটে সেই পাটের গাঁটি তুলে নিয়ে এসেছিল । সেই পাট সুকুমারদের নেড়া ছাদে শুকতে দেওয়া হয়েছিল, পরে সেগুলো গোন্দলপাড়া জুটমিলে বিক্রি করে দেওয়া হয় । সেই টাকা দিয়েই তারা গড়ে তুলেছিল তাদের ক্লাব-- নবারুণ ব্যায়াম সমিতি । রোজ সেখানে সবাই মিলে তারা সকাল বিকাল শরীরচর্চা করত, ভেজানো ছোলা, বাদাম, আখেরগুড় এইসব খেত, গঙ্গার বুকে স্রোতের বিপরীতে সাঁতার কেটে দম বাড়াত । এছাড়া তারা মন্দিরের সামনের মাঠে নেট টাঙিয়ে খেলত ভলিবল, ব্যাটমিন্টন । এসব করে একটাই লাভ হয়েছিল, কোনদিন কোনো জ্বরজ্বালা তাদের কাবু করতে পারেনি । এই খেলার সুবাদের তাদের মধ্যে কেউ কেউ কোটায় চাকরিও জুটিয়ে নিয়েছিল । সেইসব বন্ধুরা কোথায় ? সবাই হারিয়ে গেছে, কারোর সঙ্গে যোগাযোগ নেই, এখন সে একা । তার একটি মাত্র মেয়ে, বাইরে থাকে, রাতের দিকে ফোনে কথা হয় ।

মোবাইলটা বেজে উঠল । অন্যপ্রান্ত থেকে প্রতিবেশী সমীরণ ব্যানাজীর গলার আওয়াজ -- আমি ব্যানাজী বলছি... কি করছেন... চলে আসুন ।

সমীরণ ব্যানার্জী অচিন্ত্যর প্রতিবেশী -- বাড়ির সামনের রাস্তার ওপাশেই থাকেন । উনিও একা, কয়েকবছর আগে ওনারও স্ত্রী-বিয়োগ হয়েছে -- এক পুত্র, এক কন্যা, দুজনেই বাইরে, একজন কলকাতায়, আর একজন গোয়ায় । একা থাকলেও উনি অনেকটা খোলা মনের মানুষ, অচিন্ত্যর মতো নয়, সংসারের দুঃখ, যন্ত্রণা তো থাকবেই, তা বলে ওসব কিছুকে অত আমোল দিলে চলে না -- আগে এয়ারফোর্সে কাজ করতেন, বেশ কয়েকবছর হলো রিটায়ার করেছেন, বয়েস আশির কাছাকাছি, কিন্তু এখনও নিত্য ওখলাতে যাতায়াত করেন, ওখানে এক প্রাইভেট কোম্পানীতে কাজ করেন ।

দরজা খুলে ঢুকতেই সমীরণ অচিন্ত্যকে সাদর আপ্যায়ন করল, আসুন আসুন, একটু আড্ডা দেওয়া যাক । অচিন্ত্য দেখল এর আগেই ওখানে সান্তনু চ্যাটার্জী, অভিজিৎ দত্ত এরাও উপস্থিত ।এখানে মাঝে মাঝে আড্ডা বসে । নানারকমের আলোচনা হয়, তবে পলিটিক্স, ধর্ম এসব বিষয় বাদ দিয়ে -- এগুলো মানুষে, মানুষে বিভেদ সৃষ্টি করে, এক একজনের বিশ্বাস এক একরকমের, কি দরকার কারোর বিশ্বাসে আঘাত দিয়ে কথা বলা ? এসবের দ্বারা মানুষে মানুষে সুস্থ স্বাভাবিক সম্পর্ক নষ্ট হয় । এইসব বিষয় নিয়ে টিভি পর্দায় মানুষ একে অপরের সঙ্গে তর্ক করে, একে অপরকে দোষারোপ করে । তাই ঠিক হয়েছে যাই আলোচনা হোক এসব বিষয়ে নিয়ে কোনো আলোচনা নয় ।

সান্তনু চ্যাটার্জী আগে এক প্রাইভেট কন্সট্রাকশন কোম্পানীতে কাজ করত । সেখান থেকে রিটেয়েরমেন্টের পর সে বাড়িতেই ছোটখাটো গানের ক্লাস নিয়ে আছে । ছোটবেলা থেকেই সে গান বাজনা নিয়ে আছে, তার গানের গলা ভালো । অভিজিৎ দত্ত একজন আর্টিস্ট, আর্ট নিয়েই পড়াশুনা, আগে গর্ভনমেন্ট সার্ভিস করতেন, এখন কোনো এক কোম্পানীতে জয়েন করে এদিক ওদিক ট্যুর করে

বেড়ান, এছাড়া বাড়িতে ড্রইংএর ক্লাসে কয়েকটা ছেলে মেয়ে ওনার কাছে ড্রইং শিখতে আসে । সমীরণ ব্যানার্জী একা থাকলেও বেশ সৌখিন মানুষ । বেশী জিনিস না থাকলেও ঘরদোর পরিপাটি করে গুছনো, উনি আবার ভোজনরসিক, বাড়িতে রান্নার লোক থাকলেও উনি এটা ওটা রান্না করতে ভালোবাসেন । আর সবথেকে বড় কথা উনি বেশ আমুদে ।

সমীরণ বলল, কি খাবেন বলুন, ওয়াইন, বিয়ার না হুইস্কি ?

কারোর কিছু বলার আগেই উনি নিজেই বললেন, একটু ঠাণ্ডা ঠাণ্ডা আছে, হুইস্কিই হয়ে যাক, কি বলেন ? হ্যাঁ, শুধু জল, না সোডা ওয়াটার না আণ্ডার দি রক্ ।

সকলে বলল, সোডা ওয়াটার চলবে । তারপর উনি নিজেই ফ্রীজ খুলে বার করে আনলেন একটা স্কচের বোতল, সাথে কাজু, পেস্তা আর চিকেন মোমো । নিজে একা একা না খেলেও ওনার স্টক প্রচুর, উনি মাঝে মাঝে এয়ারফোর্স ক্যানটিন থেকে সকলের জন্যে পছন্দমত নিয়ে আসেন, মাঝে মাঝে আড্ডা দিতে সকলকে ডাকেন, এটা করতে উনি ভালোবাসেন, শেষ হয়ে গেলে আবার নিয়ে আসেন । বোতল থেকে স্কচ সামনের কাঠের টেবিলে রাখা কাঁচের চষকে ঢেলে বললেন, চিয়ার্স।

গানের প্রসঙ্গ আসতেই অভিজিৎ বলল, আমি তখন আসামে । একটা কনফারেন্সে গেছি, পাশের সিটে বসা একজন ভদ্রলোকের সঙ্গে কথা হচ্ছিল, আমি বললাম, প্রাচীন ভারতে গণিতচর্চার ওপরে একটা বই পড়ছিলাম, খুব ভালো লেখা । ভদ্রলোকটি বললেন, বইটি ওনারই লেখা । ওনার সঙ্গে পরিচয় করে জানতে পারলাম, ওনার নাম দেবপ্রসাদ দাস, উনি লেখক, বেশ কয়েকটি বই লিখেছেন । তারমধ্যে মান্না দেকে নিয়ে লেখা ওনার বই, ''ভালোবাসার রাজপ্রাসাদে'' বেশ

পপুলার । উনি ক্লাসিক্যাল গানের চর্চা করেন, অরুনাচলে কোনো এক সেন্ট্রাল স্কুলে পড়ান । খুব অমাইক ভদ্রলোক, চালচালন সাদামাটা, মনেই হবে না উনি এরকম একজন গুণী মানুষ । এই তো কয়েকদিন আগে উনি ওনার মেয়েকে নিয়ে আমাদের এখানে এসেছিলেন । ওনার মেয়ের কি একটা পরীক্ষা ছিল । তবে এইসব মানুষদের ঠকতেও হয় । লেখকদের পাবলিশার্সদের ওপরে নির্ভর করে থাকতে হয় । উনি আক্ষেপ করে বলছিলেন, রয়ালটি বাবদ উনি কিছুই পান না, সবটাই পাবলিশার্স মেরে দেয় ।

সান্তনু গ্লাসে চুমুক দিয়ে বলল, এখনকার সময় আগেকার মতো নয় -- সৎলোকের সংখ্যা অনেক কমে এসেছে -- ভালোমানুষের কোনো স্থান নেই -- সবাই পয়সা কামানোর জন্যে বসে আছে । তারজন্যে অপরকে চিট করছে । আগেকার শিল্পীরাই বা গান গেয়ে কত রোজকার করত ? অথচ গানই ছিল তাদের সম্পদ । সেই গান গেয়ে কত লোকের মনোরঞ্জন করেছে । আমাদের সময়ে এক একটা জলসায় যখন এইসব শিল্পীরা গান করতে আসত তখন ভীড় উপচে পড়ত । এখনকার মত তাদের কোন হ্যান্ডস ছিল না, শুধু হারমনিয়াম বাজিয়ে গান গেয়ে তারা আসর মাত করে দিত । এখন ক'জন শিল্পী পারবে ? আমরা তো হেমন্ত, সতীনাথ, মানবেন্দ্র এদের গান শুনেছি । এসব গলা আর হবে না ।

সকলে সান্তনুকে গান গাওয়ার জন্যে অনুরোধ করল । সেও মান্না দের ভক্ত, একটার পর একটা মান্না দের গাওয়া গান গাইতে লাগল । ভারী মিষ্টি তার গলা ।

বেশ কয়েক পেগ খাওয়ার পর সকলে দেখল সমীরণের চোখদুটো জবা ফুলের মত লালা হয়ে উঠেছে, কথাগুলোও জড়িয়ে যাচ্ছে । সে

সকলের উদ্দেশ্য বলল, আপনারা ভাবছেন আমি মদ খেয়ে মাতাল হয়েছি ? মোটেই না । মদ আমাকে মাতাল করতে পারে না, এটাই তো আমার সব থেকে বড় দুঃখ, তবে মদ্যপানের একটা বড় গুণ, এইসময়ে আমার বুদ্ধি খোলে । আপনাদের যদি কোনো পরামর্শের দরকার থাকে তো নিসংকোচে আমাকে জানতে পারেন ।

কেউ কিছু বলার আগেই সমীরণ দাঁড়িয়ে পড়ল, তার হাত পা টলছে । ঘরের মাঝখানে দাঁড়িয়ে হাতদুটো প্রসারিত করে সে গেয়ে উঠল, গোরে গোরে ও বাঁকে ছোড়ে কভী মেরে গলিয়া কর, গোরী গোরী ও বাঁকি ছোড়ি চাহে রোজ বুলায়া কর ।

গানের শেষে হাততালি দিয়ে তাকে সকলে উৎসাহিত করল । অচিন্ত্য বলল, বাহ্ ভালোই গাইলেন, আরো একটা শোনান ।

সমীরণ গান ধরল, জিন্দেগীকে সফর ম্যায় গুজর যাতে হ্যায় যো মোকাম, উহ ফির নেহী আতে, উহ ফির নেহী আতে । হঠাৎ কি হলো ! গান শেষ হওয়ার আগেই সে গান থামিয়ে অবোর ধারায় কেঁদে উঠল । মাথাটা চেপে ধরে সে চেয়ারে বসে পড়ল । সবাই হতবাক হয়ে তার দিকে তাকিয়ে । অচিন্ত্য অনুভব করল, এই অশ্রুর মধ্যে দিয়ে সমীরণদার অন্তরের পুঞ্জীভূত বেদনা ঝরে পড়ছে ।

ধর্ম

অচিন্ত্যদের বাড়ির কাছেই গঙ্গা । এই গঙ্গার ধারেই তার কেটেছে শৈশবের দিনগুলো । গঙ্গার জলে সাঁতার কাটা, কাদায় গড়াগড়ি দেওয়া, নৌকা করে ঘুরে বেড়ানো এই করে কেটেছে সেইসব দিনগুলো, এরমধ্যে ছিল আনন্দ-- মুক্তির আনন্দ । মাঝে মাঝে সে ঘাটের সিঁড়ির পাশে ধাপিতে একাকী বসে থেকে গঙ্গার জলের দিকে তাকিয়ে থাকত, গঙ্গা থেকে আসা শীতল বাতাসের পরশে তার মনের সব কালিমা দূর হয়ে যেত । রোজ সকালে দূর দূর থেকে লোকে আসে সেখানে চান করতে । ঘাটের পাশেই বট, অশথ গাছ । গাছের চারিদিকে বেদী, তার নীচে চাতাল, সেখানে বসে প্রত্যহ সকালে এইসব লোকেরা খোলকরতাল নিয়ে হরিনাম করে । বছরে একবার কয়েকদিন ধরে চলে অষ্টপ্রহরী নামসংকীর্তন । অনেক দূর দূর থেকে ভক্তরা এসে তাতে যোগ দেয় ।

সেবার অষ্টপ্রহরী নামসংকীর্তনের শেষদিনটিতে গাঁদা ফুলের মালা পরে বিভিন্ন বয়েসের ভক্তরা বেরিয়েছে নগরসংকীর্তনে । অচিন্ত্যও চলেছে তাদের সঙ্গে, তার সঙ্গে চলেছে তার বন্ধু শ্যামল, মুখে নাম গান -- হরে কৃষ্ণ হরে কৃষ্ণ, কৃষ্ণ কৃষ্ণ হরে হরে, হরে রাম হরে রাম, রাম রাম হরে হরে । সকলে দিব্যপ্রেমে মাতোয়ারা, সকালে সূর্যের সোনালী আলোয় তাদের মুখ উদ্ভাসিত । এই নাম গানের ভক্তিরস আশপাশের সকলের মধ্যেও সঞ্চারিত হয়, তারা কেউ কেউ রাস্তার পাশে দাঁড়িয়ে, কেউ আবার তাদের বাড়ির ছাদ, ব্যালকনি থেকে ঝুঁকে পড়ে দেখছে, সেখান থেকে কেউ কেউ ছুঁড়ে দিচ্ছে ফুল, বাতাসা । কৃষ্ণভক্তরা কেউ কেউ আবেগে একে অপরকে জড়িয়ে ধরছে । সে এক অন্য দৃশ্য, অন্য উন্মাদনা ।

অচিন্ত্য এইসব নিয়ে থাকলেও তাদের বাড়ির পরিবেশ অন্যরকম । রাত্রে পড়তে বসে যখন তার চোখ ঘুমে আচ্ছন্ন হয়ে উঠছিল, তখন তার ছোটকাকা তার পিঠে একটা চাপড় মেরে বলল, হরিনাম করলে পেট ভরবে ? ওসব ধর্মটর্ম করার অনেক সময় আছে, এখন পড়াশুনার সময়, যখন বুড়ো হবি তখন ওইসব করবি ।

ছোটকাকীমা বলল, এই ধর্মই যত নষ্টের মূল । এটা একধরনের নেশা, মানুষের সুস্থ চিন্তাভাবনা নষ্ট করে দেয় । সাধ করে কি কার্ল মার্কস বলেছেন, ধর্ম হলো একধরনের আফিং । ছোটকাকা ও ছোটকাকীমা দুজনেই মার্কসিজমে বিশ্বাসী, কমরেড, ওরা একে অপরকে ভালোবেসে বিয়ে করেছে । কাকীমা বিয়ের পর পদবী বদলায়নি, মাথায় সিঁদুরও দেয় না, ওদের মতে এসব কুসংস্কার, দেশাচার, ওসব মূর্খ লোকেরা করে, যাদের প্রকৃত জ্ঞানের উন্মেষ হয়েছে তারা এসব করে না । ওদের মার্কসিজম নিয়ে বেশ পড়াশুনা আছে । তাদের কিছু বলা মানেই অনেক তত্ত্বকথা শুনিয়ে দেবে । অচিন্ত্যর তাদের কথাগুলো ভালো না লাগলেও সে কোনো কথা না বলে চুপ করে শোনে ।

অচিন্ত্যদের বাড়ির ছাদে ঠাকুরঘর । তার মা রোজ সন্ধ্যেবেলায় সেখানে এসে ঠাকুরপুজো করে । জায়গাটা বেশ নিরিবিলি । ওইখানে বসলে তার বিক্ষিপ্ত মন বেশ শান্ত হয়ে যায় । ঠাকুরের তাকে কয়েকটি বই, তার মধ্যে রয়েছে ভগবদ্‌গীতা । বইটা নিয়ে দুই এক পাতা পড়তেই অচিন্ত্যর বেশ ভালো লাগে । সংস্কৃত ভাষায় লেখা, তার নীচে বাঙলাতে শ্লোকের মানে । গীতা এক ধর্মের বই । কিন্তু এই ধর্ম ছোটকাকা ও ছোটকাকীমার কার্ল মার্কসের ধর্ম নয় । এই ধর্ম আমাদের জীবনের নীতি, আদর্শ যাকে অবলম্বন করে মানুষ কাজ করতে পারে, আর সেই কাজের মধ্যে দিয়ে উন্নত চেতনার দিকে এগিয়ে যেতে পারে । সত্য, মিথ্যা, ঠিক, বেঠিক এই ধর্মের দ্বারাই মানুষ জানতে পারে । কিন্তু এসব কিছু তো তাদের কেউই শেখায়নি, বরং তার প্রাইভেট টিউটর বিভূতিবাবুকে এইসব কথা বলতে গেলে উনি হেসে উড়িয়ে দিলেন, বললেন, এখন সায়েন্সের যুগ, তুমি সায়েন্সের স্টুডেন্ট, এসব নিয়ে নাই বা মাথা ঘামালে । ছোটকাকীমার মতো উনিও বললেন, এতে মানুষের স্বাভাবিক বুদ্ধি নষ্ট হয়ে যায় । এসব ছেড়ে এখন তুমি নিজের পড়ায় মন দাও । ওনার কথা শুনে অচিন্ত্যর খুব খারাপ লাগল । এদের মাথায় কার্ল মার্কস ঢুকে বসে আছে, সেখানে ভগবান শ্রীকৃষ্ণের মুখনিঃসৃত বাণীর কোনো মূল্য নেই ।

গীতা পড়তে পড়তে অচিন্ত্য জানতে পারে আমাদের মন বহির্মুখী, মনকে ইন্দ্রিয়ভোগ্য বিষয়ে লাগিয়ে রেখে ফলের আশা নিয়ে কাজ করাই হলো আসক্তি । এই আসক্তি ত্যাগ করে কাজ করাই হলো কর্মযোগের মূল কথা । গীতাতে সংসার ত্যাগ করে সন্ন্যাসী হওয়ার উল্লেখ নেই, বরং সংসারে থেকেই কিভাবে সঠিকভাবে কাজ করা যেতে পারে সেই শিক্ষাই শ্রীকৃষ্ণ দিয়েছেন । আসল কথা হলো আসক্তি ত্যাগ, বাসনা ত্যাগ, অহং ত্যাগ । শ্রীকৃষ্ণ কেবলমাত্র এক ব্যক্তিই নন, তিনি eternal অবতার, আমাদের অন্তরে চির-অধিষ্ঠিত,

আমাদের সুখ দুঃখের সাথী, আমাদের সকল কাজের নিয়ন্তা । এই জগত তাঁরই লীলাক্ষেত্র । আমাদের জীবনে একটা Divine Purpose আছে, তাহলো তাঁর ইচ্ছা অনুযায়ী তাঁর নির্দেশে কাজ করা । তিনিই জানেন আমাদের পক্ষে কোনটা ভালো, কোনটা মন্দ, তিনিই আমাদের পরিচালিত করছেন । আমরা এক অজ্ঞানতার মধ্যে বাস করছি । এই অজ্ঞানতার বশবর্তী হয়ে তার এই কর্মধারা বুঝতে পারি না, আমরা আমাদের অহং, বাসনা, কামনার দ্বারা পরিচালিত, আমাদের কাজকর্ম অহংসর্বস্ব, আমরা ভাবি আমরাই সবকিছু করছি, আমরা যা করছি সব ঠিক । কিন্তু আমাদের কাজকর্ম সবই ভুলে ভরা, তাই প্রতি মুহূর্তে আমাদের হোঁচট খেতে হয়, ভুলের মাসুল দিতে হয়, দুঃখ যন্ত্রণা ভোগ করতে হয় । যদি আমরা তাঁর কর্মধারা বুঝতে পারতাম, আর সেইভাবে তাঁর যন্ত্র হয়ে কাজ করতাম, তাহলে কোনো সমস্যাই থাকত না । এর জন্যে ধর্ম । এই ধর্মকে আশ্রয় করে আমাদের এগোতে হবে । আর এই ধর্ম যে সকলের এক তা নয়, প্রত্যেকের রয়েছে নিজস্ব ধর্ম, স্বধর্ম, তা তার স্বভাব অনুযায়ী । তাই আমার ধর্ম ঠিক, তোমার ধর্ম ভুল, এসব নিছক অজ্ঞানতা । অচিন্ত্য দেখেছে মানুষের বেশী বয়েস পর্যন্ত্যও এই অজ্ঞানতা কাটে না । এই কারণেই যত লড়াই, সংঘর্ষ, হিংসা, বিভেদ, বৈষম্য ।   এই ধর্ম মানুষের চেতনাকে নীচের দিকে নিয়ে যায় না, বরং তা আমাদের চেতনাকে উর্ধ্বমুখী করে, তা আমাদের চেতনার উত্তরনের সহায়ক ।

গীতা পড়ে অচিন্ত্য আরও জানতে পারে আমাদের প্রকৃত সত্তা হলো আত্মা, তা হলো ভগবদসত্তা; এই আত্মা সর্বব্যাপী সচ্চিদানন্দ ব্রহ্মেরই অংশ. তা সর্বভূতে এক । দেহ, মন, প্রাণের এই বাইরের সত্তা আমাদের এই আত্মাকে আড়াল করে রেখেছে । যিনি সর্বভূতের মধ্যে একই আত্মাকে উপলব্ধি করেন তিনিই প্রকৃত জ্ঞানী । ধর্মই

আমাদের এই আত্মোপলব্ধির পথে এগিয়ে নিয়ে যায় । যার সত্যিকারের আত্মোপলব্ধি হয়েছে তার মধ্যে কোনো বিরোধ নেই, তিনি বাইরের বিরোধ নয়, অন্তরের ঐক্যের মধ্যে বাস করেন । আমাদের স্বাভাবিক বুদ্ধি বিক্ষিপ্ত, অপরিপক্ক; আত্মাতে নিবদ্ধ করা ও তার দ্বারা আলোকিত করার মধ্যে দিয়ে এই বুদ্ধি নষ্ট নয়, বরং তা স্থির ও পরিপক্ক হয়ে ওঠে । অর্থাৎ ধর্ম মানুষের বুদ্ধিকে নষ্ট নয় বরং তা প্রকৃত জ্ঞানের আলোয় আলোকিত করে তোলে । তার বিভূতিবাবুর কথাগুলো মনে পড়ল । তার জন্যে অচিন্ত্য ছাদে একাকী বসে চঞ্চল মনকে নিয়ন্ত্রিত করে অন্তর্মুখী করার জন্যে নিরবিচ্ছিন্ন চেষ্টা চালিয়ে যেত ।

পরবর্তীকালে কর্মসূত্রে অচিন্ত্য যখন কানপুরে, তখন শ্যামল তাকে নামকীর্তনের দিন ক্ষণ জানিয়ে মনে করিয়ে দিত, অচিন্ত্যদা, গতবারে তো এলে না, এবারে কিন্তু আসতে ভুলো না । অচিন্ত্যরও যেতে ইচ্ছা হতো । সে কখনো কখনো বাড়ি এসে কৃষ্ণভক্তদের সঙ্গে নগরসংকীর্তনে যোগ দিত । সে এক অন্য উন্মাদনা, অন্য অনুভূতি ।

পরে অচিন্ত্যর সঙ্গে রাখীর বিয়ে হয় । যখন বিয়ে হয় তখন রাখী রবীন্দ্রভারতী বিশ্ববিদ্যালয় থেকে কীর্তনে এম এ করছিল । বেশ কয়েক জায়গা থেকে মাঝে মাঝে কীর্তন পরিবেশনের জন্য তার ডাক আসত । অচিন্ত্য দেখেছে যখন চোখ বন্ধ করে ভাবে বিভোর হয়ে রাখী সেইসব অনুষ্ঠানে সঙ্গীত পরিবেশন করত, তখন অনেকেরই চোখ অশ্রুতে সিক্ত হয়ে উঠত ।

এরমধ্যে বেশ কয়েকটি বছর অতিবাহিত । অচিন্ত্য এখন একা একা ঘরে বসে ভাবে ফেলে আসা দিনগুলোর কথা । তাকেও জীবনে কম দুঃখ কষ্ট সহ্য করতে হয়নি । একমাত্র মেয়ে বাইরে থেকে

পড়াশুনা করছে । সেও রাখীর মতো শ্রীকৃষ্ণের ভক্ত । প্রতিবছর জন্মাষ্টমীর দিন নিজের সাধের গোপালকে ফুল দিয়ে সাজিয়ে পুজো করে, যত্ন করে আলপনা আঁকে, ভোগ দেয় ।

গীতা থেকে অচিন্ত্য জেনেছে এই জগত অনিত্য, এই জগতে কোনো কিছুই স্থায়ী নয়, আমরা একে অপরের সঙ্গে মায়ায় আবদ্ধ, আর এই মায়াই আমাদের দুঃখের কারণ । এই দুঃখ জ্বালা থাকবেই, কেউ এর থেকে মুক্ত নয়, স্বয়ং শ্রীকৃষ্ণের কম সমস্যা ছিল না, কিন্তু তিনি হাসিমুখে সব সহ্য করেছেন, নিজের জীবন দিয়ে দেখিয়ে দিয়েছেন কিভাবে এরমধ্যে থেকেই দুঃখকে জয় করতে হয়, আত্মোপলব্ধির পথে এগোতে হয় । মানুষ যখন উন্নত চেতনার মধ্যে বাস করে তখন এই দুঃখ, শোক, তাপ তাকে স্পর্শ করতে পারে না, সবকিছুর মধ্যে থেকেও সে বাস করে এসবের উর্ধ্বে । এমনকি মৃত্যুভয়ও সে কাটিয়ে উঠতে পারে । সে উপলব্ধি করে সে এক অখণ্ডচেতনার অংশ, যা অমর, শাশ্বত, চিরন্তন, মৃত্যু দেহের, আত্মার নয়। আত্মা অবিনশ্বর, এই আত্মাই আমাদের প্রকৃত পরিচয় । কিভাবে আমরা এই আত্মোপলব্ধির পথে এগিয়ে যেতে পারি সেটাই হলো গীতার শিক্ষা । কয়েকবছর আগে রাখী দুরারোগ্য ক্যান্সারে আক্রান্ত হয়ে এই মরদেহ ত্যাগ করে চলে গেল । দীর্ঘ রোগভোগের মধ্যেও সে রাখীকে বিচলিত হতে দেখেনি, শরীর জীর্ণশীর্ণ হলেও তার মুখের হাসি মিলিয়ে যায়নি । কেউ যদি তাকে জিজ্ঞেস করত, কোন কষ্ট হচ্ছে, সে বলত, না । ভেতরের কষ্ট হলেও বাইরে তার কোনো প্রকাশ ছিল না । আসলে তার ছিল অসীম সহ্য শক্তি, ঘারণরোগের সঙ্গে যুদ্ধের জন্যে সে সবসময়ই ছিল প্রস্তুত । তাকে দেখে অচিন্ত্যর মনে কষ্ট হতো, চোখের জল গোপন করতে পারত না । তাকে কাঁদতে দেখে ডাক্তার তার দিকে তাকিয়ে বলত, Who is patient ? You, or she? রাখীর দিকে তাকিয়ে তার মনে হয়েছিল, শ্রীকৃষ্ণ স্বয়ং এসে তার হাত ধরে তাকে অমরত্বের পথে এগিয়ে নিয়ে চলেছেন ।

"নৈনং ছিন্দন্তি শস্ত্রাণি নৈনং দহতি পাবকঃ ।

ন চৈনং ক্লেদয়ন্ত্যাপো ন শোষয়তি মারুতঃ ।।"

অরক্তিম

মালিকা খোলা জানলার পাশে বিছানার ওপরে চুপ করে বসেছিল। একটু আগে সূর্য অস্ত গেছে। তার রক্তিম আভা তখনও পুঞ্জীভূত মেঘের ওপরে লেগে রয়েছে। মালিকা এখনো ঘরে আলো জ্বালায়নি। চারিদিকে কেমন যেন এক বিষন্নতা। মালিকা যে উঠে ঘরের আলো জ্বালবে তার সেই তাগিদ নেই। সে বাইরের দিকে তাকিয়ে আনমনা হয়ে চুপ করে বসে থাকে। সে একা। সুখের দিনগুলো কেমন করে সব চলে গেল।   বসে বসে সে ভাবছিল সেইসব দিনগুলোর কথা যা আর ফিরে আসবে না। সংসারের দায়দায়িত্ব তার কম ছিল না, বিয়ের পর যখন শ্বশুরবাড়িতে এল তখন সে দেখল তাদের সংসারে একগাদা পুষ্যি। তার বাপেরবাড়ির অবস্থা যে খুব ভালো ছিল তা নয়, বাবা ট্রাম কোম্পানীতে কাজ করতেন, তারাও তিন বোন, চার ভাই। সে ছিল সকলের বড়, সেখানেও সে কষ্টের মধ্যে কাটিয়েছে। কিন্তু

এখানের অবস্থাটা অন্যরকম, পুরো সংসারের দায়িত্ব তার ওপরে । স্বামীর সামান্য আয়, তাই দিয়ে কিভাবে যে সংসার চালিয়েছে সেই জানে, অর্থকষ্ট কি জিনিস তা সে কাউকে বুঝতে দেয়নি । এখন তাদের আলাদা সংসার, তা হলে হবে কি-- কেউ কোনো খোঁজখবরই নেয় না । কিন্তু তার তো স্বামী ছিল -- মেয়েমানুষের স্বামী চেয়ে বড় কে হতে পারে ? বেশ কয়েকবছর আগে মা মারা গেল, এরপর স্বামী । মা মারা যেতে কম দুঃখ হয়নি । ভাই, বাপ-মা গেলে দুঃখ কষ্ট খুবই, কিন্তু স্বামী গেলে যে সর্বস্ব যায় । ও তো গেল না, তার সর্বস্ব নিয়ে তাকে নিঃস্ব করে চলে গেল । স্বামীহারা দুঃখ সে কাকে বোঝাবে ? কম কষ্টটা পায়নি । রাস্তায় পড়ে গিয়ে কোমরের ফিমার জয়েন ফ্র্যাকচার হয়ে যায় । নার্সিংহোমে ভর্তি করা হলো, ডাঃ আশিস মুখার্জীই অপরেশন করলেন । কিন্তু তার আর উঠে বসার চলার ক্ষমতা রইল না -- বিছানায় বসে বসেই সবকিছু । শেষের দিকে বসার ক্ষমতা রইল না । এইভাবে মানুষ কতদিন বেঁচে থাকতে পারে । শেষের দিকে শুয়ে শুয়ে যন্ত্রণায় কাতরাত আর মালিকাকে ডাকত । বছর না ঘুরতে ঘুরতেই মেয়েটা দুরারোগ্য ব্যাধিতে আক্রান্ত হলো । সে স্বামী-কন্যাসহ দিল্লীর বাসিন্দা । মেয়ের ওখানে গিয়ে সে কয়েকমাস ছিল । বেশী দুর নয়, চন্দননগরে ভায়েরা থাকে, দুই ভাই মারা গেছে, এখন দু'জন বর্তমান, দু'জনেই অবিবাহিত । মা মারা যাওয়ার পরে তাদের মাথার ওপরে আর কেউ নেই । ওখানে গেলে তাদের সুবিধে হয় । কিন্তু এখন আর কোথাও যেতে ইচ্ছা করে না ।

কলিংবেলটা বাজল । বিছানা থেকে নেমে বাইরের ঘরে আলো জ্বেলে দরজা খুলতেই মালিকা দেখল নাতনি মিঠু দাঁড়িয়ে । মালিকা অবাক দৃষ্টিতে মিঠুর দিকে তাকাতে সে আবেগের সঙ্গে মালিকার গলা জড়িয়ে ধরে উচ্ছ্বসিত কণ্ঠে বলল, দিম্মা কেমন আছ ?

মালিকা আশ্চর্য হয়ে মিঠুর দিকে তাকিয়ে জিজ্ঞেস করল, হ্যারে, তুই বলা নয় কওয়া নয় হঠাৎ করে চলে এলি, সব ঠিক আছে তো ? মা কেমন আছে ?

--- মা ভালোই আছে । হাসপাতালেও যাচ্ছে, আবার দোকান বাজার, টিভির সিরিয়াল দেখা, গানবাজনা, রান্নাবান্না সবই করছে । আমাদের এখন কয়েকদিনের ছুটি, তাই ভাবলাম কয়েকদিনের জন্যে বেড়িয়ে আসি । আমি চলে এলাম তোমার কাছে থাকব বলে ।

-- তা বেশ করেছিস । আয়, বোস ।

ঘরে ঢুকে চারিদিকটা চোখ বুলিয়ে নিয়ে মিঠু মালিকাকে বলল, তোমার কি হয়েছে বল দিকি ? চুল আঁচড়াও না, ঘরদোর এরকম অগোছালো -- একটু চা করো দিকি, বড্ড মাথা ধরেছে ।

চা করে এনে টেবিলের ওপরে রাখার সময় মালিকা দেখল এরমধ্যেই মিঠু টুলটার ওপরে চড়ে দেওয়ালের ওপরের দিকে জমে থাকা ঝুলগুলো পরিষ্কার করতে লেগেছে ।

মালিকা কৃত্রিম রাগ দেখিয়ে বলল, কি হচ্ছে কি ? এখন এসব না করলেই নয় । ওসব থাক এখন, আমি বাবলুকে ডেকে পরিষ্কার করে নেবখন ।

তার কথায় কোনো কর্ণপাত না করে মিঠু ঘর দোর পরিষ্কার করতে লাগল । অগত্যা মালিকা এগিয়ে এল তাকে সাহায্য করতে । মিঠু বলল, তোমাকে কিছু করতে হবে না, আমিই সব করে দিচ্ছি । টেবিলের ওপরে রাখা চায়ের কাপটাতে একটু চুমুক দিয়ে সে আবার নিজের কাজে মন দিল ।

এরমধ্যেই মিঠু সিলিংয়ের নীচে জমে থাকা ঝুলগুলো পরিষ্কার করে ফেলল, ঘরের মেঝে ঝাঁট দিয়ে পরিপাটি করে ঘরদোর সুন্দর

করে সাজিয়ে ফেলল, শোফার কভার বদলে ফেলল, টেবিলের ওপরে টেবিলক্লথ পেতে তাতে এম্বয়ডারি করা টেবিলম্যাট পেতে রাখল, বিছানার চাদর, বালিশের ওয়ারগুলো বদলে ফেলল । ঠাকুরের তাক থেকে ফটোগুলো নামিয়ে পরিষ্কার করে সঙ্গে করে আনা ফুল দিয়ে সাজিয়ে রাখল । ঘরটার মধ্যে একটা সুগন্ধি ধূপের গন্ধ আমোদ করতে লাগলো ।

মালিকা মিঠুকে বলল, এইভাবে আসতে হয় ? একটু বলে তো আসবি ? এখন তো ঘরে কিছুই নেই । আগে থাকতে জানতে পারলে কিছু এনে রাখতাম । এই বলে সে রান্নাঘর থেকে একটা বাটিতে করে চিঁড়ে ভাজা ও মুড়কি এনে মিঠুর সামনে টেবিলটাতে এনে রাখল ।

মিঠু খেতে খেতে মালিকাকে বলল, দিম্মা, কতদিন তোমার হাতে বড়িপোস্ত খাইনি । কাল ভাতের সঙ্গে বিউলির ডাল আর বড়িপোস্ত করো, আজ আর কোনো রান্না নয়, আজ বাইরে থেকে অর্ডার দিয়ে রুমালি রুটি, ডাল মাখানি আর মালাই কোফতা আনিয়ে নিচ্ছি ।

সে মালিকার চুলটা ভালো করে আঁচড়ে দিয়ে বলল, দিম্মা কাল চান করার সময় তোমার পিঠটা সাবান দিয়ে ভালো করে ধুয়ে দেব, আর একা একা থাকো, তোমাকে কে-ই বা করে দেবে বল ?

রাত্রে খাওয়ার পর তারা অনেকক্ষন ধরে গল্প করল -- গল্প যেন ফুরোয় না । মালিকা বলছিল, এখানে তোরা যখন ছিলিস তখন রোজ তোদের ফ্ল্যাটে গিয়ে তোকে চান করিয়ে, ভাত খাইয়ে তবে ফিরতাম । আমিই তো তোকে কোলে পিঠে করে বড় করলাম । তারপরে অচিন্ত্যর যখন দিল্লীতে যাওয়ার ট্রান্সফার অর্ডার এল তখন তোর, আমার সকলের মন খুব খারাপ । মনে আছে হাওড়া স্টেশন থেকে ট্রেন ছাড়ার সময় তোর সে কি কান্না, তুই কাঁদছিস আর বলছিস, ও দিম্মা, তুমি উঠে এস । আমিও স্টেশনে দাঁড়িয়ে দাঁড়িয়ে

চোখের জল মুছছি ।আগে প্রত্যেক বছরেই পুজোর সময়ে দিল্লী যেতাম, তারপর দাদুর পা ভাঙার পর তাও বন্ধ হয়ে গেল । তারপরে কি সব হয়ে গেল । সেই সব দিনগুলোর কথা মনে পড়ে ।

মিঠু মালিকার কাছে এসে বলল, দিম্মা, ওইসব চিন্তা করে তুমি মন খারাপ কোরো না । past is past. আমাদের জীবনটা একটা Journey, নিম্নতর অবস্থা থেকে উচ্চতর অবস্থার দিকে এগিয়ে যাওয়া -- মানছি এই যাত্রা খুব সহজ ও সরল নয়, অনেক বাধাবিপত্তির মধ্যে দিয়ে আমাদের এগোতে হয়, কিন্তু অতীতকে আঁকড়ে থাকা মানেই হলো সেই যাত্রাপথকে পিচ্ছিল ও কর্দমাক্ত করে তোলা । অতীতকে মনের মধ্যে স্থান দিও না, সবসময় ভালো চিন্তা কর, লোকের সেবা কর, কি পেলাম, কি পেলাম না এসব চিন্তা করে কি লাভ ? কোনো লাভ নেই, ক্ষতি ।

মালিকা কৌতুকের সঙ্গে মিঠুকে জিজ্ঞেস করল, তোকে এসব কে শেখালো ?

মিঠু বলল, আমাদের ম্যানেজমেন্ট কোর্সে এইসব শেখানো হয় । ম্যানেজমেন্ট হলো অপরকে ম্যানেজ করা -- মানুষকে ম্যানেজ করার আগে নিজেকে মানুষ হতে হবে -- টাকা, পয়সা, বাড়ি, গাড়ি এসব কিছু নয়, আসল হলো আমাদের মধ্যে যেসব সদগুণগুলো আছে কাজেকর্মে আচার আচরণে সেইসব গুণগুলোকে ফুটিয়ে তোলা । মানুষের সেবাই প্রকৃত সেবা । তুমি তো ঠাকুর রামকৃষ্ণকে মানো, তাঁর কথা শিবজ্ঞানে জীবসেবা, ঠাকুর রামকৃষ্ণ সেই শিক্ষাই দিয়েছেন ।

মালিকা বিস্ময় প্রকাশ করে বলল, ঠাকুরের কথাও কি তোদের শেখানো হয় ?

--- হয় বইকি । ওনার মত বড় শিক্ষক আর কে আছে ? কি শিক্ষিত, কি অশিক্ষিত দূর দূর থেকে এসে তাঁর পায়ের কাছে বসে

তাঁর উপদেশ শুনত, এর বিনিময়ে তিনি ক'টা টাকা রোজগার করেছেন বলতে পারো ? সবটাই ফ্রি । তিনি আমাদের সামনে জীবনে এগিয়ে যাওয়ার রাস্তাটা খুলে দিয়েছেন । বাসনা, কামনা আমাদের আষ্টেপিষ্টে বেঁধে রেখেছে । মন থেকে এই বাসনা, কামনা নির্মূল না হলে এগোনো সম্ভব নয় । আর সবসময় positive চিন্তা করতে হবে, দুশ্চিন্তার মধ্যে দিয়ে আসুরিক শক্তি আমাদের মধ্যে প্রবেশ করে শান্তি নষ্ট করে দেয় ।

মিঠু রাত্রে শোবার সময়ে মায়ের music চালিয়ে মালিকার গলা জড়িয়ে শুয়ে মাথায় হাত বুলিয়ে দিতে লাগল । অন্যদিন ঘুমোনোর সময় মালিকার মাথায় নানান দুশ্চিন্তা পাক খেতে থাকে, তাতে তার মন চঞ্চল হয়ে উঠত, কিছুতেই ঘুম আসত না, তাই ঘুমের ওষুধ খেতে হতো, কখনো কখনো তাতেও কাজ হয় না, সারারাত জেগেই কেটে যেত । সেদিন রাত্রে কেমন যেন তার চোখ আপনাআপনিই ঘুমে জড়িয়ে এল, কখন যে সে ঘুমিয়ে পড়ল তা সে টেরই পেল না । পরেরদিন সকালে যখন তার ঘুম ভাঙল তখন মনে হলো তার কোনো ক্লান্তি, অবসাদ নেই । মালিকা উঠে চা করে মিঠুর কাছে নিয়ে এসে বলল, আজ চল, সকাল সকাল দক্ষিণেশ্বরের কালীমন্দির পূজো দিয়ে আসি -- কতদিন যাইনি ।

সেইদিন বিকালে দোকান থেকে সংসারের টুকিটাকি জিনিস কিনে এনে মিঠু নিজেই সব সাজিয়ে রাখল । তারপর খাটের নীচ থেকে হারমনিয়ামটা বার করে সে বলল, ঈশ্, কত ধুলো জমে গেছে । মালিকার দিকে তাকিয়ে বলল, কতদিন বাজাওনি এটা । তারপর ধুলো ঝেড়ে মালিকাকে বলল, আগে তো রোজ গান করতে । নাও, শোনাও তো একটা ।

এই কয়েকদিন বেশ কাটল। ফেরার দিন মালিকা কাঁদো কাঁদো হয়ে মিঠুকে বলল, হ্যাঁরে, তুই চলে যাচ্ছিস, বেশ তো ছিলিস, আরো কয়েকটা দিন থেকে যেতে পারতিস।

মিঠু মালিকাকে প্রণাম করে উঠে দাঁড়িয়ে বলল, দিম্মা, একদম দুশ্চিন্তা করবে না। Be cheerful always and remain faithful to God.

সমাজবদ্ধতা

দুপুর তিনটে কি তার একটু বেশী হবে । মধ্যাহ্নভোজনের পর অচিন্ত্য সকালবেলার কাগজে চোখ বোলাচ্ছিল । সেদিন কি একটা কারণে তার অফিস যাওয়া হয়নি । রাখী ঘরের মধ্যে বিছানায় বসে বসে সেলাই করছিল । সে অচিন্ত্যর কাছে এসে বলল, একটু আগে রীতা বৌদির ফোন এসেছিল । ওনাদের পাশের ফ্ল্যাটের অলোকদাদের সঙ্গে ওদের ওপরের ফ্ল্যাটের মিঃ নরুলার তুমুল লড়াই । তোমাকে ডাকছে ।

অচিন্ত্য কাগজ থেকে মুখ তুলে রাখীর দিকে তাকিয়ে জিজ্ঞেস করল, কি ব্যাপার ? কিসের লড়াই ?

--- আমাকে ওসব কিছুই বলেনি । শুধু বলল, তোমাকে ডেকে দিতে ।

অচিন্ত্য তার প্রতিবেশী অলোকদের বাড়িতে গিয়ে দেখল, বিষয়টা বেশ উতপ্ত হয়ে উঠেছে । অলোকের পরিচিত মিসেস সেন কাছেই এক স্কুলের মিউজিক টিচার । ওনাদের স্কুল সকালে । সপ্তাহের একদিন তিনি স্কুল থেকে বাড়ি ফেরার পূর্বে তাঁরই স্কুলের চার পাঁচজন ছাত্রীদের নিয়ে অলোকদের ফ্ল্যাটের বাইরের ঘরটিতে নাচের ক্লাস নিয়ে থাকেন । তাঁরা থাকেন একতলায় । সুতরাং দরজা ভেতর থেকে বন্ধ থাকলে কারোরই কোনো অসুবিধা হওয়ার কথা নয় । কিন্তু সেদিন ক্লাস চলাকালীন দোতলার বাসিন্দা মিঃ নরুলা কাউকে কিছু না জানিয়ে হঠাৎ করে বন্ধ দরজা ঠেলে ঢুকে ক্ষিপ্ত মেজাজে চিৎকার করে মিসেস সেনকে বলেছেন, ইউ গেট আউট ।

হঠাৎ এইরকম সোরগোল শুনে অলোকের মিসেস দীপালি পাশের ফ্ল্যাট থেকে রীতা বৌদিকে ডেকে আনে । তারা দুজনে মিলে মিঃ নরুলাকে নানাভাবে বোঝানোর চেষ্টা করলেও মিঃ নরুলাকে নিরস্ত করা যায়নি, বরং তিনি মিসেস সেন ও তাঁর ছাত্রীদের অভদ্র ভাষায় অপমানসূচক কথা বলতে থাকে । ফলে তারা সেখান থেকে চলে যেতে বাধ্য হয় ।

সেইদিন সন্ধ্যায় অলোক বাড়ি ফিরে নরুলাকে গিয়ে বলল, আমিই মিসেস সেনকে এখানে ক্লাস নিতে বলেছি । উনি সপ্তাহে একদিন ঘন্টাখানেকের জন্যে আসেন । আপনি থাকেন ওপরে, ঘর বন্ধ করে ক্লাস নিলে আপনার কি অসুবিধে ? আপনার এই অসুবিধের কথা তো আমাকে কিছু জানাননি । আমাকে না জানিয়ে আমার অনুপস্থিতিতে ওনাকে এইভাবে অপমান করে আপনি ঠিক করেননি । কিন্তু এসব কথা নরুলার মধ্যে কোনোরকম রেখাপাত করে না ।

সবকিছু শুনে অচিন্ত্য অলোককে বলল, রাস্তায় যেতে আসতে তো লোকটাকে দেখি, বউকে নিয়ে ঘুরে বেরায় । দেখে তো ভালোই মনে হয় । লোকটা যে এই প্রকৃতির তা তো জানতাম না ।

অলোক বলল, তোমরা তো দু'দিন হলো এখানে এসেছ । এখানের লোকেদের কতটুকু আর দেখেছ ? আমার এদের চিনতে বাকি নেই । মুখে তোমার সঙ্গে ভালো ভালো কথা বলবে, মনে হবে এদের মতো মানুষ হয় না, কিন্তু ভেতরে অন্যরকম, নিজেদের স্বার্থ ছাড়া আর কিছু বোঝে না ।

সে অচিন্ত্যকে আরো বলল, আগে তো এখানে কিছুই ছিল না, না ছিল জল, না ছিল রাস্তাঘাট, চারিদিকে জঙ্গল আর মশার উপদ্রব, -- আস্তে আস্তে এসব হলো । এর জন্যে আরডাব্লুএরকে কম পরিশ্রম করতে হয়নি । সেবার ঠিক হয়, সরকারের ভাগীদারি যোজনায় এই কলোনীতে রাস্তা ও সিবারের জন্যে সরকার থেকে ষাট লাখ টাকা দেবে, বাকিটা আমাদের লোকেদের কাছ থেকে কালেকশন করতে হবে । সেই হিসেবে ঠিক হয়, ফ্যামিলি পিছু চার হাজার টাকা আদায় করতে হবে । তাই অনেকেই দিতে চায় না । নিজেদের ছেলে বউএর পেছনে কাঁড়ি কাঁড়ি টাকা খরচ করবে, দেখেননি একটা বিয়েতে কত খরচা করে । কিন্তু এসব ব্যাপারে লোকেরা একটা পয়সা খরচা করতে চায় না, অথচ ভোগ করার সময় সবাই আছে, এই তো লোকের মেন্টালিটি । আরডাব্লুএর সেক্রেটারি মিঃ হাসান তো ফেড আপ ।

অচিন্ত্য বলল, এসব মানুষের স্বাভাবিক প্রবৃত্তি । মানুষ যখন জন্মায় তখন কিছু নিয়ে জন্মায় না, আবার মৃত্যুর সময়ও খালি হাতে যেতে হয় । কিন্তু এখানে এসেই মানুষের বাসনা তাকে তাড়িয়ে নিয়ে বেরায়, একটুতে বাসনা মেটে না, আরো চাই, আরো চাই । যার

আছে তার আরো চাই । কেউই অল্পে তুষ্ট নয় । হ্যাঁ ভালো ভাবে বাঁচতে গেলে টাকা পয়সার প্রয়োজন আছে ঠিকই, কিন্তু প্রয়োজনের অতিরিক্ত টাকার পেছনে ছুটে চলা ঠিক নয় । তাতে মানুষ কি পায় ? ভাবে এটাতেই সুখ, আসলে তা নয়, এ হলো মোহ, এই সুখ হলো সাময়িক, বাসনা সবসময় মিটবে তার কোনো মানে নেই আর বাসনা মেটানোর ব্যর্থতাই তার জীবনে দুঃখের কারণ হয়ে দাঁড়ায় । এই জীবন তো দুঃখে ভরা, ক'টা লোক আছে যে সত্যিসত্যিই সুখে আছে । মানুষের শান্তি কোথায় ? আর শান্তি নেই বলেই সে অন্যের সঙ্গে ঝগড়া, মারামারি করছে । এই যে নরুলা এসে এইরকম অসভ্যতা করল, তার কি সত্যিকারের শান্তি আছে ?

অলোক বলল, নেই তো । সবসময় তো দেখি মিসেসের সঙ্গে ঝগড়া হচ্ছে -- কি নিয়ে ঝগড়া হয় কে জানে । শুনলাম রাত্রে ঘুম হয় না, তাই ঘুমের ওষুধ খেয়ে ঘুমোচ্ছিল । ঘুম হবে কি করে ? মনের মধ্যে অশান্তি, দুশ্চিন্তা ।

বাড়ীতে এসে অচিন্ত্য যখন রাখীকে সব বলল তখন সে সবকিছু শোনার পর বলল, সমাজ তো দূরের কথা, নিজেদের বাবা-মাকে দেখে না এমন লোকের সংখ্যাই বা কম কিসের । কাল আমরা আগে যেখানে থাকতাম তার পাশের ফ্ল্যাটের শ্রীধরনের মিসেসের ফোন এসেছিল । ভদ্রমহিলা খুব দুঃখ করছিলেন । ওই যে কথায় বলে না, ভাগের মা গঙ্গা পায় না, ওনার মায়েরও সেই অবস্থা ।

অচিন্ত্য জিজ্ঞাসু চোখে রাখীর দিকে তাকিয়ে বলল, কেন কি হয়েছে ?

রাখী বলল, আরে ওনারা চার ভাই, তিন বোন, মায়ের বয়েস নব্বই, সেই মাকে নিয়ে হয়েছে ঝ্যামেলা, কেউ কাছে রাখতে চায় না ।

বেশীরভাগ সময়েই হাসপাতালে থাকে । সেবার শ্রীধরনের মিসেস শ্রীধরনকে বলল, মার তো বয়েস হয়েছে, ভাই, বোনেরা কেউই রাখতে চায় না, আমিই তো বড়, আমারও তো একটা কর্তব্য আছে, মা আর কতদিন বাঁচবে, মাকে এখানে এনে রাখি, সেবাশুশ্রুষা করি । তাই তে তো শ্রীধরনের রাগ, বাড়িতে অশান্তি । কিছুতেই মাকে আনবে না । বলছে, তোমার মা তুমি দেখ, আমি এর মধ্যে নেই । আমাদের বাড়িতে আনার আমার মত নেই । ভদ্রমহিলা তো বলতে বলতে কেঁদে ফেললেন ।

অচিন্ত্য জিজ্ঞেস করল, এখন উনি কোথায় ?

রাখী বলল, কি আর করবে ? একটা বৃদ্ধাশ্রমে রেখেছে ।

--- সেখানেও তো খরচা । কে সব খরচ করছে ?

--- ওই সকলে মিলেই করছে, ভাই বোনেদের অবস্থা তো ভালোই । কিন্তু বৃদ্ধাশ্রমে রাখা এক আর নিজেদের কাছে রেখে সেবাশুশ্রুষা করা আর এক । বৃদ্ধ বয়েসে বাবা-মা হয়ে ওঠে বোঝা, তাদের বৃদ্ধাশ্রমে পাঠিয়ে নিশ্চিন্তি । কেউ দায়িত্ব নিতে চায় না, অথচ তিনি ওদের মা, ওদের সকলকে কোলে পিঠে করে একদিন মানুষ করেছেন ।

অচিন্ত্য মনে মনে ভাবছিল, আজকের যুগটাই এইরকম । আমরা শিক্ষিত হলে কি হবে -- সব মূল্যবোধ, দায়িত্ব, কর্তব্যবোধ হারিয়ে বসে আছি । তারা ছিল দুই ভাই । তাদের অবস্থা ভালো ছিল না, বাবার সামান্য মাইনের চাকরি, দোকান থেকে ধারে জিনিস আসত, মাইনে পাওয়ার পর তার বাবা কিছু কিছু করে সেই ধার শোধ করত । কিন্তু তার দাদা রঞ্জন এসব কিছু দেখেও বুঝতে চাইত না । সে ছিল একনম্বরের পেটুক, সব জিনিস মুখে রোচে না, পছন্দমত খাবার

না পেলে রেগে যেত -- এই তোমাদের রোজ রোজ একই তরকারি, কুমড়ো ছাড়া কি বাজারে আর কিছু সব্জি পাওয়া যায় না ? রেগে গিয়ে সে কখনো কখনো না খেয়ে উঠে চলে যেত, কিংবা ভাতের থালা ছুঁড়ে ফেলে দিত । মা, বাবা দু'জনেই তাকে ভয় করে চলত । অশান্তি এড়ানোর জন্যে তার মা রোজ রোজ দরজায় ধারে মাছওয়ালার কাছ থেকে পাকা রুই মাছ কিনত । পড়াশুনায় রঞ্জন মোটেই ভালো ছিল না । হায়ার সেকেণ্ডারিতে কোনোমতে পাশ করে বাড়ির কাছে কলেজে পাশকোর্সে ভর্তি হয়েছিল । কে দেবে চাকরি ? চাকরি কি এতই সোজা ? তাই বিজনেস কর । সে কি বিজনেস করত সেই জানে, মাঝে মাঝেই সে বিজনেসের নাম করে বাবার কাছে টাকা চাইত । সেই টাকা যোগাতে মাকে বেশ কিছু সাধের সোনা গয়না বিক্রি করতে হয়েছে । অচিন্ত্য প্রতি মাসে মা বাবাকে হাত খরচ বাবদ যা টাকা পাঠাত সেসব টাকা তারা নিজেদের জন্যে খরচ না করে ওদের সংসারে দিত । এই রঞ্জনের জন্যে যারা এত করেছিল শেষ জীবনে তারাই হয়ে গেল বোঝা । শেষের দিকে কি কষ্টটাই না তারা পেল, তাদের ঠিকমত খাওয়া জুটতো না, ওষুধপত্রই বা কে কিনে দেবে !

অচিন্ত্য অসাধারণ না হলেও বরাবরই পড়াশুনায় ভালো ছিল । আর সেই কারণে চাকরি পেতে তার খুব একটা অসুবিধে হয়নি । এই চাকরির সুবাদে তার জীবনের বেশীরভাগ সময়ই কেটেছে বাইরে বাইরে । পড়াশুনা ছাড়াও তার ভালো লাগত সামাজিক কাজেকর্মে যোগ দিতে । ছোটবেলাকার কথা তার মনে পড়ে । তাদের বাড়ির সামনের রাস্তাটা তখন পাকা ছিল না, বৃষ্টি হলে আরো খারাপ হয়ে যেত, এখানে ওখানে গর্ত, নর্দমার জল রাস্তায় উঠে আসত । তারা ক্লাবের সব ছেলেরা মিলে পাম্পে করে জল সরিয়ে নোংরা পরিষ্কার করে খানাখন্দ বুজিয়ে দুরমুশ দিয়ে সমান করত । এর আগে কর্মসূত্রে বেশ

কয়েকবছর তাকে চেন্নাইয়ে থাকতে হয়েছিল । সেখানে সে যেখানে ছিল প্রথমের দিকে সেই বাড়ির সামনের রাস্তাটার অবস্থা ছিল শোচনীয় । জমা জলে মশা ডিম পাড়ত, সেই মশার কামড়ে ম্যালেরিয়ায়, দূষিত জল ব্যবহারের ফলে জন্ডিসে লোককে ভুগতে হতো । সে একাই বাড়ি বাড়ি গিয়ে বলল, কাল রবিবার, ছুটির দিন, আপনাদের বাড়ি থেকে একজন করে আসুন, আমরা রাস্তা মেরামত করি যাতে জল না জমে । তার ডাকে সকলেই সাড়া দিয়েছিল । এইভাবে রাস্তা পরিষ্কার করে, ডিডিটি ছড়িয়ে তারা কয়েকদিনের মধ্যেই সেখান থেকে রোগের প্রকোপ থেকে সকলকে মুক্ত করতে সক্ষম হয়েছিল । এইভাবে সমাবেত প্রচেষ্টার দ্বারা মানুষের সার্বিক কল্যাণের কাজে নিজেকে নিয়োজিত করতে তার খুব ভালো লাগত ।

রাতে খাওয়ার পরে রাখী গান শোনে । এটা তার অভ্যাস, বিশেষ করে রাজন মিশ্র ও সাজন মিশ্রের গান শুনতে তার খুব ভালো লাগে । ঘরে তার শোকেসে সাজানো ক্লাসিক্যাল গানের ক্যাসেট । অচিন্ত্য বেশীক্ষণ জেগে থাকতে পারে না । কিন্তু আজ তার চোখে ঘুম নেই, নানান চিন্তা এসে তার মনে জট পাকাচ্ছে । শুয়ে শুয়ে সে ভাবছে, আমরা কেউ কারোর নই, একা এসেছি আবার একাই যেতে হবে, কিন্তু এটাও ঠিক আমরা একে অপরের থেকে বিচ্ছিন্ন কোনো সত্তা নই । জীবনে অপরের সাহায্য ছাড়া কারোর পক্ষেই একা বেঁচে থাকা সম্ভব নয় । জীবনের নিয়মই হচ্ছে দেওয়া আর নেওয়া, আদান প্রদান, তুমি হাত বাড়িয়ে নাও আবার দিয়ে পুষিয়ে দাও, প্রকৃতি থেকে আমরা কত কি নিচ্ছি, আবার ফিরিয়ে দেওয়াও দরকার, শুধু নিলে সামঞ্জস্য থাকে না । সমাজ যেমন আমার জন্য করছে, তেমনি আমারও নৈতিক দায়িত্ব সমাজের জন্য করা -- সমাজ ও ব্যক্তি একে অপরের পরিপূরক । এইভাবে পারস্পরিক সহযোগিতার মধ্যে দিয়ে আমরা

একে অপরকে সমৃদ্ধ করতে পারব । দেশের মঙ্গলের জন্য, সকলের মঙ্গলের জন্য, সমগ্র মানবজাতির মঙ্গলের জন্য নিঃস্বার্থভাবে সবসময় কাজ করাই সবথেকে বড় আদর্শ । কিন্তু আমাদের মধ্যে ক'জন আছে যারা এই আদর্শকে মেনে চলে ? শিক্ষার উদ্দেশ্য শুধু অর্থ উপার্জন নয়, এর উদ্দেশ্য হলো আমাদের মধ্যে যে সদ্গুণগুলো রয়েছে সেগুলোর বিকাশ ঘটানো আর আমাদের জীবনে ফুটিয়ে তোলা, যার দ্বারা আমরা যেমন নিজেদের জীবনের উন্নতি সাধন করতে পারি, তেমনি হয়ে উঠতে পারি সুনাগরিক এবং সমাজে আমাদের দায়িত্ব যথাযথভাবে পালনের মধ্যে দিয়ে গড়ে তুলতে পারি এক উন্নতমানের সমাজব্যবস্থা । আমাদের দেশের সরকার দয়া পরবশ হয়ে রিজারভেশনের নামে যাদের মেধা কম, যোগ্যতা কম তাদের মেধাবী, যোগ্য ব্যক্তিদের তুলনায় বেশী সুযোগ সুবিধে দিচ্ছে, ফলে বঞ্চিত হচ্ছে অনেক যোগ্য ব্যক্তি । কিন্তু প্রশ্ন হলো সত্যি সত্যিই কি এতে সমাজ উন্নত হচ্ছে ? এইসব ব্যক্তিরা যারা এইসব সুযোগ-সুবিধা ভোগ করছে, তারা কি তাদের সামাজিক দায়িত্ব যথাযথভাবে পালন করছে ? তাই যদি হতো তাহলে সমাজে এত বৈষম্য কেন ? কেন মানুষে মানুষে এত ভেদাভেদ ? কেন স্বাধীনতার এতদিন পরেও আমরা অন্য অনেক দেশ থেকে পিছিয়ে ?

অর্ধজাগ্রত অবস্থায় সে শুয়ে থাকে, তার কানে ভেসে আসে রাস্তা দিয়ে চলে যাওয়া পাহারাদারের হাঁক, অসহায় পাখীর আর্তনাদ; তার ভেতর থেকে পুঞ্জীভূত বেদনা ভেসে উঠে মনের ক্যানভাসে কি সব হিজিবিজি আঁকে চলে ।

সংসারধর্ম

একটু আগে একপশলা বৃষ্টি হয়ে গেছে । কৃষ্ণচূড়া গাছের ফাঁক দিয়ে একচিলতে রোদ্দুর এসে সামনের ব্যালকনিতে পড়েছিল । মালিকা সেই রোদ্দুরে ভিজে জামাকাপড়গুলো মেলে দিয়ে জানলার ধারে বিছানায় বসে থাকা সিদ্ধেশ্বরকে উদ্দেশ্য করে বলল, একটু দেখো, আবার বৃষ্টি এলে জামাকাপড়গুলো ঘরে তুলে রেখো, আমি চান করতে চললুম । সিদ্ধেশ্বর ঘাড় নাড়েন, পুনরায় বইয়ের মধ্যে ডুবে যান । বই পড়া তাঁর নেশা, পড়তে বসলে তাঁর কোনোদিকে হুঁশ থাকে না । সারাদিন ধরে বই পড়ে চলেছেন আর লাল, নীল, সবুজ রঙের বিভিন্ন পেনসিল দিয়ে দাগ দিয়ে চলেছেন । বাড়িতে বইএর পাহাড় -- বিছানা, আলমারি, চেয়ার, খাটের নীচ সব জায়গায় শুধু বই আর বই, কি না আছে সেখানে -- মহাভারত, বিষ্ণুপুরাণ, বেদ, উপনিষদ, কান্ট, হেগেল, ভারতীয় দর্শন থেকে শুরু করে রবীন্দ্রনাথ, বিবেকানন্দ, শ্রীঅরবিন্দ,

মধুসূদন, শরৎচন্দ্র, আধুনিক সাহিত্য কোন কিছুই বাদ নেই । তাঁর ঘরটা একটা ছোটখাটো লাইব্রেরী ।

কিছুক্ষণ পরে সিক্তচুল তোয়ালে দিয়ে মুছতে মুছতে মালিকা এসে দেখল মুষলধারে বৃষ্টি পড়ছে । আর একটু আগে ব্যালকনিতে মেলে দেওয়া জামাকাপড় যেমনটি ছিল তেমনই রয়েছে, খোলা জানলা দিয়ে বৃষ্টির ছাট আসছে আর সিদ্ধেশ্বর নিবিষ্ট হয়ে বই পড়ে চলেছেন । এসব কিছু দেখে রাগে মালিকার মাথা গরম হয়ে ওঠে । সে সিদ্ধেশ্বরের সামনের বইটা টেনে নিয়ে রাগতস্বরে বলল, এটা কি হচ্ছে শুনি, একটা কথাও কি কানে তুলতে নেই । কি এমন পরীক্ষা দিচ্ছ যে না পড়লেই নয়, একটু উঠে গিয়ে জামাকাপড়গুলো তুললে কি মহাভারত অশুদ্ধ হয়ে যেত ? সংসারে আমি একা খেটে মরব আর তুমি পায়ের ওপর পা তুলে আয়েস করবে ?

এসব কথা কিন্তু সিদ্ধেশ্বরের মধ্যে কোনো রেখাপাত করে না । সে কিছু না বলে চুপ করে শোনে । সত্যিই সিদ্ধেশ্বর সংসারের কাজের ব্যাপারে নির্লিপ্ত । তিনি ঈশ্বরবিশ্বাসী, তাঁর কাছে এই জগত ঈশ্বরের সৃষ্টি, জগতের সবকিছুর মধ্যে তিনি বিধৃত, জগত তাঁরই লীলাক্ষেত্র । যখন মালিকা এসে বলত, মেয়ের তো বিয়ের বয়স হয়ে গেল, এবার তো একটু খোঁজখবর কর, তখন তিনি নির্বিকারচিত্তে উত্তর দিতেন, সবই ঈশ্বরের ইচ্ছা । ঈশ্বরের ইচ্ছায় যা হবার তাই হবে, তোমার আমার ইচ্ছায় কিছু হবার নয় । তাঁর ইচ্ছা ছাড়া গাছের একটা পাতাও নড়তে পারে না । আগে মালিকা বাড়ির সামনেই সব্জিওয়ালার কাছ থেকে সব্জি কিনত । এখন রিটায়ারমেন্টের পর সিদ্ধেশ্বর সকালে ব্যাগ নিয়ে বাজার করতে বেরোন, হেঁটেই হেঁটেই চলে যান টিনবাজারে, ফেরার সময় আসেন রিক্সা চড়ে । সেদিন বেরোনোর সময় মালিকা তাকে বলল, একটু কুমড়ো এনো তো । এর কিছুক্ষণ পরে দেখা গেল

সিদ্ধেশ্বর রিক্সা থেকে নামছে আর সঙ্গে একটা পেল্লাই সাইজের কুমড়ো । তাই দেখে মালিকা মাথায় হাত দিয়ে বলল, হায় আমার পোড়া কপাল, আচ্ছা, তুমি কি বলে এত বড় কুমড়ো নিয়ে এলে ? একটুও কাণ্ডজ্ঞান নেই । তুমি কি পাড়াপ্রতিবেশীদের নেমন্তন্ন করে খাওয়াচ্ছ ?

সন্ধ্যেবেলায় তাঁদের ঘরে সিদ্ধেশ্বরের সমবয়েসী বন্ধুরা এসে বসেন, বন্ধু বলতে কেতুবাবু, সত্যেনবাবু, বিমলবাবু আর শান্তবাবু । তাঁদের সঙ্গে বসে আড্ডা, আড্ডা মানে পরনিন্দা পরচর্চা নয়, এ হল ধর্মীয় আলোচনা । বেশীরভাগ সময়ে সিদ্ধেশ্বর বলে, অন্যেরা শোনে । সিদ্ধেশ্বর বলছিল, এই জগত ঈশ্বরের সৃষ্টি, তাঁরই লীলাক্ষেত্র, তিনিই সবকিছু চালাচ্ছেন, সবকিছুর পেছনে রয়েছে তাঁর ইচ্ছা । এসব কিছু বললেও জাগ্রত চেতনার দ্বারা উপলব্ধি করা তা সহজসাধ্য নয় । ক'জন আমরা ঈশ্বরকে সবসময় মনে রাখছি, সবসময় আমি, আমার এইসব নিয়ে আছি, আমাদের চেতনা সংকীর্ণ গণ্ডীর মধ্যে আবদ্ধ । আমরা এক অজ্ঞানতার মধ্যে বাস করছি, নিম্নবৃত্তির দাস হয়ে আছি, অহংকার, কামনা বাসনা আমাদের উত্তরণের পথে সব থেকে বড় বাধা । এগুলো কি কাটিয়ে ওঠা সহজ কথা ? তুমি না চাইলেও এই অহংকার, কামনা বাসনা জেগে উঠবে, বিয়ে বাড়িতে গিয়ে একটার জায়গায় দু'পীস মাছ খেতে ইচ্ছা করবে, কেউ অপ্রিয় কিছু বললে তা তোমার অহংকারে এসে আঘাত করবে । লোভ, লালসা, স্বার্থপরতা, অহংকার, পরশ্রীকাতরতা, ক্রোধ, হিংসা, আমাদের আষ্টেপিষ্টে বেঁধে রেখেছে । এর থেকে মুক্তির জন্যে আমাদের সবসময় সজাগ থাকতে হবে, কিন্তু সবটাই নিজের চেষ্টার দ্বারা হয় না । তাঁর কৃপা ছাড়া কিছুই হবার নয়, এরজন্যে চাই ঈশ্বরের ওপর নির্ভরতা, ভগবানের ওপরে সবসময় নিজেকে সমর্পণ করার মধ্যে দিয়েই সব বাধা দূর

হওয়া সম্ভব । এইভাবে রোজই ধর্মীয় বিষয় নিয়ে আলোচনা চলে । ঘন্টা দেড় দুই ধরে চলে এইসব পাঠ, আলোচনা ।

কেতুবাবু আসে তারকেশ্বর লাইনে দিয়াড়া থেকে । এইসময়টুকু তাঁর কাছে খুবই মূল্যবান, তাই কেউ আসুক না আসুক সে আসবেই, তা ঝড় হোক, বৃষ্টি হোক । ঘরে ঢোকার আগেই গেট থেকে হাঁক পাড়ে, 'ঘোষাল', তারপরে ঘরে ঢুকে ছাতাটা দরজার একপাশে রেখে চুপ করে চেয়ারে বসে পড়ে । কেতুবাবু ধর্মপ্রাণ হলেও ওনার বাড়ির আর সকলে তার বিপরীত । তার ছেলে, ছেলের বউ এরা সব ঘোরতর সংসারী, নিজেদের স্বার্থ ছাড়া আর কিছু বোঝে না, ছেলে পরিতোষ বউএর কথায় ওঠে বসে । কিন্তু তার সব থেকে খারাপ লাগে তার নিজের স্ত্রী পারুল, সেও ওদের দলে । সংসারে একসঙ্গে থাকলে সকলের মতের মিল হবে তার কোনো মানে নেই । কিন্তু সব দোষ যেন কেতুবাবুর আর ছোটখাটো ব্যাপার নিয়ে ওদের পক্ষ নিয়ে তার সঙ্গে অশান্তি করে ।

সে মনে মনে ভাবে, ঘোষালের পরিবারটি কত সুন্দর, এক মেয়ে, জামাই । মেয়ে, জামাই কাছেই ফ্ল্যাটে থাকে । ওরা যখন খুশী ওখানে যাচ্ছে, নাতনীকে আদর করছে । ঘোষালের স্ত্রীটিও বেশ । স্বামীর সেবাযত্ন করছে, ওদের কত মিল । যখন ঘোষাল হাঁটুর মালাইচাকি ভেঙে ছয়মাস বিছানায় পড়ে রইল তখন ঐ স্ত্রীই তো সব করেছে, সবদিক সামলেছে । আর ওর পারুলের সেবাযত্নের নামমাত্র নেই । সেদিন বললাম, কোমরটা টাটিয়েছে, বোধহয় সেই পুরোনো ব্যথাটা আবার চাগার দিয়েছে, একটু গরম জলের সেঁক দাও তো । তা কোন গ্রাহ্যই করলে না । যেন সে ওদের কেউ নয়, উঠতে বসতে গঞ্জনা সইতে হয় । অথচ মাসের প্রথমে পেনশনের টাকাটা যা পায় তা তো সে তার হাতেই ধরে দেয় । কেন যে পারুলটা এমন হল ! কই

আগে তো এমন ছিল না । কতবার তারা একসঙ্গে বেড়াতে গেছে - সিমলা, হরিদ্বার, মুসৌরী, কাশী, নালন্দা, রাজগীর । একসঙ্গে সিনেমা হলে গিয়ে কত সিনেমা দেখেছে । অন্যদিকে ঘোষালকে দেখো, কত খুশী । ধর্ম, দর্শন নিয়ে আছে, লেখালেখি করছে । স্বামী শিবানন্দ, চিদানন্দের বই বাঙলায় অনুবাদ করছে । আবার গীতার কর্মযোগ নিয়ে ধর্মসভায় বক্তৃতা দিচ্ছে । এই বয়েসেও বছর বছর রেলের পাশ নিয়ে পণ্ডীচেরী, হৃষিকেশ ঘুরে আসছে । সে তো ছেলে- মেয়েদের প্রতি কর্তব্যের কোন ত্রুটি করেনি । দুই মেয়ের বিয়ে দিয়েছে, একজনের বিলাসপুরে, অন্যজনের গৌহাটিতে । বিয়ের পর পর ওরা বছরে একবার করে মা বাবার কাছে বেরাতে আসত । এখন তাদের সংসার বড় হয়েছে, ছেলেমেয়েরা স্কুলে পড়ছে, তাদের আর আসার সময় হয় না । আগে যখন তখন মেয়েদের বাড়ী চলে যেত । এখন আর এই বয়েসে আর কোথাও যেতে সাহস হয় না । চোখে ছানি পড়েছে, অন্ধকারে চলতে ফিরতে অসুবিধে হয় । এই বয়েসে সবাই একটু স্ত্রী পুত্রের সেবাযত্ন চায়, সেও চায়, ওরা একটু পাশে এসে দাঁড়াক । কিন্তু সে গুড়ে বালি, দিনের মধ্যে একাবার খোঁজও নেয় না, কেমন আছি, কি খাচ্ছি, কোথায় যাচ্ছি । সে যেন ওদের কাছে বোঝা।

পারুল তার কোন কিছুই সহ্য করতে পারে না, সামান্য ব্যাপারেই তার ওপর বিরক্ত হয়, -- যা মুখে আসে তাই বলে, কোন কিছুই আটকায় না । সেদিন কেতুবাবু একটি যীশুখৃষ্টের ছবি এনে ঠাকুরঘরে রেখেছিল । তাই দেখে পারুল চিৎকার শুরু করে দিল, তুমি হিন্দু হয়ে আবার কবে থেকে যীশুর ভক্ত হলে ? কেতুবাবু বলল, তাতে কি হয়েছে ? সব মানুষই তো সমান । সব ধর্মই তো এক । পারুল তাই শুনে রেগে গেল, বলল, এসব নিশ্চয় তোমার মাথায় ঐ ঘোষাল ঢোকাচ্ছে । তাহলে এবার থেকে মোছলমানের বাড়ী যাও, তাদের

ডেকে নিয়ে এস, এখানে মোচ্ছব কর । দেখ, আমি তোমাকে সাফ সাফ জানিয়ে দিচ্ছি, এসব নিয়ে বেশী বাড়াবাড়ি আমি সহ্য করব না । তখন হয় তুমি এ বাড়ীতে থাকবে নয় আমি থাকব, এই বলে রাখলুম । এসব কারই বা ভালো লাগে । এইসব কারণে তার মনে শান্তি নেই । যতক্ষণ সে সিদ্ধেশ্বর ঘোষালের বাড়িতে থাকে ততক্ষণ তার ভালো লাগে, তার মন আনন্দে ভরে ওঠে ।

বেশ কয়েকদিন কেতুবাবু অনুপস্থিত । দু'সপ্তাহ হয়ে গেল কোনো পাত্তা নেই । এমন তো হওয়ার কথা নয় । সত্যেনবাবুই খবরটা নিয়ে এল, বলল, সে তো বিছানায় বেঁহুস হয়ে পড়ে আছে । তাই সিদ্ধেশ্বর নিজেই গেল তাকে দেখতে । বেঁহুস অবস্থায় কেতুবাবু টের পেল, ঘোষাল তার শিয়রের কাছে বসে মাথায় হাত বোলাচ্ছে আর বলছে, সপ্তাহ দুই হয়ে গেল তোমার কোন পাত্তা নেই, তুমি তো একদিনের জন্যও কামাই কর না, তাই তোমায় দেখতে এলাম । তা তোমার এরকম অবস্থা হবে তা কি করে জানব ? তবে কি জানো, এসব তাঁরই লীলা, এ হল তাঁর লীলাক্ষেত্র । তিনি যেমন সৃষ্টিকর্তা, তেমনি এই সৃষ্টির মধ্যে ভিন্ন ভিন্ন রূপে বাস করছেন । তিনি যেমন একদিকে নরসিংহঅবতার, তেমনি দৈত্যকুলে প্রহ্লাদ, আবার হিরণ্যকশিপু, তিনি কেতুবাবু, আবার তিনিই পারুল, আবার তাদের ছেলে পরিতোষ । এক এক জীবের মধ্যে তিনি এক এক রূপে গুণে বিরাজ করছেন, এসবই তাঁর লীলা, কেউই তাঁকে বাদ দিয়ে নয় । এসব ভেবে যদি সংসার কর তবে দেখবে কোন সমস্যাই নেই । তিনি যেমন আমাদের বিপদ ডেকে আনেন তেমনি বিপদ থেকে উদ্ধারও করেন । তোমার আমার ইচ্ছায় কিছু হয়নি আর হবেও না । এ হল আমার জীবনের অভিজ্ঞতা । তাঁর ইচ্ছাতেই হাঁটু ভেঙে কতদিন পরে রইলাম, অপরেশন হল, প্লাষ্টার হল, আবার দেখ কি রকম সুন্দর ভাবে হেঁটে

চলে বেড়াচ্ছি । কেউ ভেবেছিল যে আমি আবার চলতে পারব ? দেখ না, যখন আমার বাবা মারা গেলেন তখন দাহ করার টাকা নেই, রাতদুপুরে একজনের কাছে ছুটলুম পঞ্চাশ টাকা চাই, তিনি তাঁর কাছে পঞ্চাশ টাকাই রেখেছিলেন, সেই টাকাতেই সৎকার হল; বাবা মারা যাওয়ার শোক কি তা আমি টের পাইনি, আমি পাষাণ নই, বাবার দেহ যখন চিতায় তোলা হল তখন আমার অন্য চিন্তা, পরের দিন ছোট ছোট ভাইবোনদের মুখে কি জুটবে, কিন্তু দেখ তাও তিনি জুটিয়ে দিলেন । এখন তারা সব বড় হয়েছে, নিজেদের সংসার করছে । তাই বলছিলাম এসব তাঁরই সংসার, আমাদের দিয়ে যেমনটি করাচ্ছেন তেমনটি আমাদের করে যেতে হচ্ছে, কোনো আক্ষেপ রেখো না, দুঃখ নয়, সব করতে হবে তার কাজ হিসেবে । এইভাবে সংসারে বাস কর, ভাবো এসব তাঁরই সংসার, তার নির্দেশ পালন কর, তখনই দেখবে শোক, দুঃখ, সমস্যা বলে কিছু নেই, কারোর বিরুদ্ধে কোন অভিযোগ নেই ।

পারুল মন দিয়ে সিদ্ধেশ্বরের কথাগুলো শুনছিল, শুনে আবেগজড়িত কণ্ঠে বলল, ঘোষালদা এতদিনে আপনি আসল সত্য কথাটা জানালেন । আমরা সকলে এই সত্যটাই ভুলে অজ্ঞানের জগতের মধ্যে বাস করছি, ভাবছি এসব নিজের, আর তাই নিয়ে নিজেদের মধ্যে মারামারি, কাটাকাটি করছি, আর একে অপরকে দোষারোপ করছি, সুখের সংসারে নিজেরাই আগুন জ্বালিয়ে সেই আগুনে নিজেদের হাত পোড়াচ্ছি ।

সে কেতুবাবুকে উদ্দেশ্যে করে বলে উঠল, ওগো শুনছ, না জেনে তোমার কাছে কত অপরাধই না করেছি, কত আকথা কুকথা বলেছি । এ সংসারে তুমি ছাড়া আমার আর কেউ নেই, তুমিই আমার সব,

আমার সকল অপরাধ ক্ষমা কর। কাঁদতে কাঁদতে পারুল কেতুবাবুর পাদুটি জড়িয়ে ধরে তাঁর মাথা ঠুকতে লাগলো।

রোগ

শহরতলির এইসব জায়গা আগে কত ফাঁকা ছিল । এখন লোকজন বেড়েছে; লোকসংখ্যা বাড়ার সঙ্গে সঙ্গে সেইসব ফাঁকা জায়গাতে প্রোমোটারদের দাক্ষিণ্যে গড়ে উঠেছে বিভিন্ন ডিজাইনের ফ্ল্যাট । সেইসব ফ্ল্যাটের সুযোগ-সুবিধেও কম নয়, তার ওপরে নির্ভর করছে তার দাম । বেশ কয়েক জায়গা ঘোরাঘুরির পর এই জায়গাটাই দীপেন পছন্দ করল । তার স্ত্রী সুনন্দারও পছন্দ । জায়গাটা বড় রাস্তার ওপরেও নয় আবার খুব ভেতরের দিকেও নয়, দোকান বাজার সব কাছাকাছি, আর রেলস্টেশনটাও খুব দূরে নয়, হেঁটে যেতে দশ মিনিট । এখান থেকে দীপেনের ইউনিভার্সিটি যেতে আসতে অনেক সুবিধে । দীপেনের স্কুলের বন্ধু সৌভিক; সৌভিক পড়াশুনায় খুবই সাদামাটা ছেলে ছিল, পড়াশুনার চেয়ে পার্টি পলিটিক্সের দিকেই তার ঝোঁক ছিল বেশী । এ তল্লাটে সে এখন একজন হোমড়াচোমড়া গোছের মানুষ । সে

দীপেনের বাড়ির কাছেই থাকে । সে-ই সঙ্গে করে দীপেনকে নিয়ে গেল প্রোমোটার অরূপ বিশ্বাসের কাছে । অরূপ বিশ্বাস মর্ডান বিল্ডার্সের প্রোপাইটার । সৌভিককে দেখে লোকটা তাদের খুব খাতির করল, আরে, সৌভিকবাবু আমার কি সৌভাগ্য । আজকে সকালে প্রথমেই এখানে আপনার পদধূলি পড়ল, দিনটা ভালোই যাবে । বলুন, আপনার জন্যে কি করতে পারি ?

সৌভিক দীপেনের সঙ্গে অরূপের পরিচয় করিয়ে দিয়ে বলল, আমার বাল্যবন্ধু, একসঙ্গে আমরা স্কুলে পড়াশুনা করেছি । এখন প্রফেসর ।

অরূপ বলল, সৌভিকবাবু, আপনার বন্ধু মানে আমারও বন্ধু, বলুন আপনাদের জন্যে কি করতে পারি ।

সৌভিক বলল, ওনাকে একটা ভালো দেখে ফ্ল্যাট দেখিয়ে দিন ।

অরূপ একটা ক্যাটালগ বার করে টেবিলের ওপরে রেখে দিয়ে বলল, সব রকমের ফেসিলিটিস পাবেন, লিফট, পাওয়ার ব্যাক আপ, ওয়াটার সাপ্লাই, টোয়েন্টিফোর আওয়ারস সিকিউরিটি সার্ভিস, ইন্টারকম, ভিডিও কলিংবেল, পার্কিং, গার্ডেন, সুইমিই পুল, কমন স্পেস, জিমনাসিয়াম, বাচ্চাদের খেলার জায়গা, টেনিস কোর্ট কি চান আপনি, সব কিছুরই ব্যবস্থা আছে । ফ্ল্যাটও খালি আছে, টুবিএইচকে, থ্রিবিএইচকে, তবে এখনই বুক করে নিন, খুব ডিমান্ড, পরে এলে পাবেন না । কোনটা নেবেন, ইষ্টফেসিং না ওয়েষ্ট ফেসিং ? ইষ্টফেসিংই ভালো রোদ্দুর, আলো, বাতাস সবকিছু পাবেন, তবে দামটা একটু যা বেশী পড়বে ।

ফ্ল্যাটে সিফট করার আগেই সুনন্দা লোক ডেকে রান্নাঘরটাকে মড্যুলার কিচেনে রূপান্তরিত করে নিল, সেখানে রাখার জন্যে নিয়ে এল

তার পছন্দের নতুন এক গ্যাস স্টোভ, নতুন নতুন বাসনপত্র, সেগুলো রাখার জন্যে স্ট্যান্ড । সিফট করার পরেই সে লেগে পড়ল ফ্ল্যাট সাজাতে । রোজই সন্ধ্যেবেলা মায়েতে মেয়েতে বেরিয়ে পড়ে দোকান থেকে এটা ওটা কিনে আনে -- সোফা-কভার, কুশন-কভার, টেবল-ম্যাট, কার্পেট, ছোট, মেজ, বড় বিভিন্ন সাইজের ফুলদানি, আয়না, টিসেট, ডিনারসেট, ওয়াল স্টিকার, পর্দা, এটা ওটা -- এর শেষ নেই একটা নয়, দুই তিনটে করে সেট, --- লোকজন আসতেই পারে তাদের দেখানোর জন্যে তো বসবার ঘরটা তো সাজানো দরকার । কিছুদিনের মধ্যেই ঘরের চেহারা অন্যরকম হয়ে গেল । দীপেন সবকিছু দেখে টেকে অবাক হয়ে গেল, সে খুব খুশী হয়ে বলল, বাঃ, বেশ ভালোই তো লাগছে, শুধু গৃহই নয়, তার সঙ্গে গৃহিনীও চাই, আর তা সুনন্দার মত । সে মনে মনে ভাবল, ওর টেষ্ট আছে ; আজ যদি সে না থাকত তাহলে কে করত এইসব । এখন যুগ বদলেছে, যুগের সঙ্গে খাপ খাইয়ে চলতে হবে বইকি ।

কয়েকদিন পরে সুনন্দা দীপেনকে বলল, হ্যাগো, সৌভিকদা আমাদের জন্যে এত করল, একদিন ওদের বল আমাদের বাড়িতে আসতে । দীপেন কিছু বলার আগেই সুনন্দা বলল, সামনের রবিবারে ওনাকে আসতে বল, ছুটির দিন, বলবে সস্ত্রীক চলে আসতে আর আমদের এখানে লাঞ্চ করতে ।

রবিবার দিন সুনন্দা ভালোই আয়োজন করেছিল, আর তার সঙ্গে বাইরের বসার ঘরটাও পরিপাটি করে সাজিয়ে রাখল । ডাইনিং টেবিলের ওপর সুন্দর টেবিলক্লথ, তার ওপরে সুদৃশ ম্যাট, সৌখিন লাওপালার সেট । সেদিন সৌভিকদের সঙ্গে এল আরো একজন, সুধীর সরকার । ওনাকে এ অঞ্চলে চেনে না এমন লোক নেই, খুবই পপুলার ফিগার । উনি এবারের কর্পোরেশনের ইলেকশনের জন্যে লড়ছেন ।

এইসব পলিটিক্যাল লোকেদের থেকে দীপেন বরাবরই দূরে থেকেছে, সে যখন স্কুলে পড়ত তখন, এখনও, তার জগত আলাদা । কিন্তু সুধীরের সঙ্গে কথা বলে তার ভালোই লাগল, বেশ আমুদে, অনেক কিছু খোঁজ খবর রাখেন, কোনটা ভালো, কোনটা মন্দ এসম্বন্ধে তার নিজস্ব একটা মতামত আছে । দীপেনের মনে হলো ওনার মধ্যে কিছু এথিকস্ আছে।

সুনন্দা ইতিমধ্যেই এদিক ওদিক ঘুরে নিজের বেশ কয়েকজন বন্ধু জুটিয়ে নিয়েছে । তারা একে অপরের বাড়িতে যাওয়া আসা করে, কার কি শাড়ি, গয়না আছে সব কিছু জানা হয়ে গেছে । এইরকম কয়েকজন মিলে তারা গড়ে তুলেছে কিটি পার্টি, মাসে এক একজনের বাড়ি, যার বাড়িতে পাটি সেই খাওয়াবে, এর সঙ্গে আছে আড্ডা । খাওয়া মানে এলাহি ব্যাপার ।

আমাদের সমাজ পুরুষতান্ত্রিক, এখানে পুরুষদের আধিপত্য বেশী, সে স্বামীই হোক আর অন্য কেউ হোক । আমরা নারী স্বাধীনতার কথা মুখে বলি, কিন্তু নারীজাতি এখনো নিপীড়িত, পরাধীন । অন্যায়ের বিরুদ্ধে পুরুষের মুখের ওপরে কিছু বলার উপায় নেই, বললেই বেশীরভাগ ক্ষেত্রেই বাধে বিরোধ, লড়াই, ঝগড়া । আর এই বিরোধ কোনো কোনোসময়ে এমন অবস্থায় গিয়ে এসে পৌঁছয় তখন স্বামী স্ত্রীর মধ্যে মধুর সম্পর্ক তিক্ত হয়ে ওঠে । এই যে আমাদের সমাজে যে ডিভোর্স দিনের পর দিন বেড়ে চলেছে তা বলার অপেক্ষা রাখে না । শুধু আমাদের দেশে কেন, বিদেশেও তাই । কিন্তু এই কিটি পার্টিতে স্বাধীনভাবে মনের কথা, প্রাণের কথা খুলে বলতে বাধা নেই । এই বাধাহীন আনন্দে তারা মেতে ওঠে । মাঝে মাঝে বেশ রঙ্গরসিকতা চলে ।

সেদিন জুলি প্রণতিকে দেখে বলল, কি হলো, তোমার তো দেখাই নেই -- ডুমুরের ফুল হয়ে গেলে নাকি ?

বিশাখা বলল, ওসব ফুলটুল নয়, এইসময় বরের সঙ্গে ঘুরবে না কি তোমার আমার সঙ্গে ?

দিব্যা বলল, ওসব ছাড়ো, এখন বলো বরের পকেট থেকে এক'দিনে ক'পয়সা ঝাড়লে ?

প্রণতি একটু রাগতস্বরেই বলে, ওসব ঝাড়া ঝাড়ার মধ্যে আমি নেই । যা দরকার, তা চেয়ে নিই ।

বিশাখা মুখটা একটু অদ্ভুদ ভঙ্গী করে বলে, আহা, সোহাগ কত । দেখব, এই সোহাগ কতদিন থাকে ।

দেখতে দেখতে পুজো এসে গেল, মাসখানেকও দেরী নেই । দীপেনদের ফ্ল্যাটেই কালচারাল প্রোগ্রামের রিহার্সাল । প্রায় রোজই রিহার্সাল লেগে থাকে, তার ফাঁকে ফাঁকে আড্ডা, রঙ্গ রসিকতা । দীপেন নিজের কাজে ব্যস্ত, রোজ ইউনিভার্সিটি যায়, আসে । এসবের মধ্যে সে মাথা না ঘামালেও কোনো কিছুই তার চোখ এড়ায় না, কিন্তু কখনো কখনো এই হৈ হট্টগোল তার ভালো লাগে না, আরো খারাপ লাগে যখন সে দেখে সুনন্দা এইসবে এতই মত্ত থাকে যে ইউনিভার্সিটি থেকে সে ফেরার পরে তাকে চা জলখাবার দিতে ভুলে যায় ।

সত্যিই সে দেখে সুনন্দা তার থেকে দূরে সরে যাচ্ছে, তার দিকে সুনন্দার কোনো খেয়ালই নেই । সে বাইরের এইসবের মধ্যে মত্ত । শুধু এটা ওটা কেনা, এসবের কি প্রয়োজন আছে সে বুঝতে পারে না । ছোটবেলায় তার কেটেছে দারিদ্রের মধ্যে । তাই টাকাপত্রের মূল্য সে বোঝে । কিন্তু সুনন্দা অন্য প্রকৃতির, তাঁর ঝোঁক শুধু কেনাকাটার মধ্যে, তা প্রয়োজন থাকুক না থাকুক । কি হবে এইসব অপ্রয়োজনীয়

জিনিস দিয়ে ঘর বোঝাই করে ? একদিন সুনন্দা বলল, আলমারি আর বিছানার মাঝখানের জায়গাটা একটু ফাঁকা ফাঁকা লাগছে, একটা টিপয় হলে ভালো হয় । দীপেন বলল, ফাঁকা থাকলে ক্ষতি কি ? আর এই টিপয় তোমার কি কাজে লাগবে ? দীপেনের কথায় কোনো কর্ণপাত না করে পরেরদিন সুনন্দা সামনের ফার্নিচার মার্কেট থেকে একটা ছোট টেবিল কিনে আনল । সেখানে একটা রঙিন কাঁচের বোতলে একটা মানিপ্ল্যান্ট শোভা পেতে লাগল । এর কিছুদিন পরে দেখা গেল ঘরে ফাঁকা জায়গা বলে আর কিছু রইল না, ফ্ল্যাটের ভেতরেও নয় বাইরেও নয় । জিনিস বেড়েছে আর তার সাথে সাথে মানুষের চাহিদাও বেড়েছে; প্রয়োজন থাকুক না থাকুক সেইসব জিনিস কিনে ঘর না সাজালে স্ট্যাটাস বজায় থাকে না । আজকের দিনে বেশীরভাগ মানুষই তাই, সুনন্দা তার ব্যতিক্রম নয় ।

মানুষ ভাবে এক, হয় আর এক । মানুষ সুখের জন্যে নানান জিনিস কেনে, আবার সেইসবই পারস্পরিক বিরোধের কারণ হয়ে দাঁড়ায়, তাই থেকে আসে অশান্তি । দীপেন সুনন্দাকে কিছু না বললেও, সে দেখে সুনন্দা প্রায়ই দীপেনের ওপর ক্ষিপ্ত হয়ে ওঠে-- বাথরুম থেকে চান করে এলে তাকে বলে চারিদিকে এত সাবানের ছিটে কেন ? কিংবা কখনো বলে, চেয়ারগুলো কি জামা প্যান্ট জড়ো করে রাখার জন্যে কেনা হয়েছে ? ... বই, খাতা সব বিছানায় ছড়িয়ে রেখেছ, বিছানা কি এই জন্যে ? তোমার তো আরো বন্ধু আছে, তাদের বাড়িতে একবার গিয়ে দেখে এস ।

প্রথমের দিকে মৌনব্রত অবলম্বন করলেও রোজ রোজ এইরকম খিটখিট করলে কারই বা ভালো লাগে ? একদিন কি করতে গিয়ে দীপেনের হাত লেগে শোকেসের ওপরে রাখা একটা ফুলদানি ভেঙে গেল । ব্যাস, তাই দেখে সুনন্দা চিৎকার করে কান্না জুড়ে দিল,

আমার সাধের অত সুন্দর ফুলদানিটা তুমি ভেঙে দিলে, এরকম আকখুট্টে মানুষ আমি জীবনে দেখিনি । রেগে গেলে মানুষের কাণ্ডজ্ঞান থাকে না । রাগের মাথায় সে দীপেনকে কয়েকটা অপ্রিয় কথা শুনিয়ে দিল । একদিন ছুটির দিনে ব্যালকনির আগাছা পরিষ্কার করার সময় সুনন্দার নিয়ে আসা ডলার প্ল্যান্টটা একটু কেটে ছোট করতেই সুনন্দা দীপেনের ওপরে তেলেবেগুনে জ্বলে উঠল ও তাকে পাঁচটা কথা শুনিয়ে দিল । এইভাবে খিটখিট করলে কারই বা ভালো লাগে । দীপেন মাঝে মাঝে উততপ্ত হয়ে ওঠে । এই নিয়ে স্বামী স্ত্রীর মধ্যে লাগে বিরোধ ।

এর পরে বেশ কয়েকটি বছর কেটে গেছে । দীপেন এখন অবসরজীবন যাপন করছে-- রিশার বিয়ে হয়ে গেছে, তারও এক মেয়ে । রিশা, সন্দীপ তাদের মেয়ে পুটকিকে নিয়ে মাঝে মাঝে সেখানে বেড়াতে আসে । তাদের নিয়ে দীপেন ও সুনন্দার ভালোই কাটে । তবে এর মধ্যে এক বিরাট পরিবর্তন হয়ে গেছে । সুনন্দা আর আগের মতো নেই, মাঝে তার ওপেন হার্ট অপরেশন হয়, এখন সে সুস্থ । কিন্তু সে এখন অন্য মানুষ । জাগতিক বস্তুর ওপরে তার সেই আগের মতো আসক্তি নেই, তার নিজের জিনিস যেগুলো সে সাধ করে কিনে ঘর সাজিয়ে ছিল সেগুলো এখন তার কাছে বোঝা ।

সে বসে বসে ভাবে, কি হবে এসব নিয়ে ? মানুষের চাহিদার তো শেষ নেই, বাসনা মানুষকে তাড়িয়ে নিয়ে বেরায়, কেউই এসব থেকে মুক্ত নয়, কিন্তু তা মানুষকে কতটুকু সুখ দিতে পারে, এগুলো সব ক্ষণিকের মোহ ছাড়া তো আর কিছু নয় । যার নেই সে চায়, আর যার আছে সে আরো চায় । তার মনে পড়ে সুধীর সরকারের কথা । এই সুধীর সরকার পলিটিক্যাল লিডার, লোকের কাছে সে এক জনদরদী নেতা । কিন্তু তারও রয়েছে বাসনা, political ambition তাকে তাড়িয়ে নিয়ে বেরায় । আর এই ambition মেটানোর জন্যে সে ছুটে বেরাচ্ছে, আজ এখানে, কাল ওখানে । আগে সে ছিল কাউন্সিলর, তারপরে ডিস্ট্রিক্ট কমিটির প্রেসিডেন্ট, তারপর MLA, তারপর সে মন্ত্রী । এখন সে নিজের পার্টি ছেড়ে অন্য পার্টিতে জয়েন করেছে, কেননা সে দেখেছে ওই পার্টির পাল্লা ভারী । তাহলে তার নীতি, আদর্শ বলে কি রইল ? অথচ প্রথম যেদিন সে তাদের বাড়িতে এসেছিল তখন কত ন্যায়-নীতির কথাই না আওড়েছিল । মনে হয়েছিল তার মতো নীতিবান লোক আর হয় না ।

সামান্য কয়েকটি জিনিস যেগুলি একান্তই প্রয়োজনীয় সেগুলো রেখে বাকি জিনিস সুনন্দা ঘর থেকে বিতারিত করে দিয়েছে । এখন তাদের ফ্ল্যাট বেশ ফাঁকা, ছিমছাম, আগের মতো নয় । এখন সে ঘরের মধ্যেই পায়চারি করে, শরীরের ধকল সহ্য করতে পারে না, বেশীরভাগ সময়টা তার কাটে শুয়ে বসে । বিছানায় শুয়ে শুয়ে সে রবীন্দ্রনাথের গানটা গেয়ে উঠলো, "আকাশভরা সূর্য-তারা বিশ্বভরা প্রাণ, তাহারি মাঝখানে আমি পেয়েছি মোর স্থান... ।"

বিশ্বপিতার প্রতি কৃতজ্ঞতায় তার মাথা নত হয়ে আসে, --- তুমি এখানে আমায় একটু জায়গা করে দিয়েছ, এখানে থেকে আমি বুক ভরে শ্বাস নিতে পাচ্ছি । এটাই তো আমার জীবনে সবথেকে বড় পাওয়া, এটাই তো তোমার করুণার দান ।

স্মৃতির পাতা

আমাদের জীবন পরিবর্তনশীল, আজকের আর আগামীকালের জীবন এক নয় । সময়ের সঙ্গে সঙ্গে সবকিছু যায় বদলে । আমাদের জীবন গঙ্গার জলধারার মত, স্রোতস্বিনী গঙ্গার মতই বিভিন্ন ঘাত-প্রতিঘাতের মধ্যে দিয়ে আমাদের জীবনও সময়ের সঙ্গে সঙ্গে এগিয়ে চলে । নতুন ঘটনার নীচে চাপা পড়ে যায় পুরোনো কত ঘটনা যেগুলো বিস্মৃতির অতল তলে তলিয়ে যায় । এরমধ্যে কিছু কিছু ঘটনা আমাদের মনের মধ্যে গভীরভাবে রেখাপাত করে যেগুলো নিজের অজ্ঞাতেই কখনো কখনো স্মৃতিপটে ভেসে ওঠে । এই মুহূর্তে মনে পড়ছে পুরোনো দিনের বেশ কিছু ঘটনা ।

বিগত শতাব্দীর সত্তর দশকে যখন আমি কানাইলাল বিদ্যামন্দিরে পড়তাম তখন নীলমণিবাবু ছিলেন সেই বিদ্যালয়ের প্রধানশিক্ষক । আগেকার দিনে শিক্ষক বলতে যে ছবিটা সচরাচর চোখের সামনে

ভেসে ওঠে সেই চেহারার সঙ্গে তার কোনো মিল নেই। তিনি প্যান্ট সার্ট পরে স্কুলে আসতেন, তিনি আকৃতিতে খাটো, দোহারা চেহারা, চোখে চশমা, বেশ সুপুরুষ ও বুদ্ধিদীপ্ত। চন্দননগরবাসীদের কাছে সেইসময়ে দেখেছি নীলমণিবাবু ছিলেন এক সুপরিচিত ব্যক্তি; তা শুধুমাত্র কানাইলাল বিদ্যামন্দিরের প্রধানশিক্ষক হিসেবেই নয়, তিনি ছিলেন সমাজের একজন সুপ্রতিষ্ঠিত ব্যক্তি, বিভিন্ন সভাসমিতিতে তাঁর ডাক পড়ত, আর সেইসব অনুষ্ঠানে তাঁকে সরস বাচনভঙ্গীর মাধ্যমে সহজ সরল ভাষায় সাবলীল কণ্ঠে ভাষণ দিতে দেখেছি যা সেইসময়ের মানুষকে স্বাভাবিকভাবেই আকৃষ্ট করত।

বিদ্যালয়ের ছাত্র, শিক্ষকদের মধ্যে নিয়মানুবর্তিতা, শৃঙ্খলাবোধ গড়ে তোলার ব্যাপারে তাঁর অগ্রগণ্য ভূমিকা অনস্বীকার্য। এব্যাপারে তিনি ছিলেন খুব কঠোর প্রকৃতির মানুষ। নির্দিষ্ট সময়ে ঘন্টা বাজার সঙ্গে সঙ্গে বিদ্যালয়ের বাইরের ফটক বন্ধ করে দেওয়া হতো, এরপরে শ্রেণীকক্ষে ঢোকার আগে বাইরে আমাদের সকলকে জুড়ি ধরে দাঁড়াতে হতো, নীলমণিবাবু নিজে এসে শ্রেণীশিক্ষকের সঙ্গে পরিদর্শন করতেন – -- আমরা ঠিকভাবে দাঁড়িয়ে আছি কিনা, বিদ্যালয়ের ইউনিফর্ম ঠিকভাবে পরেছি কিনা, জুতো জোড়া পালিশ হয়েছে কিনা এইসব -- ঠিক না হলে লাইন থেকে বের করে দেওয়া হতো। আমিও এরজন্যে কখনো কখনো শাস্তি পেয়েছি। সকলের সামনে কান ধরে বাইরে দাঁড়িয়ে থাকতে কী লজ্জাটাই না হতো, মনে মনে প্রতিজ্ঞা করতাম পরেরদিন থেকে ঠিকভাবে জুতোর ফিতে বেঁধে বিদ্যালয়ে আসব। এইসব কারণে তাঁকে অনেকের বিরূপ সমালোচনা শুনতে হয়েছে কিংবা বিরাগভাজন হতে হয়েছে, কিন্তু এসবকিছু তাঁর মধ্যে কোনরকম রেখাপাত করত না। তিনি তাঁর দায়িত্ব ও কর্তব্যে ছিলেন অবিচল।

সেটা ছিল নকশাল আন্দোলনের সময়, শিক্ষার মধ্যে ঢুকে পড়েছে অরাজকতা, নৈরাশ্য। সেইসব নকশালপন্থীদের মতে শিক্ষা হল

বুর্জোয়া, তাই শিক্ষা বয়কট কর । শুধু শিক্ষা বয়কটই নয়, এই শিক্ষা প্রতিষ্ঠানগুলোকেও ধ্বংস করো, এই ছিল তাদের মতবাদ । আমি দেখেছি এই দলের কয়েকজন ছেলে রাতের অন্ধকারে আমাদের বাড়ির কাছেই এক বিদ্যালয়ে ঢুকে বোমা দিয়ে বিস্ফোরণ ঘটিয়েছিল, এরফলে তাদের মধ্যে দুই-একজনের প্রাণ দিতে হয়েছিল । অন্যান্য বিদ্যালয়ের মতো কানাইলাল বিদ্যামন্দিরেও এর প্রভাব এসে পড়েছিল, বলতে দ্বিধা নেই, তাতে বিদ্যালয়ের কয়েকজন ছাত্র, শিক্ষকও যুক্ত ছিল, কয়েকজন শিক্ষক এসবের মধ্যে ইন্ধন যোগাত, দেওয়ালে দেওয়ালে পোস্টার পড়েছিল । ছাত্রদের মধ্যে রাজনীতি ঢুকলে তা তাদের ভবিষ্যত জীবনের পক্ষে কতখানি ক্ষতিকর তা নীলমণিবাবু সেইসময়ে বুঝেছিলেন, আর তাই তাঁকে দেখেছি জীবনের ঝুঁকি নিয়ে নিভীকচিত্তে কঠোরভাবে এই বিরুদ্ধে রুখে দাঁড়াতে । তাঁর এই প্রচেষ্টার ফলস্বরূপ শিক্ষাগত মানের বিষয়ে কানাইলাল বিদ্যামন্দির উৎকর্ষতার পরিচয় রাখতে সক্ষম হয়েছিল । সেইসময়ে দেখেছি সাফল্যের সঙ্গে উত্তীর্ণ হয়ে অনেক কৃতি ছাত্রকে বিদ্যালয় থেকে বেরিয়ে আসতে । এইসব ছাত্রেরা পরবর্তী জীবনে বিভিন্ন ক্ষেত্রে নিজেদেরকে সুপ্রতিষ্ঠিত করতে সক্ষম হয়েছে ।

নীলমণিবাবু শুধুমাত্র প্রশাসনিক কাজেই দক্ষ ছিলেন না, তিনি ছিলেন একজন আদর্শ শিক্ষক । আদর্শ শিক্ষক বলতে স্বামী বিবেকানন্দ বলেছেন, ''কেবল তিনিই যথার্থ আচার্য, যিনি অল্পায়াসেই শিষ্যের অবস্থায় আপনাকে লইয়া যাইতে পারেন --- যিনি নিজের শক্তি শিষ্যের মধ্যে সঞ্চারিত করিয়া তাহার চক্ষু দিয়া দেখিতে পান, তাহার কান দিয়া শুনিতে পান, তাহার মন দিয়া বুঝিতে পারেন । এইরূপ আচার্যই যথার্থ শিক্ষা দিতে পারেন, অপর কেহ নহে ।'' (স্বামী বিবেকানন্দের বাণী ও রচনা, ৮ম খণ্ড)। নীলমণিবাবু ছাত্রদের মানসিকতার সঙ্গে পরিচিত ছিলেন । পড়ানোর তাঁর একটা নিজস্ব

বৈশিষ্ট্য ছিল । তিনি এমনভাবে পড়াতেন যা সহজেই ছাত্রদের আকৃষ্ট করে । ক্লাসের সব ছাত্রদের প্রতি তাঁর ছিল সজাগ দৃষ্টি । কেউ যদি কিছুক্ষণের জন্যে একটু অন্যমনস্ক হয়ে যেত তা তাঁর নজর এড়াতো না । আমি থার্ড বেঞ্চে বসতাম; আমার একবার মনে আছে আমি কোনো একসময়ে একটু অন্যমনস্ক হয়ে পড়েছিলাম, সঙ্গে সঙ্গে তিনি আমার দিকে তাকিয়ে বললেন, পূর্ণেন্দু তুমি বুঝেছ ? আমি ঘাড় নাড়তেই তিনি বললেন, আমার মনে হচ্ছে তুমি বোঝনি, ঠিক আছে বল তো এতক্ষণ কি বলছিলাম । এইসব কারণে আমাদের খুব মনোযোগ দিয়ে তাঁর লেকচার শুনতে হতো, আর তিনি এমনভাবে পড়াতেন যে সেইসব বিষয় আমাদের মনের মধ্যে গেঁথে যেত । পুঁথিগত শিক্ষা থেকে বেরিয়ে এসে যেভাবে পড়ালে তা ছাত্রদের গ্রহণযোগ্য হবে সেইভাবে তিনি পড়াতেন । তিনি আমাদের বিজ্ঞানের ক্লাস নিতেন । মনে পড়ে একবার তিনি ইলেকট্রিসিটির ক্লাস নিচ্ছিলেন, বলছিলেন --- তাঁর বাড়ীর সামনের রাস্তা খারাপ হয়ে গেছে, এখানে ওখানে গর্ত, জল জমে, মানুষের যাতায়াতের অসুবিধে, সকলে মিলে কমপ্লেন করলে একদিন সরকারি কন্ট্রাকটরের লোকেরা এসে মাপজোখ করে কাজ শুরু করে দিল, কয়েকদিনের মধ্যে সুন্দর পীচের রাস্তা তৈরী হয়ে গেল । বেশ ভালই চলছিল, কিন্তু কয়েকদিন পরে যখন বর্ষা নামল, তখন দেখা গেল বৃষ্টির জলে রাস্তা ডুবে গেছে, বোঝাই গেল যারা রাস্তা তৈরী করেছে তারা জল বেরোনোর জন্যে যে ঢালের দরকার তা দিতে ভুলে গেছে । এরপরে তিনি বলতে শুরু করলেন, জল যেমন উঁচু জায়গা থেকে নীচু জায়গায় প্রবাহিত হয়, উচ্চতার তারতম্য দরকার, তেমনি বিদ্যুতের প্রবাহের জন্যে দরকার পোটেনশিয়ালের তারতম্য, যাকে বলে পোটেনশিয়াল ডিফারেন্স ।

সকলেই সমান মেধার অধিকারী নয় । আর সকলেরই যে সব বিষয় সমানভাবে ভাল লাগবে তার কোন মানে নেই । কার কোন

বিষয় ভালো লাগবে সেটা তার নিজের ব্যাপার, তা নির্ভর করছে তার স্বভাব, তার রুচি, তার প্রকৃতির ওপরে । বেশীরভাগ ছাত্রের অভিভাবকেরা চাইত তাদের সন্তান সন্ততিরা বিজ্ঞান নিয়ে পড়াশুনা করুক । সেইসব অভিভাবকরা তাদের সন্তানদের প্রকৃতি না জেনে নিজেদের ইচ্ছা-অনিচ্ছা, পছন্দ-অপছন্দ তাদের ওপরে চাপিয়ে দিতে চাইত । নীলমণিবাবু অভিভাবকদের এই মানসিকতার বিরোধী ছিলেন । তিনি চাইতেন কোনো ছাত্রের যে বিষয়ের প্রতি যথার্থ অর্থে ভালোবাসা আছে তাদের সেই বিষয় নিয়েই পড়া উচিত । আমার মনে আছে ক্লাস নাইনে ওঠার পর বিজ্ঞান নিয়ে পড়ার জন্যে আমাকে নিয়ে আমার বাবা যখন তাঁর সঙ্গে দেখা করতে গিয়েছিল তখন তিনি বাবাকে এইসব কথাগুলোই বলেছিলেন । শুধু মার্কসই নয়, বিজ্ঞান নিয়ে পড়ার জন্যে তার উপযোগী মানসিকতা যাচাই করার জন্যে আমাদের অ্যাপটিচুট টেস্ট দিতে হয়েছিল । নীলমণিবাবু ছিলেন বিজ্ঞানের শিক্ষক । যাতে করে ছাত্রদের মৌলিক চিন্তার বিকাশ হয়, সেইভাবেই তিনি তাদের শিক্ষা দিতেন । তিনি থিওরি ও প্র্যাকটিক্যাল দু'টোরই ওপরে সমান গুরুত্ব দিতেন, তিনি বলতেন থিওরি ও প্র্যাকটিক্যাল একে অপরের পরিপুরক -- শুধু বই পড়ে জানাটাই সব নয়, সেটা ঠিক কি বেঠিক তা জানার জন্যেই দরকার প্র্যাকটিক্যাল । এই যে আমরা বিভিন্ন সূত্রের কথা জানি তা বিজ্ঞানীদের পরীক্ষালব্ধ সত্য । স্কুল আওয়ারের পরেও এমনকি ছুটির দিনগুলোতেও তিনি তাঁর ছাত্রদের বিভিন্ন প্র্যাকটিকাল প্রোজেক্টের কাজে সাহায্য করার ব্যাপারে নিরন্তন প্রচেষ্টা চালিয়ে গেছেন । তাঁরই এই প্রচেষ্টার ফলে বেশ কয়েকজন ছাত্র সাফল্যের সঙ্গে বিভিন্ন পরীক্ষা ও প্রতিযোগিতায় উত্তীর্ণ হয়েছিল ।

নীলমণিবাবু কড়া প্রকৃতির মানুষ ছিলেন, কোনরকম অন্যায় বরদাস্ত করতেন না । আবার তিনি ছাত্রদের ছিলেন খুবই প্রিয় ।

সকলে তাঁকে যেমন ভয় করত, তেমনি করত শ্রদ্ধা । তিনি ছাত্রদের খুঁটিনাটি বিষয় অবগত ছিলেন, জানতেন তাদের বাড়ীর ঠিকানা, অর্থনৈতিক অবস্থার কথা । যাদের অর্থনৈতিক অবস্থা ভাল নয়, তাদের তিনি বিনা বেতনে পড়ার ব্যবস্থা করে দিতেন, অন্যান্যভাবেও তাদের সাহায্য করতেন । শুধুমাত্র ছাত্রই নয়, শিক্ষকরাও তাঁকে শ্রদ্ধা করত । আমাদের বিদ্যালয়ে সারাবছরে বিভিন্ন অনুষ্ঠান হতো, যেমন বাৎসরিক অনুষ্ঠান, সরস্বতী পুজো, শহীদ কানাইলাল দত্তের জন্মদিন পালন, বিদ্যালয়ের প্রতিষ্ঠা দিবস, এছাড়া স্পোর্টস । এইসব অনুষ্ঠান হতো তাঁরই পরিচালনায়, ফলে সব কিছুই সুষ্ঠুভাবে সম্পন্ন হতো । তাঁরই প্রচেষ্টা ও তত্ত্বাবধানে বিদ্যালয়ে এনসিসির ট্রেনিংএর ব্যবস্থা হয়, আমরাও সেই ট্রেনিংএ অংশ নিয়েছি, পরীক্ষা দিয়ে তাতে উত্তীর্ণ হয়েছি, ক্যাম্পে গেছি, সেবামূলক কাজে যোগ দিয়েছি । এরমধ্যে আমাদের যেমন উৎসাহ ছিল, তেমন ছিল আনন্দ ।

বর্তমান যুগে নীলমণিবাবুর মত শিক্ষকের বড়ই অভাব । শিক্ষার মধ্যে ঢুকে পড়েছে দুর্নীতি, অসাধুতা, রাজনীতি । যার ফলে কলুষিত হচ্ছে শিক্ষাব্যবস্থা ; শিক্ষার মান ক্রমাবনতির পথে এগিয়ে চলেছে । একদা শিক্ষার ধ্বজাধারী এই রাজ্য শিক্ষার পরিসংখ্যানগত মাপকাঠিতে একেবারে নীচের সারিতে এসে দাঁড়িয়েছে । আমরা সবসময়ই আশাবাদী। আশা করব নীলমণিবাবুর মত শিক্ষক এসে নতুন প্রজন্মকে উন্নত জীবনের পথ দেখাবে ।

সঙ্গী-সাথী

কানপুরের অর্ডন্যান্স ফ্যাক্টরির চাকরি ছেড়ে চেন্নাইয়ে নতুন চাকরি নিয়ে আসার পর অচিন্ত্য এসে উঠল তারই এক সহকর্মীর বাড়িতে । প্রথমে সে চেন্নাইয়ের স্টেশনের কাছে এক হোটেলে উঠেছিল । সেখান থেকে পরের দিন অফিসে জয়েন করার পর তার সহকর্মীটি নিজে থেকেই অচিন্ত্যকে বলল, আমি একাই থাকি, তুমি এখন কয়েকদিনের জন্য আমার কাছে থাকতে পারো, তবে বেশী দিন নয়, এরমধ্যে তুমি বাড়ি ভাড়ার খোঁজ করতে থাকো ।

দু‘একদিনের মধ্যে নতুন বাসার খোঁজ মিলল । তাদের অফিসে কর্মরত প্রসন্ন সরকারই তাকে থাকার জায়গাটা খুঁজে দিয়েছিল । প্রসন্ন তার থেকে সিনিয়র, তাদের অফিসে একমাত্র বাঙালী । প্রসন্ন বলল, জায়গাটা খুব একটা হাই-ফাই গোছের নয়, তোমার ভালো নাও লাগতে পারে, তবে এরচেয়ে সস্তায় এখানে বাড়িভাড়া পাওয়া মুস্কিল । আমরা তো আছি, তাছাড়া আরো দু‘চার ঘর বাঙালী আছে ।

রাস্তাঘাট খুব একটা ভালো না হলেও অচিন্ত্যর দেখেশুনে জায়গাটা ভালোই লাগল, আর কাছেই প্রসন্নদার ফ্ল্যাট, দোকান বাজারও কাছাকাছি, বাসে করে ঘন্টাখানেকের মধ্যেই অফিস পৌছনো যায় -- একতলা বাড়ি, বেশ খোলামেলা পরিবেশ । রাস্তার দু'ধারে এইরকম সারি সারি বাড়ি, বাড়ির সামনে গেট, সামনে পেছনে বেশ কিছুটা জায়গা, ফুলের গাছ, সেখানে কতরকমের ফুল ফুটে আছে । এখানে সবাই ফুল খুব ভালোবাসে, মেয়েরা মাথার খোঁপায় ফুল গুঁজে রাস্তায় চলাফেরা করে । তাদের মধ্যে একটা সাবেকির ছাপ ।

সেদিন বাসস্ট্যান্ডে যে লোকটার সঙ্গে তার পরিচয় হলো তার নাম প্রদীপ বসাক । ভদ্রলোক নিজেই এগিয়ে এসে অচিন্ত্যকে বলল, আপনাকে দেখে মনে হচ্ছে বাঙালী । অচিন্ত্য বলল, হ্যাঁ, আপনি ?

-- দেখেই বুঝেছি । আমার নাম প্রদীপ- প্রদীপ বসাক । আপনার নাম ?

-- আমার নাম অচিন্ত্য দত্ত ।

--আগে তো দেখিনি, নতুন এসেছেন ? ... কোথায় উঠেছেন ?

প্রদীপ যখন জানলো, প্রসন্ন সরকার আর সে একই অফিসে কাজ করে আর উনিই তার থাকার জায়গার বন্দোবস্ত করেছেন, তখন সে উৎসাহ দেখিয়ে বলল, বেশ, বেশ । আমিও আপনার মতো একা, ফ্যামিলি কলকাতায়, ব্যাঙ্কে আছি, রিটায়ারমেন্টের আর কয়েকবছর বাকি, এরমধ্যেই এখানে ট্রান্সফার করে দিলো, কোনো মানে হয় ? ...আসব একদিন আপনার বাড়ি ।

অচিন্ত্য সসংকোচে বলল, কি তখন থেকে আপনি আপনি করছেন, আমি আপনার থেকে অনেক ছোট ।

পরের রবিবার সকালে অচিন্ত্যর বাসাতে প্রদীপ এসে হাজির । কিছুক্ষণ কথাবার্তার পর লোকটাকে অচিন্ত্যর ভালো লাগল না -- কি রকম যেন, তার চোখে রাজ্যের লোক খারাপ, ব্যাঙ্কের কর্তৃপক্ষ খারাপ, সেন্ট্রাল গভর্ণমেন্ট খারাপ, হিন্দুধর্ম খারাপ, হিন্দুধর্মের প্রচারক স্বামী বিবেকানন্দ খারাপ । তার চোখে ভালো বলতে উনি যে রাজনৈতিক দলের মতাদর্শে বিশ্বাসী একমাত্র সেই দলের লোকেরা ।

লোকটা চলে গেলে অচিন্ত্য বসে বসে ভাবতে থাকে, এইসব রাজনৈতিক দলের লোকেরা কেউই নিরপেক্ষ নয়, এদের কাজ হলো লোকেদের মধ্যে পার্টির প্রচার করা, অপরের নিন্দা করা, এই করে জনসমর্থন আদায় করা । এব্যাপারে তারা খুব দক্ষ, আর দক্ষ বলেই অনেকের কাছ থেকে তারা দলের পক্ষে জনসমর্থন আনতে সক্ষম । এরা যে লোকের সঙ্গে মেলামেশা করে তা এমনি এমনি নয়, তার একটা উদ্দেশ্য আছে । হয়তো এই উদ্দেশ্যেই প্রদীপ বসাক সেদিন নিজে থেকে এসে তার সঙ্গে আলাপ করেছিল, আর তার বাসাতে এসেছিল । রাজনৈতিক স্বার্থে সরকারের বিরুদ্ধে উস্কানিমূলক কথা বলার ফলে তাদের অনুগামীরা অনেকেই তাদের প্ররোচনায় উত্তেজিত হয়ে সরকারি সম্পত্তি নষ্ট করতে পিছুপা হয় না । এসব অচিন্ত্য নিজের চোখে দেখেছে ? এইভাবে জাতীয় সম্পত্তি নষ্ট করা কি ভালো ? লোকটা এতক্ষণ বসে বসে সাধারণ মানুষের ওপরে সরকারের শোষনের কথা বলছিল, অথচ সে দেখেছে সেদিন বাসস্ট্যান্ডে দাঁড়িয়ে একটা গরীব লেবুওয়ালার সঙ্গে দর কষাকষি করছিল । কি রকম মানুষ এরা ?

আরো একজনের সঙ্গে পরিচয় হলো, বিজন প্রামানিক -- প্রসন্নদাই তার সঙ্গে পরিচয় করিয়ে দিল -- ভদ্রলোক খুব খোসমেজাজী, ফিলিপস কোম্পানীর সার্ভিস ইঞ্জিনিয়ার, বেশীরভাগ

সময়েই ট্যুরে থাকেন । ঘরে ওনার স্ত্রী ও বছর পাঁচেকের একমাত্র ছেলে অতনু । তার সঙ্গে আলাপেই বোঝাই গেল, ভদ্রলোক বেশ মিশুকে, জমিয়ে আড্ডা দিতে ভালোবাসেন ।

বিজন প্রামানিকের সঙ্গে পরিচয়ের কিছুদিন পরেই ছেলের পরীক্ষার পর সে সপরিবারে সপ্তা'দুয়েকের জন্যে তাদের দেশের বাড়ি রায়গঞ্জে বেড়াতে গেল । অতনু সেখানে গিয়ে দেখল পরিবেশটা সম্পূর্ণ অন্য রকমের । সুদূর চেন্নাইএ ভেলাচেরীতে নিজের ঘরে চার দেওয়ালের মধ্যে সে ছিল বদ্ধ, এখানে সে যেন মুক্ত- দিগন্ত বিস্তৃত মাঠ, গাছপালা, ধানক্ষেত, উন্মুক্ত আকাশ, নদী, সেখানে নৌকা থেকে মাঝিরা জাল ফেলে মাছ ধরছে, ছেলেরা একসঙ্গে সাঁতার কাটছে । মাটির রাস্তা দিয়ে যেতে যেতে সে দেখে দুধারে ক্ষেতে কত রকমের সতেজ, সবুজ শাকসজ্জি, কুমড়ো, বেগুন আরো কতকি । এরকম যে একটা জায়গা থাকতে পারে তা তার কল্পনার বাইরে । এখানে বাড়ী ভর্তি লোক – তার ঠাকুমা, তিন পিসী, দাদা, দিদিরা – সবাই তাকে কত আদর করছে । ভেলাচেরীতে ঐটুকু জায়গায় থেকে তার প্রাণ হাঁফিয়ে উঠেছিল, এখানে এসে এইরকম উন্মুক্ত জায়গায় ছোটাছুটি করে তার প্রাণ মুক্তির আস্বাদ পেল । খোলা মাঠের ওপর দাঁড়িয়ে বুক ভরে নিঃশ্বাস নেওয়ার মধ্যে যে কি আনন্দ, পরিতৃপ্তি তা সে ভেলাচেরীতে থাকার সময় কোনদিন অনুভব করেনি । এখানের রাস্তায় যেতে আসতে তার বাবার সঙ্গে যারই দেখা হচ্ছে সেই দাঁড়িয়ে বাবার সঙ্গে কথা বলছে, এমনকি তার সঙ্গেও কথা বলছে, যেন কত দিনের চেনা । এখানে লোকেরা ওখানের লোকেদের তুলনায় গরীব, তাদের মাটির ঘর, নেই কোন গাড়ী – হেঁটে হেঁটে, সাইকেলে বা গরুর গাড়ী চড়ে যাওয়া আসা করে, অথচ তারা কত খুশী, প্রাণপ্রাচুর্যে ভরপুর ।

অতনুর সব থেকে বেশী ভাল লাগল তা মেজোপিসীর মেয়ে মিঠুদিকে । মিঠুদি তার চেয়ে চার বছরের বড় । মিঠুদি তার বন্ধুদের সঙ্গে অতনুর পরিচয় করিয়ে দিল, তাকে অনেক খেলনা দেখাল, অনেক গল্প শোনাল । খাওয়া, বেড়ানো, খেলা, পড়তে বসা সবসময় সে মিঠুদির সঙ্গে । মিঠুদি তাকে কাগজের নৌকা, কাগজের ফুল করে দিত, এছাড়া সে ভাল গান গাইতে পারত, কি মিষ্টি তার গলা, যা অতনুর বার বার শুনতে ইচ্ছা করত । মিঠুদির আরো একটা জিনিষ ছিল -- একটা খেলনা রকেট, তাতে ব্যাটারি ভরে দিলে লাল, নীল রঙের আলো জ্বলে উঠত আর চাবি দিয়ে ঘোরালে সেটা শব্দ করতে করতে সোজা আকাশের দিকে উঠে আবার নেমে আসত । অতনুর ভারী আশ্চর্য লাগল ।

চেন্নাইয়ে ফেরার দিন সে দেখল সকলের চোখে জল - তার ঠাকুমা, পিসীরা সকলেই কাঁদছে, অতনুরও মন খারাপ হয়ে গেল । ট্রেনে বসে বসে সে ভাবছিল সেখানের ফেলে আসা দিনগুলোর কথা - বার বার করে তার মনে পড়ছিল মিঠুদির সেই খেলনা রকেটটার কথা । সে তার বাবাকে আবদার করে বলল, বাপি, আমাকে মিঠুদির মতো ওইরকম একটা রকেট কিনে দেবে ? তার বাবা বলল, ঠিক আছে আগে বাড়ী যাই, তারপর দেখবক্ষণ ।

চেন্নাইয়ে ফিরে আসার পর বেশ কয়েকদিন কেটে গেছে । একদিন বিজন অফিস থেকে বাড়ী ফিরে দেখল হাওয়া থমথম করছে । তাদের প্রতিবেশী অমিতাভ মুখার্জী, তার স্ত্রী অদিতি, অতনুরই সমবয়েসী ওনাদের ছেলে বুজু আর প্রদীপ বসাক বেড়াতে এসেছেন, আর তাদের সামনেই অতনুর মা প্রণতি তাকে ধরে মারছে । বাকি সকলে তাঁকে থামানোর চেষ্টা করছে, কিন্তু প্রণতির সেদিকে কোনো ভ্রূক্ষেপ নেই, তাঁর মাথায় রাগ চেপে গেছে আর অতনুকে বলছে, কি

ছেলে তৈরী হয়েছে, দিন দিন অসভ্যের ধাড়ি হচ্ছ, কই, আগে তো তুমি এমনটি ছিলে না -- এই তোমার শিক্ষা ?

বিজন অফিসের ব্যাগটা নামিয়ে রেখে প্রণতিকে অপ্রতিভ হয়ে জিজ্ঞেস করল, কি হয়েছে কি? এইরকম ভাবে ছেলেকে মারছ কেন ?

প্রণতি গলার স্বর উঁচিয়ে বলল, মারব না তো কি আদর করব ? আদর খেয়ে খেয়েই সে মাথায় উঠেছে । ঘরের দেওয়ালগুলো তো পেনসিল দিয়ে হিজিবিজি কেটে নোংরা করে রেখেছে, খাতাতেও কি একটা হিজিবিজি এঁকেছে, বুজু সেটা দেখতে দেখতে একটু ছিঁড়ে ফেলেছে, তাতেই তোমার গুণধর ছেলে তাকে ধরে মারতে লাগল, ওদের বাড়ীতে গেলে কি সে বুজুর জিনিষে হাত দেয় না ?

অদিতি অতনুর মাথায় হাত বোলাতে বোলাতে প্রণতির দিকে তাকিয়ে বলল, ছেলেতে ছেলেতে এরকম একটু হয়েই থাকে, তাদের এই ভাব, এই ঝগড়া, এতে এত রাগারাগি করলে চলে না । প্রদীপ পকেট থেকে নস্যির কৌটোটা বার করে এক টিপ নস্যি নাকে গুঁজে নাক ঝেড়ে বললে, ব্যাপারটা ঠিক তা নয় । অতনু তার শিশুমনের রঙিন কল্পনা দিয়ে দেখছে সে রকেটে করে চাঁদে যাবে, আর এই কল্পনার ছবিটি সে রঙিন পেনসিল দিয়ে তার খাতায় এঁকেছে । বুজু এখন সেটা দেখতে দেখতে ছিঁড়ে ফেলেছে, তার হয়তো সেটা ভাল লাগেনি, সকলের যে সব জিনিষ ভাল লাগবে তার কোন মানে নেই । এতে অতনু বুজুর ওপর রেগে গিয়ে একটু চরচাপাটি কসিয়েছে । এতে অত ভাববার কিছু নেই ।

চায়ের পর্ব শেষ হতেই তারা সকলে একে একে প্রস্থান করল । কিন্তু অতনু তখনও মুখ ভার করে রইল । রাত্রে সে ভাল করে খেল না, অভিমান করে মায়ের দিকে পেছন করে শুয়ে রইল । বিজন

প্রণতিকে বলল, ঐরকম করে ছেলেকে মারতে হয়, একটু বুঝিয়ে বললেই হত । সামনে পড়ে থাকা খাতাটার দিকে চোখ পড়তেই বিজন দেখল, সত্যিই অতনু একটা রকেট এঁকেছে, তার মধ্যে একদিকে নীল আর লাল আলো জ্বলছে, পেছন থেকে ধোঁয়া বেরোচ্ছে, আর চারিদিকে তারা, চাঁদ, যেন আকাশের ভেতর দিয়ে রকেটটা উড়ে চলেছে । বিজন পুরো বিষয়টা বুঝতে কোন অসুবিধা না ।

সেদিন ছিল অতনুর জন্মদিন । সকালবেলা তার মা তাড়াতাড়ি ঘুম থেকে তুলে তার জন্মদিনের কথা তাকে মনে করিয়ে দিল আর হাতে একটা গোলাপ ফুলের তোড়া দিয়ে বলল, হ্যাপি বার্থডে টু ইউ । সকালবেলা সে নিজেই তার পড়ার টেবিলটা গুছিয়েছে, ঘরে দোকান থেকে কিনে আনা ভারতমাতার এক ছবি টাঙিয়েছে, জল দিয়ে ঘর মুছে চান করে নতুন জামা প্যান্ট পরে একটা ধূপ জ্বালিয়ে ও ফুল দিয়ে ভালভাবে সাজিয়েছে । এরপর তার মা যা দিয়েছে তাই খেয়ে মায়ের কিছু বলার আগেই পড়তে বসেছে । মনটা তার এমনিতেই খুশীতে ভরা । কিন্তু সে সব থেকে বেশী খুশী হলো যখন সে দেখল তার বাবা রঙিন কাগজের মোড়ক খুলে একটা খেলনা রকেট বার করে তার হাতে দিল আর বলল, হ্যাপি বার্থডে টু ইউ । রকেটটা ঠিক তার মিঠুদির মত, সেটাতে ব্যাটারি ভরে দিয়ে চাবি ঘোরালে তার ভেতরে আলো জ্বলে ওঠে আর সেটা আপনা আপনি শব্দ করতে করতে ওপরে উঠে যায়, আপনা আপনি নামে আবার ওঠে ।

সন্ধ্যাবেলা অতনুর জন্মদিন উপলক্ষে তাদের বাড়ীর ভেতরটা ফুল আর বিভিন্ন রঙের বেলুন দিয়ে সাজানো হয়েছে । তাদের বাড়িতে একে একে নিমন্ত্রিত অতিথিরা আসতে শুরু করেছে, তাদের সকলের হাতেই অতনুর জন্য গিফ্টের সুন্দর সুন্দর প্যাকেট । বিজন রঙীন কাগজের মোড়ক থেকে কেকটা বার করে টেবিলের ওপর রাখল ।

অতনুর মা প্রণতি তাতে পাঁচটি মোমবাতি জ্বেলে দিয়ে সকলকে বলল, এবার আপনারা আসুন । সকলে অতনুকে ঘিরে দাঁড়াল । অতনু তার মায়ের নির্দেশ মতো ফুঁ দিয়ে বাতিগুলি নিবিয়ে দিল । সকলে হাততালি দিয়ে অতনুকে শুভেচ্ছা জানাল, হ্যাপি বার্থডে টু ইউ । এরপর সেই কেক ভাগ করে সকলকে পরিবেশিত হল । সকলে জড়ো হলে যা হয়, গানবাজনা, আবৃত্তি এইসব । হৈ হুল্লোর করে ভালোই কাটল ।

খাওয়ার পাট চুকল, রাত্রি অনেক হয়েছে, কারোর কারোর হাই উঠছে, পরের দিন সকালে আবার সকলের অফিস যাওয়ার তাড়া, তাই সকলে বাড়ী যাওয়ার জন্য উঠে পড়ল । যাওয়ার সময় সকলে দেখল, অতনু বুজুকে বুকে জড়িয়ে ধরেছে, তার চোখে জল । কয়েকদিন আগে তার খাতায় আঁকা ছবি ছেঁড়ার জন্য সে বুজুকে মেরেছিল, সেই অপরাধের গ্লানি সে তখনও ভুলতে পারেনি । সেদিন সকালে বাবার দেওয়া খেলনা রকেটটি পেয়ে তার অন্তঃকরণ আনন্দে ভরে উঠেছিল, সে চাইছিল সেই আনন্দ বুজুর সঙ্গে ভাগ করে নিতে । তাই সে তাকে জড়িয়ে ধরেছে আর বলছে, ভাই দুঃখ করিসনি, আমার ওপরে রাগ করিসনি, সেদিন তোকে মেরেছি, আর মারব না, আবার আসবি, আমরা দুজনে মিলে রকেট নিয়ে খেলব । বুজু কোনো কথা না বলে অভিভূত হয়ে অতনুকে দেখছিল, শুধু বুজুই নয় আর সকলেও ।

বাড়ি ফেরার সময় অচিন্ত্য সকলকে উদ্দেশ্য করে বলল, আমাদের বড়দের অনেক কিছু শেখা বাকি আছে, আর সেটা শিখতে হয় ছোটদের কাছ থেকে ।

ক্রেস্কোগ্রাফ

অচিন্ত্য রোজ সকাল সন্ধ্যায় তাদের বাড়ির কাছাকাছি পার্কে বেড়ায়। এটা তার অভ্যাস, এখানে এসে সে অনুভব করে প্রকৃতির নিবিড় সান্নিধ্য। পার্কের গাছে ফুটে থাকে কত রকমের ফুল, বছরের এক একসময়ে এক এক রকমের ফুল। শীতল বাতাসে সেইসব ফুলের সুরভি ভুরভুর করে। গাছপালা, লতাপাতার নিবিড় জড়াজড়ি, তার আড়াল থেকে কখনো কখনো পাখীর ডাক শোনা যায়। পার্কের গাছপালার দিকে তাকালে তার মনে হয় এসবের মধ্যে কোনো দুঃখ নেই, যন্ত্রণা নেই, ক্লীবতা নেই, যা সতেজ, সবুজ, প্রাণপ্রাচুর্যে ভরপুর। এসব তার ভালো লাগে, মনে হয় এই জগতের পেছনেও রয়েছে অন্য এক জগত, যেখানে আছে আনন্দ, প্রকৃতি সেই আনন্দকে বয়ে নিয়ে এসে তার রূপবৈচিত্রের মধ্যে দিয়ে তাকে ফুটিয়ে তোলে।

শুধু সে একা নন, তার মত আরো কয়েকজন আসে পার্কে বেড়াতে। যেদিক দিয়ে সে বেড়ায় তার বিপরীত দিক থেকে লোকটার সঙ্গে তার রোজ দেখা হয়, নমস্কার বিনিময় হয় -- পক্ককেশী লোকটার পরনে লম্বা পাঞ্জাবি, আর চুরিদার গোছের পাজামা, একই পোষাক, শুধু এক একদিন এক এক রঙের পাঞ্জাবি।

একদিন লোকটার সঙ্গে অচিন্ত্য নিজে থেকেই আলাপ করল। পার্কের বেঞ্চে লোকটা বসেছিল, সে তাঁর পাশে গিয়ে বসে আলাপ করল। অচিন্ত্য জানতে পারে তাঁর নাম রাজীব মালহোত্রা, সরকারি অফিসে কাজ করতেন, এখন অবসর জীবনযাপন করছেন। পার্কের কাছেই তাঁর ফ্ল্যাট, বাড়িতে তাঁর মিসেস, এক পুত্র ও এক কন্যা, কন্যার বিয়ে হয়ে গেছে, ছেলেটি এক আইটি কোম্পানীতে কাজ করে, ঘরে বসে বসেই ল্যাপটপে কাজ সারে।

একদিন সকালে বেড়িয়ে বাড়ি ফেরার সময় মিঃ মালহোত্রা অচিন্ত্যকে বললেন, চলুন না, আমার ফ্ল্যাটে, একটু চা খেয়ে নেবেন। অচিন্ত্য রাজি হয়ে গেল। তখন সকাল আটটা, সাড়ে আটটা হবে, কিন্তু বাড়ির কারোরই তখন ঘুম ভাঙেনি। মিঃ মালহোত্রা নিজেই চাবি দিয়ে দরজা খুলে নিজেই চা বানালেন। তাঁর ঘরের সোফায় বসে চা খেতে খেতে গল্প হচ্ছিল। তিনি বলছিলেন, তাঁর স্ত্রী অসুস্থ, লিভারের প্রব্লেম। বেশীরভাগ সময়েই ঘরের মধ্যে শুয়ে, বসে থাকেন, মাঝে মাঝে তাঁকে নিয়ে বসন্তকুঞ্জে ইনস্টিটিউট অফ লিভার ও বিলারি সায়েন্সে চেক আপের জন্যে নিয়ে যেতে হয়। সেইকারণে সংসারের সব কাজই মিঃ মালহোত্রাকে করতে হয়-- পথ্য, ওষুধ, দোকান, বাজার। একজন কাজের মেয়ে আসে দুপুরে রান্না করার জন্যে। ছেলের সময় কোথায়, সে তো নিজের কাজ নিয়েই ব্যস্ত, রাত দুটো আড়াইটে পর্যন্ত কাজ করে, তারপর শুতে যায়, ঘুম থেকে উঠতে দেরী হয়।

সকালে অনেক কাজ থাকে, সেসব কিছু তাঁকেই করতে হয়, এতক্ষণ পার্কে ছিলেন, এখন ঘরে এসে বিছানা তোলা, জলখাবার বানানো, দোকান, বাজার এসবে ব্যস্ত হয়ে যেতে হয়।

এসব কিছু জানার পর অচিন্ত্য জিজ্ঞাসুর চোখে মিঃ মালহোত্রার দিকে তাকিয়ে বললেন, কেন, এসব কাজ তো আপনার ছেলেও তো করতে পারে।

মিঃ মালহোত্রার বললেন, বললাম, তো এদের সময় নেই। ডেকে ডেকে ঘুম থেকে তুলতে হয়। তারপরে খাবারের যোগাড়, সেও আমাকে করতে হয়, কি করব বলুন, শুধু আমারই নয়, এখনকার বেশীরভাগ ছেলেমেয়েই এইরকম, শারীরিক পরিশ্রম করতে চায় না, বাইরে বেরোলে হাঁটবে না, পার্কে কোনো ছোট ছেলেমেয়েদের দেখেছেন বেড়াতে ? কায়িক পরিশ্রম না করলে খিদেটা হবে কি করে, খাবে তো এইটুকু, ওই বয়েসে আমরা কত পরিশ্রম করেছি, খেতামও কত, খাওয়ার কোনো বাছবিচার ছিল না, যা পেয়েছি তাই খেয়েছি। হ্যাঁ, এখনকার মতো এত টাকাপয়সা ছিল না, শাক সজ্জি এইসব খেয়েই তো বড় হয়েছি। এখন এদের খাওয়ার বাছবিচার, এটা খাব না, ওটা খাব না, শাকসজ্জি মুখে রোচে না, বাড়ির তৈরী খাবার খাবে না, বাইরের খাবারের দিকে ঝোঁক বেশী। এইসব খেলে শরীর টিকবে কি করে বলতে পারেন ?

অচিন্ত্য লক্ষ্য করল, মিঃ মালহোত্রা এসব কথাগুলো খুব শান্ত ও স্বাভাবিকভাবেই বলছিলেন, একা সবকিছু করতে হলেও উনি এব্যাপারে বিন্দুমাত্র চিন্তিত নন, তিনি খুব শান্ত স্বভাবের মানুষ যা তার হাবভাব, কথাবার্তা, আচার-আচরণের মধ্যেই বোঝা যায়।

সেখান থেকে উঠে চলে আসার সময় মিঃ মালহোত্রার ছেলে নিজেই উঠে এসে সেখানে দাঁড়াল -- গৌরবর্ণ, রোগা ছিপছিপে তার চেহারা, চোখে হাইপাওয়ারের চশমা, বেশ বুদ্ধিদীপ্ত চেহারা । অচিন্ত্য তাকে জিজ্ঞেস করল, কি নাম তোমার ?

--- জগদীশ ।

মিঃ মালহোত্রা তাকে ইশারা করাতে জগদীশ অচিন্ত্যকে পায়ে হাত দিয়ে প্রণাম করল । তার সঙ্গে আলাপ করে অচিন্ত্যর তাকে বেশ ভালোই লাগল -- বিনয়ী, নম্র, ভদ্র ।

অচিন্ত্য তাকে জিজ্ঞেস করল, শুধু অফিসের কাজ কর না খেলাধুলাও কর ?

--- খেলাধুলা মানে কম্প্যুটার গেম, আউটডোর গেম কিছু হয় না।

অচিন্ত্য তাকে বলল, আউটডোর গেমেরও তো দরকার, শরীরের পেশী শক্তিশালী করার জন্যে এটারও দরকার, তখন দেখবে কোনো রোগজ্বালা কাবু করতে পারবে না । তোমাদের বাড়ির কাছেই তো পার্ক, ওখানে গিয়ে তো ছোটাছুটি বা ব্যায়াম করতে পারো । মনে রাখবে শরীর সুস্থ রাখার জন্যে চারটে জিনিসের প্রয়োজন, পুষ্টিকর খাওয়া, ফিসিক্যাল এক্সাসাইজ, ঘুম আর রেস্ট ।

মিঃ মালহোত্রাকে অচিন্ত্যর খুব ভালো লেগে গেল । লোকটা বেশ খোলা মনের মানুষ । তাঁর সঙ্গে পার্কে প্রায় রোজই দেখা হয়, কথাবার্তা হয় । মিঃ মালহোত্রা বলছিলেন, আমাদের সময় একরকম ছিল, এখন অন্যরকম, যুগ বদলেছে, তার সঙ্গে সঙ্গে বদলেছে মানুষের চিন্তাভাবনা, লাইফ স্টাইল । সত্যি কথা বলতে কি আমরাই যুগের সঙ্গে তাল মিলিয়ে চলতে পারি না । এখন ডিজিট্যালের যুগ,

কম্পিউটরের যুগ, আমরা এসবের কতটুকু জানি, এখন জীবন যেমন জটিল হয়েছে তেমনি অনেক সহজও হয়ে গেছে । আপনাকে তো কোনো কিছুর জন্যে বাইরে দৌড়তে হচ্ছে না, কোথাও গিয়ে ঘন্টার পর ঘন্টার লাইনে দাঁড়াতে হচ্ছে না, সবকিছু আপনার ঘরে বসে বসেই হয়ে যাচ্ছে, ইলেকট্রিকের পেমেন্ট, মোবাইলের পেমেন্ট, ক্রেডিট কার্ডের পেমেন্ট, কারোর অ্যাকাউন্টে টাকা পাঠাবেন, আপনার পছন্দমত জিনিস কিনবেন কোনটা নয় ? এখন চারিদিকে সব Wi-fi হয়ে গেছে । আমার ঘরের Wi-fi-এর কানেকশন ঠিকমত হচ্ছিল না, জগদীশই তো কিসব করে রেঞ্জ বাড়িয়ে দিল, এখন দিব্যি চলছে, কোনো অসুবিধে নেই । ওর মায়ের যা ট্রিটমেন্ট, ওষুধপত্র সব তো বাড়ি থেকেই হয়ে যাচ্ছে । হ্যাঁ, মাঝে মাঝে হসপিটালে চেক-আপের জন্যে যেতে হয় ঠিকই, যেতে আসতে কোনো অসুবিধে নেই, ছেলেই ট্যাক্সি বুক করে দেয় । আগে আমাদের কারোর সঙ্গে ফোনে কথা বলতে কত অসুবিধে হতো, এখন কোনো অসুবিধেই নেই, মেয়ে, জামাই, নাতি, নাতনির সঙ্গে রাত্রে শোবার আগে চ্যাট করে শুতে যাই।

মিঃ মালহোত্রা আরও বললেন, এখনকার ছেলেমেয়েরা শুধু কম্পিউটরে দক্ষই নয়, তারা আমাদের থেকে সবদিক দিয়েই অ্যাডভান্স । তারা শারীরিক পরিশ্রম করে না ঠিকই যার জন্যে তাদের শারীরিক ক্ষমতা কম, বডির রেজিস্ট্রেশন পাওয়ার আগেকার লোকেদের তুলনায় কম, কিন্তু এদের অ্যাভারেজ ইন্টেলিজেন্স আগেকার লোকেদের তুলনায় অনেক বেশী । আমরা নিজেদের মাতৃভাষায় পড়াশুনা করেছি । তাতে কি হয়েছে ? তাতে আমরা কতটুকু উপকৃত হয়েছি ? মুখ দিয়ে তো একটা ইংরাজি শব্দ বেরোতো না, কিছু বলতে গেলে অনেকবার মনে মনে ভেবে তবে বলতাম, তা যখন মাস্টার করেছি

তখনও । এসব করে যতই আমরা পরীক্ষায় ভালো রেজাল্ট করি না কেন, বাইরের জগতে ফেস করার সামর্থ্য গড়ে ওঠেনি । এখনকার ছেলেরা অনেক বেশী স্মার্ট, অনেক বিশুদ্ধ উচ্চারণ করে ।

অচিন্ত্য মিঃ মালহোত্রার কথা সমর্থন করে বলল, আমি আপনার সঙ্গে এই ব্যাপারে একমত । বাঙলা ভাষায় দুটো ''ব'' আছে, অথচ উচ্চারণের সময় দুটো ''ব'' একই ভাবে উচ্চারণ করা হয়, আমাদের মাস্টারমশাইরা কেউই এই অক্ষর দুটোর উচ্চারণের তফাৎটা কি তা কোনোদিনই শেখাননি । তারমানে আমরা ভুল উচ্চারণ করে এসেছি । তারপর সংস্কৃত মন্ত্র উচ্চারণের সময় সেসবের মানে তো দূরের কথা, ক'জন আছে যারা সঠিকভাবে উচ্চারণ করতে পারে ? এখন তো কয়েকজন রাজনৈতিক নেতাদের বলতে শোনা যায় তারা অনেক ভাষায় পারদর্শী, জনসমর্থন পাওয়ার জন্যে অন্য ভাষায় দু'একটা শব্দ বলে দেখায়, দেখ, আমি তোমাদেরও ভাষা জানি, ভুল মন্ত্র উচ্চারণ করে দেখাতে চায়, দেখ, আমিও তোমাদের দেবদেবীর ভক্ত ।

একদিন অচিন্ত্য পার্কের বেঞ্চে বসে মিঃ মালহোত্রাকে বলল, যতই বিজ্ঞান, টেকনোলজির উন্নতি হোক না কেন, আমাদের কারোরই জীবন সমস্যা থেকে মুক্ত নয়, বরং আগের চেয়ে এখন আমাদের জীবন অনেক জটিল হয়েছে । মানুষে মানুষে বিভেদ বেড়েছে, কেউ আর অপরকে সহজে বিশ্বাস করে না, অপরাধপ্রবনতা বেড়েছে, মানুষের মধ্যে কমপিটিশন বেড়েছে । মাঝে মাঝে মনে হয় এর থেকে বেরিয়ে আসার পথ রুদ্ধ । আপনার জীবনের সমস্যাও কম নয় । আপনাকেও এই বয়েসে সংসারের অনেক দায়দায়িত্ব সামলাতে হয়, কিন্তু আশ্চর্য লাগে যখন আপনাকে দেখি, আপনার কোনো বিকার নেই, সবসময়েই আপনি উৎফুল্ল, তরতাজা, সকালে ফুটে-ওঠা ফুলের মত । এমন দিন

নেই যে আপনি পার্কে বেড়াতে আসেন না, ঝড়, জল, শীত, গ্রীষ্ম উপেক্ষা করে রোজই আপনি আসেন । এর পেছনের রহস্যটা কি ?

মিঃ মালহোত্রা একটু হেসে বললেন, এক একজনের স্বভাব এক একরকমের, কেউ শান্ত স্বভাবের আবার কেউ উগ্র । আমি ছিলাম বোটানির ছাত্র । এই পার্কে যেসব গাছ দেখছেন, সেই সব গাছদের আমি চিনি । আমি তো রোজই পার্কে বেড়াই । এইসব গাছগুলোর দিকে তাকিয়ে দেখি । এদের মধ্যে কোনো উগ্রতা নেই, অথচ তারা আমাদের চেয়ে কম কাজ করে না । গাছের প্রাণ আছে, শুধু তাই নয় এক একটা গাছের behaviour এক একরকমের । আমাদের দেশের বিজ্ঞানী জগদীশচন্দ্র বসু তাঁর আবিষ্কৃত ক্রেস্কোগ্রাফ যন্ত্র দিয়ে পরীক্ষা করে দেখিয়েছেন যে গাছের শুধু প্রাণই নয়, তাদেরও সুখদুঃখবোধ, ভালোবাসা, ঘৃণা, ভয়, আনন্দ, ক্লেশ, উত্তেজনা, বিভিন্ন ভাবাবেগ আছে, তাদের মধ্যে একটা তীক্ষ্ণ অস্ত্র ঢুকিয়ে দেখিয়েছেন, তাদেরও অন্য প্রাণীর মতো যন্ত্রণা হয় । আমি জগদীশচন্দ্রের অন্ধ ভক্তই বলতে পারেন, তাই তো জন্মের পরে আমার ছেলের নাম রেখেছি জগদীশ ।

গাছপালা আমাদের অবসাদগ্রস্ত মনকে সতেজ করে তোলে, আমাদের প্রাণে নিয়ে আসে নতুন শক্তি, উদ্দীপনা, দেহ, মন, প্রাণ আনন্দে ভরিয়ে তোলে । এই যে পার্কে রেলিংএ বোগনভোলিয়া ফুল দেখছেন এইসব গাছ তো আমারই লাগানো, এক একটা গাছের ফুলের রঙ এক একরকম । আপনি এই গাছগুলোর কাছে গিয়ে ফুলের কুঁড়িগুলো দেখবেন, তাদের রঙও আলাদা আলাদা । আমরা বিজ্ঞানের বইতে পড়েছি এই বিভিন্ন রঙের কারণ হলো electromagnetic wave এর বিভিন্ন wave length এর আলোক শক্তি । কিন্তু আসল শক্তি হলো চিৎশক্তি, ফুলের বিভিন্ন

রঙের মধ্যে এই চিৎশক্তিরই প্রকাশ । এই চিৎশক্তি ফুলে ফলে সমৃদ্ধ গাছগুলোকে আনন্দে ভরিয়ে তোলে যেমনটি আমরা দেখি নবজাত শিশুর মায়ের মুখের হাসিতে । এই আনন্দ এক জায়গায় থেমে থাকে না, আনন্দধারা প্রবাহিত হয় এক জায়গা থেকে অন্য জায়গায় । রবীন্দ্রনাথের সেই গান ''আনন্দধারা বহিছে ভুবনে'' আমার প্রিয় সঙ্গীত । এই আনন্দকে আমরা অনুভব করি যখন আমরা তাদের সংস্পর্শে আসি কিংবা তাদের স্পর্শ করি ।

মিঃ মালহোত্রা আবেগ জড়িত কণ্ঠে বলে চলেছেন, আমি আপনাকে কিছু বলতে চাই না, আপনি নিজের চোখে গাছগুলোর দিকে তাকিয়ে দেখুন, দেখবেন এই গাছগুলো কত শুদ্ধ, পবিত্র । ভগবানের সব সৃষ্টিই তাই । মানুষও এক শুদ্ধ, পবিত্র সত্তা নিয়েই জন্মায় । আর বয়েস বাড়ার সঙ্গে সঙ্গে সে তার স্বাভাবিক শুদ্ধতা হারিয়ে ফেলে, তার মধ্যে এসে জমা হয় যত সব আবিলতা যা তাকে করে তোলে দূষিত । এইগুলো হলো আমাদের অহংকার, আত্মশ্লাঘা, দম্ভ, উচ্চাকাঙ্ক্ষা, হিংসা, ঘৃণা, লোভ, কামনা, বাসনা, ক্ষমতালিপ্সা, স্বার্থপরতা, পরশ্রীকাতরতা, শঠতা এইসব । এইসবের ফলে মানুষ একে অপরের সঙ্গে সংঘাতে লিপ্ত হয়, নিজের জীবনকে দুঃখ ভারাক্রান্ত করে তোলে । এইসব বাদ দিয়ে চলুন, দেখবেন জীবন দুঃখের নয়, এ হলো সেই সর্বব্যাপী চৈতন্যময় পুরুষের প্রকাশ, সেই আনন্দময়ের বিলাস-বিভূতি । তাই বলি, আমাদের এই গাছ থেকে অনেককিছু শেখার আছে ।

এই গাছই আমাদের সবথেকে বড় শিক্ষক । সকালে এসে যখন পার্কের এই গাছগুলোর দিকে তাকাই তখন দেখি তারা কত fresh, কত উৎফুল্ল, নতুন পাতায়, ফুলে ফলে শোভিত । আগের দিনে ঝরে যাওয়া পাতার জন্যে, ফুলের জন্যে কখনো বিমর্ষ হতে দেখিনি ।

এটাই তো জগতের নিয়ম, আমরা আসব আবার চলে যাব, সেটাই তো স্বাভাবিক, কিন্তু আমরা ক'জন তা স্বাভাবিকভাবে গ্রহণ করি ? মানুষের মতো স্বার্থপর জীব আর কে আছে ? সবকিছুতেই আসক্তি, আমার, আমার করেই সারাজীবন কাটিয়ে দিলাম, কিন্তু কোনোটাই আমার নয় । সবটাই প্রকৃতির দেওয়া, ভগবানের দেওয়া, এই যে বুদ্ধি যা কাজে লাগিয়ে তুমি রোজগার করছ সেটাও তো তাঁরই দান । গাছ সবটাই দেয়, নেয় কতটুকু, আর সেটা তো আমাদের জন্যেই । সংস্কৃতে একটা শ্লোক আছে, যার মানে হলো, নারকেল গাছ যখন ছোট থাকে তখন তাতে জল দেওয়া দরকার । কিন্তু খুব কম সময়ের জন্যে এই জল দেওয়া এই গাছ ভোলে না । সারা জীবন ধরে মাথায় জলের বোঝা বহন করে এই গাছ আমাদের সেবা করতে থাকে ।

অচিন্ত্য মন্ত্রমুগ্ধের মতো মিঃ মালহোত্রার কথাগুলো শুনছিল । তার মনে হলো তিনি শুধু বোটানি পড়েননি, গাছকে সত্যিসত্যিই ভালোবেসেছেন । সে দেখল, বর্ষণসিক্ত দিনে মেঘের আড়াল থেকে সূর্য উঁকি দিচ্ছে তার সোনালি আলোর পরশে চারিদিকের গাছগুলো খুশীতে ঝলমল করছে ।

মেঠো রাস্তা পাকা বাড়ি

অচিন্ত্য মগরা স্টেশনে নামল । স্টেশন থেকে চার পাঁচ কিলোমিটার পশ্চিমে তার পিসীর বাড়ি । পিসী অনেক দিন হলো গত হয়েছে । কয়েকমাস আগে পিসতুতো দাদা বিমলদাও মারা গেছে । তার ছেলে অভিনব বলেছিল আসতে । সেই ছোটবেলায় কোন একসময়ে অচিন্ত্য এখানে এসেছিল । তারপরে আর সে এখানে আসেনি । আসবে কি করে ? আগে যখন সে খুব ছোট ছিল তখন ছুটি মানেই পিসীর বাড়িতে এসে থাকা । তারপর পড়াশুনা, চাকরিবাকরি, নিজের সংসার এইসবেই সে ব্যস্ত, এইভাবেই বেশ কয়েকটা বছর কেটে গেছে । অচিন্ত্য এখন দেশের বাইরে । কাজেকর্মে ব্যস্ত থাকার জন্যে সে সেখানে যেতে পারেনি । দূরত্বের ব্যবধানের সাথে সাথে তাদের সঙ্গে পারস্পরিক সম্পর্কও অনেকটা ফিকে হয়ে গেছে । এসব কিছু সত্ত্বেও অভিনব যোগাযোগ রেখেছে । ছেলেটা ভালো, কাজেকর্মে ফোন করে, সেই ফোন করে জানিয়েছিল তার বাবার মৃত্যুর কথা । সেইসময়ে আসা হয়ে ওঠেনি । আজ অনেক দিন পরে সে এখানে এসেছে ।

অভিনব ষ্টেশনে তাকে নিতে এসেছে । তার বাইকে চড়ে সে চলল তাদের বাড়ি ।

রাস্তাঘাট এখন আর আগের মতো নেই । আগে দু'ধারে চাষের জমির মাঝখান দিয়ে ছিল মাটির রাস্তা, সেই রাস্তা দিয়ে হেঁটে হেঁটে তারা তাদের পিসীর বাড়ি যেত । লোকের যানবাহনের মধ্যে ছিল সাইকেল কিংবা গরুরগাড়ি । এখন পীচের রাস্তা, লোকেরা বাইক নিয়ে যাওয়া আসা করে । আগে এসব জায়গা ফাঁকা ছিল, এখন রাস্তার দু'ধারে দোকানপাট, সেইসব জায়গায় লোকের ভীড় । যেতে যেতে অচিন্ত্য অভিনবকে বলছিল, সেই কতদিন আগে তোমাদের বাড়ি এসেছিলাম । তখন স্কুলে পড়তাম, পরীক্ষার পরে তোমাদের বাড়িতে এসে থাকতাম । তখন তো তুমি খুবই ছোট । মনে আছে তোমার ?

--- হ্যাঁ, একটু একটু মনে আছে ।

--- তোমাদের সেই বাতাবি লেবু গাছটা আছে ?

--- না, ওই জায়গাটার সব গাছ কেটে ফেলে ওখানে ঘর বানানো হয়েছে, আমার ভাই তার ফ্যামিলি নিয়ে থাকে ।

--- কে দিবাকর ?

--- হ্যাঁ ।

--- কি করে এখন তোমার ভাই ?

--- ও ব্লক ডেভেলপমেন্ট অফিসে কাজ করে ।

--- তুমি, তোমার ভাই দুজনেই চাকরি কর, তাহলে চাষবাস কে দেখে ?

--- ওসব বর্গাদারদের দেওয়া আছে ।

--- তোমাদের তো অনেক জমি, বিঘে বিঘে জমি, সেসব জায়গায় ধান চাষ হতো, উঠোনে গোলাভর্তি ধান, এছাড়াও শাকসব্জি কত কি

চাষ হতো, আমরা ক্ষেত থেকে তুলে নিয়ে আসতাম -- মুলো, কড়াইশুঁটি, আলু কপি । কিষেনরা সারাদিন চাষবাস করত, সন্ধ্যেবেলা খেটেখুটে এসে রকের সামনে উঠোনে বসত, বিমলদা তাদের গুণে গুণে টাকা-পয়সা দিত; তারা সেখানে বসে কলাপাতায় ভাত খেত -- এসব আমার চোখের সামনে এখনো ভাসছে ।

অভিনব বলল, কাকু, সেসব দিন আর নেই । ল্যান্ডসিলিং করে আমাদের অনেক জমি সরকার নিয়ে ওইসব কিসানদের পাট্টা দিয়ে দিয়েছে, ওরাই এখন জমির মালিক । তারপরে আমাদেরও দুই ভায়ের মধ্যে জমি ভাগাভাগি হয়ে গেছে । আগে পাটচাষ হতো, এখন সেসব বন্ধ, যা ফসল হয় তাতে সারাবছর চলে যায় ।

--- আগে তো হাট বসত, জিনিসপত্র কেনাবেচা হতো, আমরাও গরুরগাড়ি চড়ে বিমলদার সঙ্গে আলু নিয়ে হাটে যেতাম । এখন সেসব হয় ?

--- হয় বৈকি । তবে আমাদের এখন আর যাওয়ার প্রয়োজন হয় না ।

কথা বলতে বলতে তারা অভিনবদের বাড়ি পৌছে গেল । আগে এসব জায়গায় ছিল মেঠো রাস্তা, সেই রাস্তা দিয়ে হেঁটে হেঁটে আসতে কত সময় লাগত, এখন আর কতটুকু লাগে ।

অচিন্ত্য দেখল এখন আর আগের মতো নয়, সময়ের সঙ্গে সঙ্গে অনেক কিছু বদলে গেছে । আগে ছিল মাটির কাঁচা রাস্তা, এখন পীচের পাকা রাস্তা; আগে রাস্তায় কোনো আলো ছিল না, লোকে হারিকেন জ্বালিয়ে যাতায়াত করত, এখন রাস্তার দুইধারে ল্যাম্পপোস্ট । তার পিসী রোয়াকে বসে সন্ধ্যেবেলা হারিকেনের কাঁচের কালো ভুষো পরিষ্কার করত, প্রদীপ জ্বালানোর জন্যে হাঁটুতে সর্ষের তেল মাখিয়ে সলতে পাকাতো । তাদের শৌচালয় ছিল না, শৌচকর্মের জন্যে লোকে

মাঠে ঘাটে লোটা নিয়ে ছুটত, বাথরুম ছিল না, বাড়ির ছেলে মেয়েটা সবাই পুকুরে যেত চান করতে । বাড়ির উঠোনে স্যালো ছিল, কিন্তু সেখানে চান করার চেয়ে পুকুরে গিয়ে চান করার মজা আলাদা । তারা সবাই মিলে বাড়ির খুব কাছেই রায়দীঘির জলে সাঁতার কাটতে যেত । এখন বাড়ির ঘরে পাশে লাগোয়া শৌচালয়, বাথরুম । পানীয় জলের কোনো অভাব নেই, আগে যেখানে স্যালো ছিল, এখন সেখানে ডিপ টিউবওয়েল; মাঝে মাঝে জলের ট্যাঙ্কার আসে । আগে মাটির উনুনে কাঠের জ্বালানিতে রান্না হতো, এখন ঘরে ঘরে গ্যাসের সিলিন্ডার । আগে এখানে হাসপাতাল বলে কিছু ছিল না, অসুখবিসুখ হলে পিসী নিজেই হোমিওপ্যাথি ওষুধ দিত, দরকার পড়লে কোবরেজের ডাক পড়ত । অচিন্ত্যর মনে আছে, একবার তার পিসতুতো দিদি সোনালীর কি যেন হয়েছিল, লোকে বলছিল তাকে ভূতে ধরেছে । ওঝা এসে উঠোনে আগুন জ্বালিয়ে ঝাড়ফুঁক করে ভূত তাড়াচ্ছিল আর লোকে ভীড় করে দাঁড়িয়ে দেখছিল । আগে হাইস্কুল ছিল আকনায়, সেখান থেকে বেশ কিছুটা দূরে । কাছাকাছি ছিল পাঠশালা, সেখানে গুরুমশাই বেত হাতে করে চেয়ারে বসে পড়াত । সে একবার রূপালীদির সঙ্গে পাঠশালায় গিয়েছিল, সেখানে বসার জন্যে বাড়ি থেকে মাদুর নিয়ে যেতে হতো, তখন সেটাই ছিল নিয়ম । ছেলে মেয়ে সবাই একসঙ্গে বসত, বসে চেঁচিয়ে চেঁচিয়ে নামতা পড়ত -- তাদের আওয়াজ গুরুমশাইএর কানে পৌঁছনো চাই, কখনো কখনো খেঁকিয়ে উঠত, কখনো কখনো বেত্রাঘাত করত ।

অভিনবর বউ মালবিকা অচিন্ত্যকে সাদর আপ্যায়ন করল --- বেশ হাসিখুশী, দেখে মনে হয় না পাড়াগাঁয়ের বউ । তাদের এক ছেলে বিল্টু আর এক মেয়ে পিঙ্কী । তারা সকলে অচিন্ত্যর পায়ে হাত দিয়ে প্রণাম করল ।

মালবিকা সপ্রতিভভাবে বলল, আপনাদের কথা আপনার ভাইপোর মুখে খুব শুনেছি । কেমন আছেন ? দিল্লীতে তো এখন খুব ঠান্ডা । এখানে কেমন লাগছে ?

-- ভালো । তোমরা সকলে কেমন আছো ?

কুশল বিনিময়ের পরে মালবিকা কাঁচের রেকাবি করে চারটে কাঁচাগোল্লা ও গ্লাসে করে জল নিয়ে বাইরের ঘরে অচিন্ত্যর সামনে টেবিলের ওপরে রেখে বলল, নিন খেয়ে নিন । এতটা রাস্তা এসেছেন, খুব খিদে পেয়েছে ।

অচিন্ত্য একটা কাঁচাগোল্লা মুখে দিয়ে বলল, ব্যাস, আর নয়, এখন আর ওসব চলে না । তারপরে সে তাদের বাড়িটা ঘুরে ঘুরে দেখছিল । আগে তাদের একতোলা ছিল, এখন দোতলা, ওপরের একটা ঘরে অভিনবর মা থাকে । অচিন্ত্যর মনে পড়ে গেল, বৌদি খুব স্নেহপ্রবণ ছিল, রাত্রে খাওয়ার পরে ফুরফুরে হাওয়ায় চাঁদের আলোয় ছাদে বসে বৌদি তাদের গল্প শোনাত । বৌদির সঙ্গে দেখা হলো । এখন উনি বুড়ি, মাথায় সাদা চুল, থান কাপড়, চেনার উপায় নেই, তবে তার মুখের হাসিটা সেই আগের মতই । অনেক কিছু ঘটনা অচিন্ত্যর মনে নেই, কিন্তু বৌদির মনে আছে । সেইসব ঘটনার বিবরণ বৌদির কাছে শুনতে অচিন্ত্যর খুব ভালো লাগছিল ।

দুপুরের খাবারের সময় ভাতের সঙ্গে মাছের দুইরকমের পদ, এর সঙ্গে লাউ চিংড়ি, কচুশাকের ঘন্ট আর আমড়ার টক । অচিন্ত্যর মনে পড়ল সে ছোটবেলায় পিসীর বাড়িতে এসে যখন থাকত তখন এসব ছিল তার প্রিয় খাদ্য । এতদিন পরে এখানে এসে এইসব দেখে তার খুবই আশ্চর্য লাগল । তার মনে হলো কোন যাদুবলে সে যেন তার সেই পুরোনো দিনগুলো ফিরে পেয়েছে । সে কিছু বলার আগেই মালবিকা বলল, এসব মা আপনার জন্যে বানিয়েছে । এতদিন পরেও

বৌদি মনে রেখেছে অচিন্ত্য কি কি খেতে ভালোবাসত, আর সে খাবে বলে তার জন্যে যত্ন করে এইসব বানিয়েছে। সে খেতে খেতে অন্যমনস্ক হয়ে ভাবছিল বৌদির কথা, তাঁর প্রখর স্মৃতিশক্তির কথা আর স্নেহ, ভালবাসার কথা।

পরেরদিন অভিনবর সঙ্গে অচিন্ত্য গ্রাম দেখতে বেড়লো। সেই আগের গ্রাম আর নেই, আগে মাটির রাস্তা দিয়ে গরুরগাড়ি চলত, এখন গরুরগাড়ি উঠে গেছে -- রাস্তার দু'ধারে লোকের পাকা বাড়ি, ফাঁকা জায়গা আর নেই বললেই চলে, আগে রাস্তা দিয়ে যেতে আসতে কত পুকুর, বাগান চোখে পড়ত, এখন সেইসব জায়গায় তিন চারতোলা বাড়ি, বাড়ির নীচে সারি সারি দোকানঘর, কোনো কোনো বাড়ির নীচে গাড়ি রাখার গ্যারেজ। রাস্তা দিয়ে যাত্রীবোঝাই ব্যাটারিচালিত টোটোগুলো যাওয়া আসা করছে।

অচিন্ত্যর বিশেষ করে যা চোখে পড়ল তা হলো এখানে ওখানে বিভিন্ন রাজনৈতিক দলের পতাকা, পোস্টার, দেওয়ালভর্তি লেখা তাদের স্লোগান। এইসব জায়গায় রাজনীতি ঢুকে বসে আছে, আগে এসব ছিল না, তখন লোকের সঙ্গে মেলামেশা ছিল, তারা যা করত সব একসঙ্গে। মনে আছে বিকেলের দিকে সোনালীদিদির সঙ্গে সে এপাড়া ওপাড়া বেড়াতে যেত, সেসব জায়গায় সবাই তার চেনা, সকলের সঙ্গে তাদের ছিল সুসম্পর্ক। এখন রাজনৈতিক বাতাবরণে সেই সম্পর্ক নষ্ট হয়ে গেছে, এখানের মানুষ এখন বিভিন্ন রাজনৈতিক দলের সমর্থক, সবাই জানে কে কোন দলকে সমর্থন করে, তাই নিয়ে ভেদাভেদ। সবাই চায় অপরে তাদের দলকে সমর্থন করুক, না করলেই তুমি আমাদের শত্রু। অচিন্ত্য লক্ষ্য করল কেউ কেউ তাকে সন্দেহের দৃষ্টিতে দেখছে -- এই লোকটা আবার কে, কোথা থেকে এলো, কোনো দুরভিসন্ধি নেই। রাজনীতি মানেই হলো ক্ষমতার লড়াই,

ক্ষমতালিপ্সা, নিজেদের আখের গোছানো, কিছু লোককে সুযোগসুবিধে দেওয়া আর মানুষের মধ্যে বিদ্বেষের বিষ ছড়ানো। এইসব লোকেদের কোনো উচ্চ আদর্শ নেই, গতানুগতিক জীবনেই তারা অভ্যস্ত। এইসব লেখাগুলোর দিকে তাকিয়ে অচিন্ত্য অনুভবকে বলছিল, তোমাদের গ্রামে দেখছি মানুষ খুব রাজনীতি সচেতন।

অনুভব বলল, রাজনীতি হলো মারামারি, খুনোখুনি এইসব। এমনিতে ঠিক আছে কিন্তু কখনো কখনো উত্তপ্ত হয়ে ওঠে, তখন মানুষ বীভৎস হয়ে ওঠে, মানুষের মধ্যে জান্তব প্রবৃত্তিটা বেরিয়ে আসে, রাজনৈতিক হিংসা দাবানলের মতো ছড়িয়ে পড়ে সবকিছুকে গ্রাস করে নেয়, কারোর বাড়ি পুড়ছে, কারোর মাথা ফাটছে, খুনোখুনি রক্তারক্তি কাণ্ড। তখন মনে হয় না এরা মানুষ, মনে হয় পশুরও অধম।

রাস্তার ধারে একটা চায়ের দোকান থেকে চা খেয়ে নিয়ে তারা পশ্চিম পাড়ার রাস্তা দিয়ে চলল -- জায়গাটাতে অচিন্ত্য এর আগেও এসেছে, সেই রূপালীর সঙ্গে, এখানেই তো তাদের প্রাইমারী স্কুল ছিল। যেতে যেতে অনুভব বলছিল, কাকু, এখানে পঞ্চায়েত বলে একটা বস্তু আছে, কিন্তু মানুষের অভাব অভিযোগ শোনার তার সময় নেই, এটা একটা পার্টির অফিস, পার্টি যা বলবে তাই করবে। এখন তো ঘুষের রাজত্ব, ঘুষ না দিলে কিছুই হবার নয়, ঘুষ না দিলে শিক্ষক হওয়া যায় না, ঘুষ না দিলে পুলিশ হওয়া যায় না, তারপর স্বজনপোষন তো আছেই, সরকারি অফিসগুলোতে যোগ্যতা থাকুক না থাকুক সব নিজেদের লোক, ওসব টেস্ট, ইন্টারভিউ আইওয়াশ।

অচিন্ত্য মনে মনে ভাবছিল, আগেকার লোকেরা কত সৎ ছিল, লোকে কেউ কারোর গাছে হাত দিত না, পুকুরে মাছ চুরি করত না, এ কথা ঠিকই তো, না বলে পরের দ্রব্য নেওয়া মানেই চুরি করা। আর সেইজন্যে এর জন্যে কোনো পাহাড়ার দরকার হতো না। এখন

সব জায়গাতেই চুরিচামারি বেড়েছে, আসাধুতা বেড়েছে, লোকে আজ সহজে অপরকে বিশ্বাস করে না । লোকেদের মধ্যে পারস্পরিক ভালোবাসা কোথায় ? এই যে সে যেসব জিনিস খেতে ভালোবাসে বৌদি তার জন্যে সেসব জিনিস রান্না করল, তা কি নেহাত সে আসবে বলেই না তার মধ্যে জড়িয়ে আছে তার প্রতি বৌদির অকৃত্রিম ভালোবাসা ?

সন্ধ্যেবেলা অভিনব অচিন্ত্যকে নিয়ে গেল তার জেঠুর বাড়িতে । জেঠিমা অনেক আগেই গত হয়েছেন, জেঠু বাড়িতে একাই থাকেন, এক ছেলে বাইরে থাকে, কখনো কখনো আসে । জেঠু একাই থাকেন, সাত্ত্বিক মানুষ, সাধন ভজন করে দিন কাটান । অভিনবর জেঠু বলছিলেন, এখন অবক্ষয়ের যুগ, লোভ, লালাসা, কামনা, বাসনা মানুষকে আষ্টেপিষ্টে বেঁধে রেখেছে । এই দুর্নিবার পতনের হাত থেকে সমাজকে রক্ষা করা সহজ ব্যাপার নয় । এরজন্যে মানুষকে ভেতর থেকে পরিবর্তিত হতে হবে । এরজন্যে চাই আত্মসচেতনতা, আত্মসংযম । আমাদের দেশে আগে এইসব শেখানো হতো । বিদ্যা দুই প্রকারের -- অপরা আর পরা, এক বাইরের জগতকে জানা, তার দ্বারা বাইরের জীবনের উন্নতি, অন্যটি ভেতরের জগতকে জানা, ভেতরের জীবনের উন্নতি । যারা এসব শেখাতো তারা নিজেরাই ছিল ভেতরের থেকে উন্নত, এখন কে শেখাবে ? যাদের ওপরে শিক্ষার ভার তারাই তো দুর্নীতিগ্রস্ত । তাই বলছিলাম, এখন সবকিছুই নিম্নগামী, এই অবস্থাকে রোধ করা কারোর সাধ্য নয় । এসব নিয়ে আলোচনা করা মানেই মন বিক্ষিপ্ত হওয়া যা আমাদের বিব্রত করে । গীতার বাণী, এইসব বিক্ষিপ্তকারী চিন্তা থেকে মনকে নিবৃত্ত করে বুদ্ধির দ্বারা আত্মায় নিবদ্ধ করার অভ্যাস করতে হবে । এরদ্বারাই মানুষ হতে পারে স্থিতপ্রজ্ঞ, তখন আর বাইরের ঘটনা মনকে বিক্ষিপ্ত করবে না । এইভাবে নিরন্তর অভ্যাসের দ্বারা আমরা আত্মায় প্রতিষ্ঠিত হতে

পারব, যে আত্মা সর্বভূতে এক-- ঐক্যবোধে প্রতিষ্ঠিত হলে তখন নিজেদেরকে অপরের থেকে বিচ্ছিন্ন সত্তা বলে মনে হবে না । তখন মানুষের মধ্যে কোনো বিভেদ থাকবে না, তখন কে কাকে হিংসা করবে ? তখন মানুষ এই জগতকে দেখবে এক চিন্ময় সত্তা, জড় নয়, ইন্দ্রিয়োপলব্ধির জগত নয়, আত্মোপলব্ধির জগত । এই হলো আমাদের সনাতন ধর্মের শিক্ষা, গীতার শিক্ষা । এই শিক্ষাকে আমরা দূরে সরিয়ে রেখেছি, বাইরের দেশ থেকে মতবাদ আমদানি করে তাই দিয়ে আমাদের জীবনের সমস্যার মোকাবিলার চেষ্টা করছি । এটা ঠিক, ওটা ভুল, এটা ভালো, ওটা মন্দ এসবের গোলকধাঁধায় আটকে পড়ে মানুষের মধ্যে বিদ্বেষ ছড়াচ্ছি । যে আদর্শের স্বপ্ন আমরা দেখি তার মূলে থাকবে প্রেম, মৈত্রী, ভালোবাসা, ঐক্য । এরজন্যে রাজনৈতিক দলাদলির ঊর্ধ্বে উঠতে হবে, মানুষকে যথাযথ সম্মান করতে হবে । তার একটাই পথ, তা হলো আত্মসচেতনতা, আত্মসংযম । এছাড়া আর কোনো পথ নেই । নান্যপন্থা বিদ্যতে অয়নায় ।

ঘড়িতে তখন রাত দশটা বাজে । বিদায় নেবার সময় হয়ে এসেছে । সেখান থেকে চলে এলেও অভিনবর জেঠুর কথাগুলো অচিন্ত্য কানে বাজছে ।

আনন্দময়ী মা

ছুটির দিন । সকালে চায়ের পর্ব শেষ হওয়ার পর অচিন্ত্য বাজারের ব্যাগ নিয়ে বাইরে বেরোচ্ছিল । সেই সময়ে স্থানীয় ক্লাবের প্রেসিডেন্ট বরুন সেন ও সেক্রেটারী পিনাকী হালদার এসে উপস্থিত, তাদের হাতে গত বছরের দুর্গাপুজোর কয়েকটা সুভেনির । অচিন্ত্য তাদের দিকে তাকিয়ে বলল, কি ব্যাপার, পুজোর তো এখনও দেরী আছে, এরমধ্যেই কি চাঁদা তুলতে বেরোলেন ?

অচিন্ত্যর কথায় উত্তর না দিয়ে পিনাকী বলল, আপনার সঙ্গে আমাদের একটু কথা আছে ।

তারপরে সোফায় বসে পিনাকী অচিন্ত্যর দিকে একটা সুভেনির এগিয়ে দিয়ে বলল, গত বছর আপনারা সকলে জেনারেল বডির

মিটিংএ ছিলেন, ভোটে জিততে আমাদের কোনো অসুবিধে হয়নি, কিন্তু এবারে ব্যাপারটা অন্যরকম । বিদ্যুৎ মজুমদার এখানে কয়েকবছর ছিল না, সে ভূপাল থেকে আবার ফিরে এসেছে । এসেই দল পাকাতে লেগেছে, ওকে সাপোর্ট করার মতো লোকের অভাব নেই -- যে করেই হোক ওকে ঠেকাতে হবে ।

অচিন্ত্য জিজ্ঞাসুর দৃষ্টিতে পিনাকীর দিকে তাকাতে সে বলল, সামনের রবিবারে জেনারেল বডির মিটিং, আপনাকে আসতে হবে, এটা আমাদের বিশেষ অনুরোধ, মনে থাকে যেন ।

তারা চলে যাওয়ার পর রাখী বাইরের দরজাটা বন্ধ করে অচিন্ত্যর কাছে এসে চোখদুটো বড় বড় করে বলল, খবরদার, ওদের ওইসব দলাদলির মধ্যে তুমি একদম থাকবে না । অন্য কোনো কাজ নেই, ক্লাবে বসে বসে ঘোঁট পাকানো, লোকের সমালোচনা, শুধু পরনিন্দা পরচর্চা, কার বউ কি করছে, এইসব, ওদের সকলকে জানতে কারোর বাকি নেই । গতবারে মনে নেই কালচারাল প্রোগ্রাম নিয়ে কি কাণ্ডটাই ওরা করল, সবতাতেই ওদের পলিটিক্স ।

-- কিন্তু ওরা যে এত করে বলে গেল, মিটিংএ না গেলে তো আরো এক বিপত্তি ।

রাখী অচিন্ত্যর কথার কোনো উত্তর না দিয়ে অনুনয়ের স্বরে তাকে বলল, চল না, এইসময়ে আমরা কোথাও ঘুরে আসি, অনেকদিন কোথাও বেড়নো হয়নি ।

রাখীর কথাটা অচিন্ত্যর মনে ধরল, সে বলল, ঠিক আছে -- আর পরের রবিবারে খুব সকালেই গাড়ি নিয়ে অচিন্ত্য সপরিবারে চণ্ডীগড়ের উদ্দেশ্যে বেড়িয়ে পড়ল । বেলা এগারোটা নাগাদ অচিন্ত্যর মোবাইলটা বেজে উঠল, আমি পিনাকী বলছি, কি হলো আপনি কোথায় ? আমাদের মিটিং শুরু হয়ে গেছে ।

অচিন্ত্য ঢোক গিলে বলল, না ভাই, দুঃখিত, আসতে পারছি না, বিশেষ কাজে চণ্ডীগড়ে চলে আসতে হলো ।

প্রবাসী বাঙালীদের উদ্যোগে এই অঞ্চলে বেশ কয়েকটি সার্বজনীন দুর্গাপূজা হয় । তাদের বিভিন্ন বাজেটের পূজো, লোকের অর্থের অভাব নেই, তারা যেমন মোটা অঙ্কের চাঁদা দেয়, কালেকশন করে, তেমনি আসে বিজ্ঞাপন । এইসব করে এক একটা পূজোকমিটি পঁচিশ ত্রিশ লাখ টাকা খরচ করে । প্রতিমা, সাজসজ্জা, প্যাণ্ডেল, ডেকরেশন, লাইট, সাংস্কৃতিক অনুষ্ঠান এসবের পেছনে খরচ করে লোককে তাক লাগাতে না পারলে কিসের পূজো ? লোককে আকৃষ্ট করতে এইসব জায়গায় মেলা বসে, নানারকমের খাবারের স্টল । দূর দূর থেকে লোকে ঠাকুর দেখতে আসে, নিত্যদিন মায়ের ভোগপ্রসাদের জন্যে লম্বা লাইন । যাদের নামডাক আছে সেখানে লোকজনের ভীড় বেশী । এইভাবে হৈহৈ করে কাটে পূজোর দিনগুলো ।

ওদের ফিরে আসার পর সন্ধ্যেবেলায় সুশান্ত অচিন্ত্যদের বাড়িতে এসে তাকে বলল, আপনারা বাড়ি ছিলেন না, একদিক থেকে ভালোই হয়েছে, মিটিং তো নয়, যুদ্ধ, হাতাহাতি । এখানেও ক্ষমতার লড়াই, এসব করে কি হয় বলুন তো ?

-- তা এবার কে সেক্রেটারী হলো ?

-- কে আবার, ওই পিনাকী হালদার । এদের আটকায় কার সাধ্যি, সকলকে ভয় দেখিয়ে হাত করে রেখেছে ? কে নিজেকে ঝামেলার মধ্যে জড়াতে চায় ।

-- আর প্রেসিডেন্ট ।

-- বরুন সেন । ওনার কোনো Say আছে ? উনি তো puppet, যেমন চালাবে তেমন চলবে ।

-- আর আপনি ?

-- মাথা খারাপ, আর ওদের মধ্যে কেউ যায় ?

সুশান্ত আগে এই কমিটিতে ছিল, সে ছিল কালচারাল সেক্রেটারী । তার সঙ্গে প্রোগ্রাম নিয়ে বিরোধ । নির্ধারিত প্রোগ্রাম অনুযায়ী যথাসময়ে ছোট ছোট ছেলেমেয়েরা নাচের ড্রেস পরে এসে স্টেজে উঠতে যাবে, সেইসময়ে পিনাকী সুশান্তকে না জানিয়ে তার নিজের চেনা জানা একজনকে স্টেজের ওপরে গান গাওয়ার জন্যে তুলে দিল -- তাকে যাতে উঠতে না হয় সেই জন্যে সে নিজেই একটার পর একটা গান গাওয়ার জন্যে অনুরোধ করে চলেছে । ওদিকে বাচ্চারা স্টেজের পাশে দাঁড়িয়ে ঘামছে -- পিনাকীর এসবে কোনো ভ্রুক্ষেপ নেই । কালচারাল সেক্রেটারী হিসেবে সুশান্তর ওপরে ছিল কমপিটিশনের ভার । আগে সুশান্ত নিজেই বিচারক ঠিক করত, সেবার পিনাকী বলল, আমি বিচারক ঠিক করব, তা করুক । কমপিটিশনের পরে সুশান্ত যখন যারা প্রাইজ পাবে তাদের লিস্ট টাঙাতে যাচ্ছিল তখন পিনাকী আপত্তি জানিয়ে বলল, আমরা সান্ত্বনা পুরস্কার দেব না, কেননা দিলে সেটা কমিটির কাছে বার্ডেন হয়ে যাবে ।

সুশান্ত বলেছিল, এসব আপনি কি বলছেল -- এইসব ছোট ছোট ছেলেমেয়েদের আপনি আর কত দামের প্রাইজ দেবেন -- ওদের উৎসাহিত করাই তো আমাদের কাজ, ঠিক আছে, ওসব নিয়ে আপনাকে ভাবতে হবে না, যা লাগে আমিই নিজে থেকে দিয়ে দেব ।

পরে ওরা সুশান্তকে কিছু না জানিয়ে নিজেদের মধ্যে মিটিং করে ঠিক করল, সেবার থেকে আর সান্ত্বনা পুরস্কার দেওয়া হবে না, এটা পলিশি ডিসিশন । এইসব কারণে বিরক্ত হয়ে সুশান্ত কমিটি থেকে রেজিগনেশন দিয়ে দিল ।

সুশান্ত আচিন্ত্যকে বলছিল, এদের মন খুব সংকীর্ণ । পূজোর সময় সবাই মায়ের ভোগ খেতে আসে, এটাই স্বাভাবিক, কে এইসময়ে

বাড়িতে রান্না করে । তাই নিয়েও কটুক্তি, অন্য সময়ে কোনো টিকি দেখতে পাওয়া যায় না, ঠিক ভোগ খাওয়ার সময় এসে হাজির, এসব কথা কেউ কাউকে বলে ?

সব শুনে আচিন্ত্য বলল, সব জায়গাতেই মানুষের ইগোর লড়াই । মানুষ যতই শিক্ষিত হোক, বুদ্ধিমান হোক না কেন, এই একটা জায়গায় সে হেরে গেছে । মানুষের সব থেকে বড় উদ্দেশ্য হলো তার অহংএর পরিতৃপ্তি । তার জন্য সে অনৈতিক কাজকর্ম করতেও পিছুপা হয় না, এর থেকেই যত সব বিরোধ, যত অশান্তি । মানুষের সত্তার এক বিরাট অংশ অশান্তি নিয়েই থাকতে চায়, অশান্তি আমাদের মজ্জাগত, আমাদের মধ্যে ক'জন আছে যারা যথার্থ অর্থে শান্তি চায় ?

মহাষ্টমীর দিন সকালে অচিন্ত্য সকলকে নিয়ে পূজা প্যান্ডেলে গেল মাদুর্গার চরণে পুষ্পাঞ্জলী দিতে । সেখানে গিয়ে দেখলো, লোকে লোকারণ্য, দুর্গা প্রতিমার সামনে বসার চেয়ার একটাও খালি নেই । প্যান্ডেলের একপাশে চেয়ারে দুইজন বসে যারা যারা পূজা দিচ্ছে, তাদের কাছ থেকে পূজোর মিষ্টি, শাড়ী, ফুল নিয়ে নাম, ঠিকানা আর দক্ষিণার বিবরণ খাতায় লিখে রাখছে । প্যান্ডেলে ঢোকার মুখে একটা টাকমাথাওয়ালা মাতব্বর গোছের লোক বসে হম্বিতম্বি করছে, এই এখানে কারা সব জুতো রেখেছে, সব জুতো টান মেরে ফেলে দেবো... এ্যাই, তুই ক'বার প্রসাদ নিয়েছিস ? এই একটু আগে নিয়ে গেলি আবার এসেছিস !

ছোট মেয়েটা কাঁদো কাঁদো স্বরে বলছে, না, না, আমি আগে নিইনি, আমি তো এইমাত্র বাবার সঙ্গে এলাম, এখনও পুষ্পাঞ্জলী দেওয়া হয়নি, ওই দেখুন না, বাবা ওখানে দাঁড়িয়ে আছে ।

ভদ্রলোক ইশারা করে তাঁর মেয়েটিকে ডেকে নিল আর বলল, ওই লোকটা ওইরকম, আমরা কি আজ থেকে দেখছি ? কাকে দেখতে কাকে দেখেছে ।

পুরোহিতের সঙ্গে সঙ্গে মন্ত্র উচ্চারণ করে সকলে হাতজোড় করে মা দুর্গাকে প্রণাম করে সমাবেত কণ্ঠে বলে, সর্বমঙ্গলা মঙ্গল্যে শিবে সর্বাথঃ সাধিকে, স্মরণ্যে ত্র্যম্বকে গৌরী নারায়ণী নমস্তুতেঃ ।

সন্ধ্যেবেলা রাখীকে নিয়ে অচিন্ত্য পূজামণ্ডপে গেল মায়ের আরতি দেখতে । আরতির সঙ্গে সঙ্গে ঢাকি ঢাক বাজাতে বাজাতে নৃত্য করছে, ধূপ আর ধুনোর গন্ধে চারিদিক আমোদিত, এর ভেতরে মা দুর্গার মুখ আনন্দে উদ্ভাসিত । রাখী অন্য অনেকের মতো জোড় হাত করে দাঁড়িয়ে । আরতির শেষে তারা সাষ্টাঙ্গে প্রণাম করে উঠে দাঁড়াল । রাখীর অচিন্ত্যর কাছ থেকে পাঁচশ টাকা নিয়ে ঢাকিকে দিল ।

ঠাকুরের চরণামৃত নিয়ে মণ্ডপের বাইরে এসে তারা দেখল বড় পুরোহিতকে ঘিরে পূজোকমিটির বেশ কয়েকজন সদস্য দাঁড়িয়ে । পিনাকী পুরোহিতকে বেশ রাগতস্বরে কি যেন বলছে । কি ব্যাপার ? পুরোহিত ঠাকুরের প্রসাদী লুচি সকলকে ভাগ করে দিচ্ছিল, এরমধ্যে কমিটির কোন একজন সদস্যের বাড়ির লোকজন ছিল, তারা সেই প্রসাদের পরিমানে সন্তুষ্ট না হয়ে সেক্রেটারীর কাছে পুরোহিতের বিরুদ্ধে নালিশ করে । সেই নালিশ শুনে সেক্রেটারী পুরোহিতকে ডেকে নানান অপ্রিয় কথা শোনাচ্ছে, আর বেচারা পুরোহিত মাথা নীচু চুপ করে তার সামনে দাঁড়িয়ে ।

বিষয়টা জেনে অচিন্ত্যর ভালো লাগল না । সে পিনাকী দিকে এগিয়ে গিয়ে কিছু একটা বলতে যাচ্ছিল, তার আগেই রাখী তার হাত ধরে পেছনে টেনে নিয়ে গিয়ে বলল, তুমি এসবের মধ্যে নাক গলাতে যাচ্ছ কেন ? তুমি আমি বলে কাউকে বদলাতে পারব না, বরং বলা

মানে লোকের অপ্রিয় হওয়া । যে যেমন তাকে তার মতো থাকতে দাও।

দুর্গাপূজা শেষ হলো । বিজয়াদশমীতে গঙ্গাবক্ষে প্রতিমা বিসর্জনের পর শান্তিজল নেওয়ার পালা । পুরোহিত সকলের ওপরে শান্তিজল ছিটিয়ে দেওয়ার পরেই শুরু হয়ে যায় পরস্পরের সঙ্গে প্রীতিবিনিময়, কোলাকুলি-- "কেমন পুজো কাটলো ...সবাই ভালো থেকো...একদিন বাড়ীতে এস..." -- কে বড়লোক, কে গরীব, সমাজে কে কোন স্তরের বাসিন্দা বোঝার উপায় নেই, সবাই সমান, সবাই আপনার ।

একামেবাদ্বিতীয়ম্ ব্রহ্ম থেকে আমাদের উৎপত্তি । তিনি আমাদের একসূত্রে বেঁধে রেখেছেন । তাই আমাদের মধ্যে বিভিন্নতা থাকতে পারে, কিন্তু বিরোধ নয় । বিরোধ মানেই বুঝতে হবে আমরা ভগবান থেকে দূরে বাস করছি । এখানে আমরা কামনা বাসনার দাস হয়ে আছি, আমাদের সব কাজের একটাই উদ্দেশ্য-- অহংএর পরিতৃপ্তি । ক্ষমতালিপ্সা, এটাও তো বাসনা । বাসনা চরিতার্থ হলে তা আমাদের একধরনের তৃপ্তি এনে দেয় যাকে বলি সুখ, অন্যদিকে অতৃপ্তি হলো দুঃখ । সুখ, দুঃখ একই জিনিস, টাকার এপিঠ আর ওপিঠ । ক'জন আছে যারা সারাজীবন সুখ কিংবা দুঃখে কাটিয়েছে ? একজনও নয় । সুখই বল আর দুঃখই বল, এসব সাময়িক ব্যাপার, 'চক্রবৎ পরিবর্তন্তে সুখানি চ দুঃখানি চ' । এরমধ্যে বাস করা মানেই অশান্তি, আমাদের জীবন সুখ-দুঃখের শান্তি-অশান্তির নাগরদোলায় সবসময় ঘুরছে । কে এই সুখ দুঃখ ভোগ করে ? তা হলো আমাদের দেহ, প্রাণ, মনের দ্বারা তৈরী বাসনাময় পুরুষ । কিন্তু এটাই সব নয়, এর পেছনেও আমাদের আরো এক সত্তা আছে-- চৈতিক সত্তা যাকে আমাদের এই বাসনাময় পুরুষ আড়াল করে রেখেছে । এই চৈতিক সত্তা হলো ভগবদ্ সত্তা, Godhead soul যা সবসময় ভগবদমুখী, যা

আমাদের দেহ, মন, প্রাণকে ভগবদ্মুখী করতে সাহায্য করে । ক্ষণিকের জন্যে কখনো কখনো এই বাসনাময় পুরুষের বাধা অতিক্রম করে এই চৈতিক সত্তা বাইরে এসে আমাদের বাইরের সত্তাকে আলোকিত করে তোলে, তখন আমাদের মধ্যে এই বিরোধ দূর হয়ে যায়, জেগে ওঠে পারস্পরিক ভালোবাসা, ঐক্য । তখন আমরা একে অপরকে বুকে জড়িয়ে ধরি ।

মা দুর্গা ভগবতী শক্তি, তিনি দিব্যজননী, তিনি আমাদের মধ্যে সকল মালিন্য দূর করে নিয়ে আসেন দিব্য-আনন্দের স্পর্শ, আমাদের চৈতিক সত্তাকে জাগিয়ে দেন । তখন আমরা সব ভেদাভেদ ভুলে গিয়ে পরস্পরের সঙ্গে আলিঙ্গনে আবদ্ধ হই । কিন্তু ওই যে বললাম, এটা ক্ষণিকের ব্যাপার । আবার শুরু হয়ে যায় বিরোধ । মা দুর্গা আনন্দময়ী, তিনি আমাদের মধ্যে আবিভূত হন সকল অনাচার, অজ্ঞানতা, দুঃখ, দুর্দশা দূর করে সেখানে দিব্য-আলো, জ্ঞানকে সুপ্রতিষ্ঠিত করতে । এরজন্যেই এই মর্ত্যভূমিতে তাঁকে বারে বারে আসতে হয় । এইভাবে দেবী দুর্গা যুগ যুগ ধরে এই মর্ত্যভূমিতে বারে বারে আবিভূত হন আমাদের মধ্যে আসুরিক প্রবৃত্তিকে বিনাশ করার জন্য । অসুরের সঙ্গে যুদ্ধের পরিসমাপ্তি তখনই হবে যখন তিনি তাঁর দিব্যশক্তি দিয়ে অসুরকে সম্পূর্ণভাবে বিনাশ করবেন ।

চড়ুইভাতি

অচিন্ত্য তখন খুব ছোট -- কতই আর বয়েস, ক্লাস ফাইব সিক্সে পড়ে বোধহয় । সেইসময়ে পাড়ার ছেলেরা ঠিক করল পিকনিক করতে যাবে, তারকেশ্বর থেকে আরো পাঁচ ছয় কিলোমিটার দুরে, জঙ্গলপুর না কি নাম । সেখানে হবে পিকনিক ।   মনোজের শ্বশুরবাড়ী ওই জায়গায়, সে একবার ওখানে গিয়ে দেখে এসেছে । সেই তো পিকনিকের আয়োজন করেছিল । অচিন্ত্যও যাবে তাদের সঙ্গে । এর আগে সে পাড়ার ছেলে মেয়েদের সঙ্গে বাড়ির কাছে বাগানে পিকনিক করেছে । কালীদাদের বাড়ি থেকে ইলেকট্রিকের কানেকশন নিয়ে পাঁচশ ওয়াটের বাল্ব লাগিয়ে বাগানের মধ্যে ইট সাজিয়ে তাতে কাদা লেপটে উনুন আর সেখানে উনুনে কয়লার আগুনে বনভোজন । সকলের কাছ থেকে চাঁদা তুলে সেই দিয়ে আলুর দম, লুচি, বোঁদে এইসব । বাড়িতে খাওয়া এক জিনিস আর বাগানে সকলে মিলে জিনিসপত্র জোগার করে

এনে সেখানে উনুনে রান্না করে খাওয়ার মজাই আলাদা । তার মধ্যে ছিল আর অন্য আনন্দ । এবারে আর বাগানে নয়, তারা চড়ুইভাতি করতে যাবে বাড়ি থেকে দূরে । তাই সে লোভ সামলাতে পারলো না । সারাদিনের প্রোগ্রাম, লরি করে যাওয়া হবে, সকাল সকাল বেরিয়ে পড়তে হবে । প্রথমে তার মা, বাবা আপত্তি করেছিল, কিন্তু সে নাছোড়বান্দা । পাড়ার বড়রা বলতে মনোজদা, চাঁদুদা, ওরাই সব ব্যবস্থা করেছে । অচিন্ত্যর বাবা চাঁদুকে বলাতে সে আশ্বাস দিয়ে বলল, মেসোমশাই আপনি একদম চিন্তা করবেন না, ওর বয়েসী তো সবাই যাচ্ছে, আমরা তো আছি, আপনি নিশ্চিন্ত থাকুন । বাড়ি থেকে বেরোনোর সময়ে অচিন্ত্যর বাবা বার বার করে তাকে সাবধান করে দিল, কোথাও একা একা ঘুরবি না, সবসময় একসঙ্গে থাকবি ।

নিদিষ্ট দিনে সকাল আটটা সাড়ে আটটা নাগাদ তারা সকলে মিলে বেরিয়ে পড়লো -- সঙ্গে নিল রান্নার যাবতীয় সরঞ্জাম, হাতা, খুন্তি, ডেকচি, বালতি, মগ, পানীয় জল, চাল, ডাল, নুন, তেল, মশলাপাতি ইত্যাদি -এর সঙ্গে মাইক, রাঁধুনি । যাওয়ার পথে মাংসের দোকান থেকে কিনে নিল মাংস । সকলে মিলে হৈ হৈ করতে করতে লরি করে চলল । সরু পীচের রাস্তা, তার দুই ধারে ধানক্ষেত, কোথাও কোথাও সর্ষের চাষ, সেখানে হলুদ রঙের ফুল ফুটে আছে । সকালে সোনালী রোদ্দুরের আলোয় সেগুলো উজ্জ্বল দেখাচ্ছে । গন্তব্যস্থলে পৌছতে তিনঘন্টা লাগল । জায়গাটা একা ফাঁকা মাঠের মত, তার চারিদিকে বনজঙ্গল । কাছেই একটা পুকুর -- সেই পুকুরের জলে হাঁস চড়ে বেড়াচ্ছে, দু'একটা কুঁড়ে ঘর । কাছেই একটা টিউবওয়েল, কিছুটা দুরে একটা টিলা, গাছগাছালিতে ভরা জায়গাটা বেশ মনোরম । বাড়ির বাইরে এইরকম একটা জায়গায় পিকনিক করতে এসে অচিন্ত্যর শিশুমন খুশীতে ভরে উঠল । এই তার প্রথম

বাড়ি থেকে এত দূরে আসা, তাও আবার সকলে মিলে পিকনিক করতে, এ এক অন্য অভিজ্ঞতা । সেখানে পৌঁছেই সতরঞ্চি পেতে তারা বসে গেল, কিছুক্ষণের মধ্যেই এসে গেল ডিম, পাউরুটি, কলা । মনোজদা বার বার করে বলে দিল, এই বাচ্চারা বেশীদূর যাবি না । কিন্তু কে কার কথা শোনে । আগে তো ওই টিলাটার কাছে যাওয়া যাক ।

টিলাটার কাছে তারা কয়েকজন মিলে গিয়ে দেখল পাশে একটা পুরোনো ভাঙা পোড়োবাড়ি, কত দিনের পুরোনো কে জানে, দেখেই মনে হয় ভূতের বাড়ি, এরমধ্যে একটা রহস্যে ঘন গন্ধ লুকিয়ে আছে । ওখান দিয়ে একটা লোক যাচ্ছিল, সে বলল, খবরদার ওই বাড়িটাতে তোমরা কেউ যেও না । টিলার ওপরে চড়ে তারা দেখলো বেশ অনেকদূর পর্যন্ত্য দেখা যায় । টিলাটার ওপাশেও এইরকম একটা ফাঁকা জায়গায় তাদের মত একটা পার্টি এসেছে পিকনিক করতে । সেখানে যেতেই তাদের সঙ্গে আলাপ জমে উঠল । তারা এসেছে কোলকাতা থেকে –– একটা মেয়ে গান শোনালো, বেশ সুরেলা গলা । তাদের মধ্যে একজন জিজ্ঞেস করল, তোমাদের কেউ গান জানো ? একমাত্র দীপেন গান গায়, খালি গলায় দীপেন ভালোই গান গায় । ওদের বাড়িতে গানের রেওয়াজ আছে । সকলের অনুরোধে দীপেন বেশ কয়েকটা গান গাইল । দীপেনের গান শুনে তার খুব তারিফ করেছিল সেটা অচিন্ত্যর এখনো মনে আছে । তারপরে এদিক ওদিক ঘুরে তারা নিজেদের জায়গায় ফিরে এল । তাদের দেখেই চাঁদুদা বলল, তোদের কত করে বললাম কোথাও যাসনি আমরা তো চিন্তায় পড়ে গিয়েছিলাম... কোথায় ছিলিস এতক্ষণ । বিকাশ টিলাটার দিকে হাত দেখিয়ে বলল, চাঁদের পাহাড়ে ।

এরপরে খাওয়ার পালা, আইটেম কম নয় -- ভাত, ডাল, আলুভাজা, কপির তরকারি, মাংস, চাটনি, পাপড়; সুস্বাদু খাবার । পিকনিকে এসে খোলা মাঠের নীচে একসঙ্গে বসে শালপাতায় খাওয়ার মজাটাই আলাদা ।

অচিন্ত্য তার ছোটবয়েসের এই পিকনিকের কথা এখনো ভুলতে পারেনি । এসবের মধ্যে এক আনন্দ ছিল, নির্ভেজাল আনন্দ । তখন তারা যা করত সকলে একসঙ্গে -- খেলাধুলা, সাঁতারকাটা, পিকনিক করা, ঠাকুর দেখতে যাওয়া । তাদের মধ্যে কোন ভেদাভেদ ছিল না, তারা একে অপরের ছিল সুখে দুঃখের সাথী । কারোর দরকার পড়লে তারা সকলে মিলে তার পাশে দাঁড়িয়েছে, সেবাযত্ন করেছে । সেবার অচিন্ত্যর বাবা হার্টের অসুখের সময় কলকাতায় পিজিতে ভর্তি ছিল, তখন সে কত ছোট, কিন্তু কখনই মনে হয়নি তারা একা, পাড়ার ছেলেরাই তো সব করল, তারা পালা করে সেখানে মেঝেতে শতরঞ্চি বিছিয়ে সেই শীতের রাত্রে সারা রাত কাটিয়েছে । তখন পকেটে বেশী পয়সা ছিল না, অভাব ছিল, কিন্তু তার জন্যে কোনো দুঃখ বোধ হয়নি, যা পেত তাতেই ছিল আনন্দ ।

পরবর্তীকালে অচিন্ত্য যখন চেন্নাইয়ে কর্মরত, তখন সেখানে প্রায়ই পার্টি হতো, বেশীরভাগ হতো উডল্যান্ড হোটেলে । কারোর ছেলের জন্মদিন, কারোর প্রোমোশন, কারোর ফেয়ারওয়েল, কারোর বিয়ের পার্টি এসব লেগেই থাকত । সবাই আসত তাদের ফ্যামিলি নিয়ে, খাওয়ার সাথে সাথে গান বাজনা হতো । এতে সকলের মধ্যে কি গুণ আছে তা জানা যেত, একে অপরে সঙ্গে মেলামেশার সুযোগ হতো, অফিসের বাইরেও যে সকলের একটা অন্য সত্তা আছে সেটা জানার অবকাশ হতো, এতে পরস্পরের সঙ্গে একটা হৃদয়ের সম্পর্ক গড়ে উঠেছিল ।

অচিন্ত্যর মনে আছে একদিন সকাল থেকে অবিশ্রান্ত বৃষ্টি, রাস্তায় এখানে ওখানে বেশ জল জমে গেছে। সন্ধ্যেবেলা বৃষ্টির প্রকোপ একটু কমের দিকে, কিন্তু তখনও ঝিরঝির করে বৃষ্টি পড়ছে। অচিন্ত্য তামিলদের মানসিকতার সঙ্গে পরিচিত ছিল। সে জানত তারা যেমন কর্মসচেতন, তেমনি হাজার অসুবিধে সত্ত্বেও তারা পার্টিতে ঠিক আসবে। তাই অন্য বাঙালী কেউ সেই বৃষ্টির মধ্যে না বেরোলেও সে ছাতা মাথায় দিয়ে বেরিয়ে যথাসময়ে উডল্যান্ড হোটেলে গিয়ে দেখল নির্ধারিত পার্টিতে তার সব তামিল সহকর্মীরা ফ্যামিলিসহ উপস্থিত। শুধু পার্টিই নয়, তারা সব বিষয়েই খুব দায়িত্বসচেতন, যে কারণে সেখানের কাজের প্রোডাকটিভিটি অন্যান্য জায়গার তুলনায় অনেকগুণে বেশী।

অচিন্ত্য দিল্লীর অফিসে যখন বদলি হয়ে এল তখন দেখল পরিবেশটা অন্যরকম। সেখানে সবাই কাজেকর্মে ব্যস্ত, কারোর সময় নেই, সকাল থেকে সন্ধ্যে পর্যন্ত সবাই ছুটছে। সেখানে পার্টির কোনো বালাই নেই, কে অর্গানাইজ করবে--কারোর এসব নিয়ে মাথাব্যথা নেই। হ্যাঁ, পার্টি হতো, তবে খুব ছোট আকারে, ডিপার্টমেন্টাল পার্টি। তাছাড়া মাঝে মাঝে অচিন্ত্যরা কয়েকজন বন্ধু মিলে লাঞ্চের সময় বঙ্গভবনে যেত, সেখানে যেত আমিষ ভাত খেতে। সেটাই পিকনিক, তাতেই আনন্দ।

এখন কারোর বিয়ে, কারোর জন্মদিন এসব ছাড়াও মাঝে মাঝে পার্টি হয় -- ব্যানার্জীদা ডাকেন, ওনার বয়স হয়েছে, আশির ওপরে, কিন্তু মনের দিক থেকে এখনো বেশ তরতাজা। অচিন্ত্য ও আরো কয়েকজনকে ডেকে প্রায়ই তাদের নিয়ে করেন পার্টি। কিন্তু এইরকম ক'জন? সবাই তো নিজের কাজেই ব্যস্ত। তুমি সকালে উঠে হোয়াটস আপে গুডমর্নিং মেসেজ পাঠাও, বেশীরভাগ লোকই উত্তর করে না। এতে মানুষ একে অপরের থেকে মানসিকভাবে দুরে সরে

যাচ্ছে । আমরা সমাজবদ্ধ জীব, কারোর পক্ষেই একা বাস করা সম্ভব নয় । আর এইসব কারণে অর্থ প্রাচুর্য থাকা সত্ত্বেও মানুষ ভেতরে ভেতরে একা, তারা একে অপরের থেকে দুরের বাসিন্দা । এখন করোনার কারণে স্কুল, কলেজ, অফিস, কাছারি সব বন্ধ, কাজকর্ম, পড়াশুনা সব অনলাইনে, এখন তো মানুষ আরো একা, তাদের একে অপরের সঙ্গে মেলামেশার সুযোগ কোথায় ?

প্রতিবেশী

চাকরির সূত্রে অচিন্ত্যর বেশীরভাগ সময়টা কেটেছে বাঙলার বাইরে। পড়াশুনার শেষে প্রথম চাকরি নিয়ে সে যখন কানপুরে অর্ডন্যান্স ফ্যাক্ট্রিতে এসে জয়েন করেছিল তখন তার বয়স বাইশ তেইশ হবে। সেখানে কয়েকবছর থাকার পর সেই চাকরি ছেড়ে দিয়ে সে যখন ভারতীয় মানক ব্যুরোতে জয়েন করল তখন তার পোস্টিং হলো চেন্নাইএ। এরপরে বদলি হয়ে সে এল কলকাতায়, সেখান থেকে কয়েকবছর পরে সে চলে এল দিল্লীতে। এক এক জায়গার মানুষ এক একরকমের, তাদের ভাষা, রুচি, সংস্কৃতি এক একরকমের। সেসব জায়গায় থেকে সে অনুভব করেছে ভালো, মন্দ মানুষ সব জায়গাতেই আছে। তবে তার সৌভাগ্য যে সে দেখেছে সব জায়গাতেই তার প্রতিবেশীরা ভালো, কখনই মনে হয়নি তারা অন্য কেউ, তাদের ওপরে নির্ভর করা যায়, বিভিন্ন সময়ে সে তাদের কাছ থেকে অনেক

উপকার পেয়েছে। চেন্নাইয়ে থাকার সময়ে মাঝে মাঝে অফিসের কাজে বেশ কয়েকদিনের জন্যে তাকে ট্যুরে যেতে হতো। যাওয়ার আগে সে প্রতিবেশীদের বলে যেত, রাখী একা রইল, একটু দেখবেন। সুমতির বাবা নিত্যানন্দ তাকে আশ্বাস দিয়ে বললেন, আপনি নিশ্চিন্ত থাকুন। আমরা তো আছি। তার অনুপস্থিতিতে সুমতি রাত্রে রাখীর সাথে শুত, বেশীরভাগ সময়েই তারা এটা ওটা রান্না করে রাখীর জন্যে পাঠিয়ে দিত। অবসর সময়ে তারা গানবাজনা নিয়ে থাকত; রাখী সুমতি, জয়শ্রী ওদের শেখাতো বাঙলা গান, রবীন্দ্রসঙ্গীত আর তারা রাখীকে শেখাতো তামিল গান।

প্রতিবেশী-ভাগ্য ভালো থাকলেও অচিন্ত্যর কিন্তু সব জায়গায় বস-ভাগ্য ভালো ছিল না। চেন্নাইয়ে অফিসের কাজের চাপ থাকলেও বসের দৌরাত্ম্য ছিল না। সে কাজ করত নিজের মতো। কিন্তু সেখান থেকে কলকাতার অফিসে বদলি হয়ে আসার পর সে দেখল পরিস্থিতিটা অন্যরকমের।

কয়েকদিন কাটার পর তার বস একদিন তাকে নিজের কেবিনে ডেকে বললেন, তুমি কি ভেবেছ বল তো?

অচিন্ত্য থতমত খেয়ে বসের দিকে তাকাতে উনি বললেন, তুমি কি চাও এখানের ফ্যাক্টরিগুলো বন্ধ হয়ে যাক্?

অচিন্ত্য তাঁকে জিজ্ঞেস করল, কেন, আমি এমন কি করলাম যে আপনি আমাকে এইরকম কথা বলছেন?

বস তাকে বললেন, তুমি চেন্নাই থেকে এসেছ, ওখানের ব্যাপার আলাদা, ওখানের মতো এখানে চলবে না, দেখছ তো এখানে ফ্যাক্টরির সংখ্যা এমনিতেই কম। ওখানের মতো ইন্সপেকশন করলে ফ্যাক্টরিগুলো চলবে কি করে?

বসের কথাগুলো অচিন্ত্যর ভালো লাগল না । সে বলল, এতে আমার কাজের ত্রুটিটা কোথায় দেখলেন ? কেউ যদি স্কীম ফলো না করে, স্ট্যান্ডার্ড অনুযায়ী না চলে তাহলে আমি কি করতে পারি ?

বস বললেন, এটা তোমার ব্যাপার, আমার যা বলার তাই বললাম।

বসের এই ধরনের কথাবার্তা অচিন্ত্যর অদ্ভুদ লাগল, তার বুঝতে বাকি রইল না যে বস তার কাজে সন্তুষ্ট নয় ।

কিছুদিন পরে সেই বসের ট্রান্সফার হয়ে গেল, সেখানে এলো নতুন বস । তাঁর আবার দু'রকমের স্ট্যান্ডার্ড, কয়েকজন তাঁর ফেবারিট আবার কাউকে তিনি পছন্দ করেন না । যারা তাঁর ফেবারিট, তাদের বিরুদ্ধে কিছু লেখা যাবে না, আর যাদের তিনি পছন্দ করেন না তাদের রিপোর্ট ভালো হওয়া চলবে না । অচিন্ত্য পড়লো মহা ফ্যাসাদে । উনিই বলে দেবেন, স্যাম্পেল কোন ল্যাবরেটারিতে পাঠাতে হবে । এইসব কারণে অচিন্ত্যর সঙ্গে তার বসের লাগল বিরোধ । তার মতামত বস নিদ্বিধায় মেনে নিতে পারতেন না । কিন্তু সেও থাকত তার সিদ্ধান্তে অটুট, ফলে তাদের মধ্যে মনোমালিন্য লেগেই থাকত । মোট কথা বস অচিন্ত্যর ওপরে সন্তুষ্ট ছিলেন না আর বিভিন্নভাবে তাকে হেনস্থা করতে ছাড়তেন না । অচিন্ত্য আসত শ্রীরামপুর থেকে । সেদিন ট্রেন অবরোধের জন্যে অফিস পৌছতে দেরী হওয়ার জন্যে তিনি অচিন্ত্যকে যা বলার নয় তাই শুনিয়ে দিলেন । সকলের সামনে বসের এইধরনের রূঢ় ব্যবহারে তার মনটা খুবই খারাপ হয়ে যায় ।

অচিন্ত্য মনে মনে ভাবে মানুষের কি এত লোভ, টাকাটাই কি সব -- মান-ইজ্জত, নীতিটিতির কোনো মূল্য নেই তাদের কাছে -- ব্যুরোর অফিস থেকে তো তোমরা কম পাও না, তা হলে কিসের এত লোভ

তোমাদের -- তাহলে তোমরা পড়াশুনা করে কি শিখলে, আর অন্যকেই বা কি শেখাবে । অচিন্ত্য এইসব লোকেদের বাড়িতে গিয়ে দেখেছে, আধুনিকতম স্বাচ্ছন্দ্য ও সজ্জায় সাজানো তাদের বাড়ি ধনী লোকেদের তুলনায় কোনো অংশেই কম নয় । অপরের ঘাড় ভেঙে আদায় করা টাকার দ্বারা সমাজের একশ্রেণীর মানুষের এইরকম লোক দেখানো ব্যাপারটা তার কাছে অদ্ভুদ লাগে ।

কয়েকবছর কলকাতার অফিসে কাটানোর পর অচিন্ত্য বদলি হয়ে চলে গেল দিল্লীতে । দিল্লীতে যাওয়ার পর সে দেখল লাইসেন্সীদের সংখ্যা কলকাতার তুলনায় অনেক বেশী, ফলে সেখানে কাজের চাপও বেশী, নিঃশ্বাস ফেলার সময় নেই । কয়েকবছর পরে তাকে যেতে হলো স্ট্যান্ডার্ড ফরমুলেশন ডিপার্টমেন্টে । এখানে কাজের চাপ বেশ কিছুটা কম, কয়েকটা কমিটি নিয়ে থাক, টেকনিক্যাল এক্সপার্টদের নিয়ে বছরে কয়েকটা কমিটি মিটিং কর, এইসব । কিন্তু ওই যে বললাম, অচিন্ত্যর বস-ভাগ্য ভালো ছিল না । সেখানেও বস তাকে নানা ভাবে বিব্রত করত । একদিন বসের আচরণে শুধু অচিন্ত্যই নয় রাখী, ঋতু এরাও ব্যথিত হয়েছিল । ঠিক ছিল কমিটির মিটিংএর পর একদিন ছুটি নিয়ে উইক এন্ডে তারা তিনদিনের জন্যে ঋষিকেশ ঘুরে আসবে, সেইমত সেখানে থাকার জায়গাও তারা আগে থেকেই বুক করে রেখেছিল । কিন্তু বস ছুটি স্যাংশন করলেন না, আর সেই কারণে বাধ্য হয়ে তাদের ঋষিকেশের প্রোগ্রামও বাদ দিতে হলো ।

এরপরে অচিন্ত্যর পোস্টিং হলো অন্য এক ডিপার্টমেন্টে । সেখানে লেডি বস আর সাথে লেডি স্টেনোগ্রাফার, অফিসের কাজের চেয়ে উলবোনার কাজে তার ঝোঁক বেশী । তাকে ডাকলেও আসে না, অগত্যা অচিন্ত্য নিজেই বসে বসে টাইপ করত । এই নিয়ে স্টেনোগ্রাফারের সঙ্গে তার লাগল বিরোধ । একদিন অচিন্ত্যর সঙ্গে

কথা কাটাকাটির পর সে কাঁদতে কাঁদতে লেডি বসের কাছে গিয়ে অচিন্ত্যর বিরুদ্ধে নালিশ করল । বস অচিন্ত্যকে ডেকে রীতিমত শাসিয়ে দিলেন যেন সব দোষ তারই, এমনও বললেন, আপকা এগেন্সটমে সেক্সুয়াল হ্যারাসমেন্টকা কেস বন যায়গা ।

আগের ডিজির জায়গায় এল নতুন ডিজি-- খুব কড়াপ্রকৃতির লোক । উনি দেখাতে চান এই অর্গানাইজেশনের কাজ সব ভুলে ভরা, অফিসাররা সব গাধা, এমনকি কমিটির চেয়ারম্যানরাও ইনকম্পিটেন্ট, তাঁদের বদলে অন্যদের নাও । রোজই নতুন নতুন ডেটা চেয়ে পাঠান, মনের মতো না হলে কড়া একশন, এক্ষুনি ট্রান্সফার । অফিসাররা দল বেঁধে গিয়ে মিনিস্টারের সঙ্গে দেখা করল, দু-দু'বার গিয়েও কোনো লাভ হলো না -- ওরা আইএএস, টেকনিক্যাল অফিসারদের চেয়ে ওরা অনেক বেশী স্ট্রঙ্গ, আর স্ট্রঙ্গ বলেই যা খুশী তাই করে, এইসব মিনিস্টাররা তাদের কি করবে ?

ব্যুরোর কাজেকর্মে স্টেকহোল্ডারদের স্বার্থে আঘাত লাগলেই তারা ডিজির কাছে এসে অফিসারদের বিরুদ্ধে কমপ্লেন করত । ডিজির অত দেখার সময় নেই, উনি অফিসারদের ডেকে সেইসব ব্যক্তিদের সামনেই তাদের অপমান করতে ছাড়তেন না । একদিন ডিজি তাঁর কেবিনে অচিন্ত্যকে ডেকে পাঠালেন । অচিন্ত্য গিয়ে দেখে সেখানে বাইরের কয়েকজন লোক বসে । তারা খাদ মেশানো লোয়ার গ্রেডের সোনার অলংকার তৈরী করে থাকে । এইসব অলংকারগুলো সোনার মতো দেখতে হলেও আসলে ইমপিয়োর । তারা চায় এই গ্রেড স্ট্যান্ডারের মধ্যে ঢোকাতে । সব শুনে অচিন্ত্য বলল, এরজন্যে কমিটি আছে, এই প্রস্তাব কমিটিতে রাখা হবে, তারাই যা সিদ্ধান্ত নেবার নেবে । ডিজি এসব মানতে রাজি নন, তিনি বললেন, It is DG's order, you put up note to me. বাধ্য হয়ে অচিন্ত্যকে এইবিষয়ে

note put up করতে হয় । কিন্তু বিষয়টা তার মোটেই ভালো লাগেনি । সেইসময়ে রাখী হাসপাতালে ভর্তি । এমনিতেই সে মানসিকভাবে বিপর্যস্ত । একা সব দিক সামলানো তার পক্ষে কঠিন, তার ওপরে অফিসের এই ঝ্যামেলা, বসের দৌরাত্ম্য তাকে তাড়িয়ে নিয়ে বেড়াচ্ছে । কি করবে সে ! দুশ্চিন্তায় তার রাত্রে ঘুম এল না । পরেরদিন সকালে অফিসে গিয়ে সে তার রেজিগনেশন জমা করে দিল । না, আর কোনো বস নয়, সেই হবে তার বস, কারোর অধীনে আর কাজ নয় ।

এসব কিছু সত্ত্বেও একটা বিষয়ে অচিন্ত্য সৌভাগ্যবান । আগেই বলেছি তার প্রতিবেশী-ভাগ্যের কথা । তারা সবসময় তার পাশে এসে দাঁড়িয়েছে, তার মনোবল বাড়িয়েছে, নানাভাবে সাহায্য করেছে । রাখী যখন হাসপাতালে বেডে শুয়ে মৃত্যুর সঙ্গে যুদ্ধ করে চলেছে তখন তারাই তো ছিল তার সাথী । রাখীর মৃত্যুর পরে তারাই তো সব করল । জীবনের চলার পথে বিশ্বপিতার আশীর্বাদে এমন প্রতিবেশী পাওয়া সৌভাগ্যের ব্যাপার ।

স্বাধীনতা

অবশেষে উত্তম আর দীপান্বিতার দুই হাত এক হওয়ার সুযোগ মিলল । তারা একে অপরকে অনেক দিন ধরেই জানত, সেই কলেজে যখন তারা ফাস্ট ইয়ারে পড়ত তখন থেকেই । তারা একে অপরকে ভালোবেসেছিল । কিন্তু বিয়ে করাটা সহজ ব্যাপার নয় । আগেকার দিন একরকম ছিল । তখন মেয়েদের বিয়ের বয়স হলেই পাত্র খোঁজা শুরু হয়ে যেত, তারপর বাব মা দেখেশুনে মনের মতো পাত্রের সঙ্গে বিয়ে দিয়ে দিত । তারা ছিল পরাধীন । তখন বিয়ের ব্যাপারে মেয়েদের মতামতের কোনো গুরুত্ব থাকত না, তাদের বিয়ে মানেই শ্বশুরবাড়ির ঘর কর, সকলকে নিয়ে যৌথ পরিবার, তাদের ফাইফরমাস খাটো আর সব কিছু মুখ বুজে সহ্য কর, না করলেই অশান্তি । এখন সমাজ বদলেছে, ছেলে মেয়ে দুজনেই শিক্ষিত, কোনো মেয়েই আর বিয়ের পরে কারোর গলগ্রহ হয়ে থাকতে চায় না । এইসব কারণে

ছেলে মেয়ে উভয়কেই প্রতিষ্ঠিত হতে হবে; আর এই করতে করতে বিয়ের বয়স যায় পেরিয়ে। উত্তম আর দীপান্বিতার বিয়েটাও সেইরকম, তারা দু'জনেই এখন প্রতিষ্ঠিত, কর্মরত। একজন থাকে পুনায়, আর একজন ব্যাঙ্গালোকে, দুজ'নেই আইটি কোম্পানীতে কর্মরত। ছুটি বললেই তো পাওয়া যায় না, অনেক বলে কয়ে তিনদিনের ছুটি স্যাংশন হয়েছে। বিয়ে করেই আলাদা আলাদা জায়গায় কর্মক্ষেত্রে গিয়ে জয়েন করতে হবে, এরপর কবে আবার দেখা হবে তার কোনো ঠিক নেই। এইরকম তো আকছার ঘটছে।

বিয়েবাড়ির লোকজন অনেক কম। তাদের আত্মীয়স্বজন, বন্ধুবান্ধব যাদের নেমন্তন্ন করা হয়েছিল তাদের অনেকেই আসেনি। আসবে কি করে ? সবাই দূরে দূরে থাকে। কারোর সঙ্গে কারোর যোগাযোগ নেই, মাঝে মাঝে ফোনে কথা হয়, কিংবা ওয়টস-অ্যাপে চ্যাট। দীপান্বিতার বাবা সুজয় তার ভাই রথীনকে ফোনেই নেমন্তন্ন সারে, বলল, তোর ওয়টস-অ্যাপে কার্ড পাঠিয়ে দিয়েছি, আসছিস তো ? রথীন এর আগে দু'একবার কাজেকর্মে ফ্যামিলি নিয়ে দিল্লীতে এসে সুজয়ের বাড়িতে উঠেছে। সে বলল, যাওয়ার তো ইচ্ছা ছিল, কিন্তু পিন্টুর ছুটি নেই। ওর মা ওকে একা ছেড়ে যেতে চাইছে না, কি করে যাই বল ?

ওদের বিয়ের দিন দীপান্বিতার মা সুজাতা পরমাকে দেখে বলল, তুমি একা ? জয়িতা আসেনি ? পরমা গিফ্টের প্যাকেটটা সুজাতার হাতে ধরিয়ে দিয়ে বলল, ছুটি পেলে তবে তো আসবে। সে যেখানে কাজ করে সেখানে নিঃশ্বাস ফেলার সময় নেই। সেই সকাল সাতটায় বেরোয়, ফিরতে ফিরতে রাত দশটা বেজে যায়। জয়িতা ও দীপান্বিতা ছোটবেলাকার বন্ধু, তারা একই সঙ্গে একই ক্লাসে পড়েছে, একই স্কুলে, একই কলেজে। শুধু তাই নয় কোথাও বেড়াতে যাওয়া, সিনেমা

যাওয়া, কেনাকাটা সব তারা করেছে একই সঙ্গে । জয়িতা এখন এক মাল্টিন্যাশানাল কোম্পানীতে কাজ করে, কি যেন, সেল্স এক্‌জিকিউটিভ । রোজ সকালে মুখে পাউডার ঘষে, ঠোঁটে লিপস্টিক লাগিয়ে প্যান্ট শার্ট পরে সে বেরিয়ে পড়ে । ওখানে strictly dress code maintain করে চলতে হয়, শাড়ি পরার অনুমতি নেই । সবকিছুর সঙ্গে ডিসিপ্লিন মেনে চলতে হবে, ঠিক সময়ে অফিসে পৌঁছতে হবে । কিছু বলা যাবে না, নো এক্সকিউজ । থাকতে হয় থাক, না হলে কেটে পড়, তোমাকে কেউ খোশামোদ করার জন্যে বসে নেই । এইরকম পোস্টে চাকরি করার জন্যে অনেকেই লাইন দিয়ে দাঁড়িয়ে । সুতরাং তার বন্ধু দীপান্বিতার বিয়েতে জয়িতা আসবে কি করে ?

কেউ আসুক না আসুক দীপান্বিতার বাবা সুজয় সেনগুপ্ত কিন্তু আয়োজনের কোনো ত্রুটি রাখেননি বিয়ের সবরকম কাজের মধ্যমণি বলতে গেলে উপস্থিত ছিল দীপান্বিতার এক দূরসম্পর্কের পিসী । তার আঙুরপিসীর বাড়ি গঙ্গার ওপারে, সে তাদের বাড়িতে প্রায়ই আসত, তার স্বামীর ছিল কাপড়ের দোকান । আঙুরপিসী এসে তার মায়ের সঙ্গে বৈঠকখানায় বসে গল্প করত -- মাঝে মাঝেই সে তার মায়ের কাছ থেকে টাকা ধার নিত । তাদের বাড়িতে প্রায়ই এইরকম একজনকে অযাচিত হয়ে আসার জন্যে দীপান্বিতার তাকে খুব একটা ভালো লাগত না । কিন্তু এই আঙুরপিসী না থাকলে তার বিয়ের কাজকর্ম কে করত তা বলা মুশকিল, সবদিক সে একাই সামলেছিল, এমনকি বিয়ের অনুষ্ঠানে কখন কি করতে হবে সব কিছু হয়েছিল তারই তত্ত্বাবধানে ।

উত্তম আর দীপান্বিতা ফুলশয্যার রাতের পরদিনই ব্যাঙ্গালোর আর পুণায় ফিরে গেল -- উত্তম গেল সকালের ফ্লাইটে আর

দীপান্বিতা গেল সন্ধ্যার ফ্লাইটে । ফলে শুধু দ্বিরাগমনই নয় বিয়ের অনেক অনুষ্ঠানই বাদ গেল । উত্তমের বাবা রজতশুভ্রের বিষয়টা মোটেই ভালো লাগল না । একসময়ে তিনি তাঁর একমাত্র পুত্রের বিয়ে নিয়ে অনেক কিছুই ভেবে রেখেছিলেন, ভেবেছিলেন বেশ ধুমধাম হবে, লোকজনকে নেমন্তন্ন করে খাওয়াবেন, লোকে তৃপ্তি করে খেয়ে তাদের প্রাণভরে আশীর্বাদ করবে, সানাই বাজবে, বাড়ির লোকেরা গরদের পাঞ্জাবি, মেয়েরা তসরের শাড়ি পরে ঘোরাফেরা করবে, তাদের কোলাহলে চারিদিক মুখরিত হবে, সেসব কোথায় ? উত্তম আসার আগেই জানিয়ে দিয়েছিল, সে মাত্র তিনদিন থাকবে, ব্যাস, ওসব সানাইটানাইয়ের প্রয়োজন নেই, বেশী লোকজন বলারও দরকার নেই ।

রজতশুভ্রর বাবা অনুতোষ ছিলেন স্বদেশী যুগের লোক । বাবার কাছে তিনি সেইসময়কার অনেক গল্প শুনেছিলেন । সেসব কাহিনী শুনতে শুনতে তাঁর গা আনন্দে শিহরিত হয়ে উঠত । সেই জাপানীরা যখন বর্মায় বোমা ফেলল তখন কানাঘুষো শোনা যাচ্ছিল ভারত স্বাধীন হবে । নেতাজী তাঁর আজাদ হিন্দ ফৌজ নিয়ে ভারতের দোরগোড়ায় ইম্ফলে ঢুকে পড়েছে, দলে দলে ইংরাজ থেকে ভারতীয় সেনারা আজাদ হিন্দ ফৌজে যোগ দিচ্ছে । হ্যাঁ ভারত স্বাধীন হলো, কিন্তু কি স্বাধীনতা আমরা পেলাম, দ্বিখণ্ডিত ভারত, হিন্দু মুসলমানের দাঙ্গা, লুঠতরাজ, মারপিট, খুনোখুনি, নারীদেহের ওপর বর্বর মানুষের বীভৎস অত্যাচার । সবই অনুতোষের নিজের চোখে দেখা । শুনলে গা শিউরে ওঠে, বিংশ শতাব্দীতে সেসব কিছু ছিল কল্পনাতীত, কোথায় সভ্যতা । এর পর পরেই এল আরো অনেক সমস্যা যা আগে কখনো ছিল না, উদ্বাস্তু সমস্যা, নিজেদের ভিটেমাটি ছেড়ে কলকাতার রাস্তা দিয়ে হেঁটে চলা ক্ষুধার্ত, নিরন্ন মানুষের মিছিল, কাশ্মীর সমস্যা, সেখানেও রক্তোরক্তি কাণ্ড, প্রাণ বাঁচানোর জন্যে নিজেদের ঘরবাড়ি ছেড়ে ভয়ার্ত মানুষের

নিরাপদ আশ্রয়ের জন্যে পাগলের মতো ছুটে বেড়ানো । এটাই কি স্বাধীনতা ?

স্বাধীনতার অর্থ কি ? স্বাধীনতার অর্থ শুধুমাত্র পরাধীনতার দাসত্ব থেকে মুক্তি নয়, স্বাধীনতার অর্থ স্বসত্তায় অধিষ্ঠিত হওয়া, ভারতের যে একটা নিজস্ব সত্তা রয়েছে সেখানে প্রতিষ্ঠিত হওয়া, নিজের ভাবনা, সংস্কৃতি তার জাতীয় জীবনে ফুটিয়ে তোলা । কোথায় ? আমাদের দেশে বিভিন্ন গোষ্ঠী, বিভিন্ন সম্প্রদায়, বিভিন্ন ধর্মের লোকেদের বাস, ছোটবেলা থেকেই তাদের শেখানো হয় গোষ্ঠীগত ভাবনা, শেখানো হয় তোমাদের গোষ্ঠীর বাইরে যারা, তারা তোমাদের থেকে আলাদা, তারা তোমাদের শত্রু । দেশের মানুষই যদি একে অপরকে শত্রু ভাবে তবে তাদের মধ্যে দেশভাবনা আসবে কি করে ? রজতশুভ্র ছোটবেলা থেকে জাতীয় পতাকা, জাতীয় সঙ্গীতকে সম্মান দিতে শিখেছে, -- এখানে ওখানে অনুষ্ঠানের শেষে যখন জাতীয় সঙ্গীত গাওয়া হতো, তখন সকলের মত উঠে দাঁড়িয়ে সেও গাইত, কেউ শেখায়নি । এখন রাজনৈতিক নেতারা যারা দেশ চালায় তারা অনেকেই জাতীয় সঙ্গীত গাইতে পারে না,-- গাইবে কি করে, অভ্যাস থাকলে তবে তো গাইবে,-- অভ্যাস কি করে আসবে, শ্রদ্ধা থাকলে তবে তো । এইসব লোকেদের দেশের প্রতি, দেশের মানুষের প্রতি শ্রদ্ধা কোথায় ? দরদ কোথায় ?

দেশের জনসংখ্যা বেড়ে চলেছে । সরকারের ক্ষমতা নেই এই বিপুল সংখ্যক লোকেদের চাকরি দেওয়ার । তাই বিভিন্ন প্রাইভেট কোম্পানীতে গিয়ে চাকরি কর । উত্তম, দীপান্বিতা, জয়িতার মত সকলকে এইসব কোম্পানীগুলো অর্থের বিনিময়ে কিনে রেখেছে-- থাকতে হয় থাক, না হলে ছেড়ে দাও -- মানুষ আশা ও ভয়ে কাঁপতে কাঁপতে সেইসব জায়গায় অন্ধভাবে কাজ করে চলেছে, তোমার

স্বাধীন অস্তিত্ব বলে কিছু নেই । এইসব কারণে আমাদের সকলের জীবনে সবসময়েই প্রেশার, অর্থনৈতিক চাপ, অফিসের কাজের চাপ, জনসংখ্যার চাপ, প্রতিযোগিতার চাপ, কঠোর নিয়মকানুনের চাপ, নিরাপত্তার অভাবজনিত চাপ, vigilanceএর চাপ, এর থেকে উৎপন্ন হয় শারীরিক ব্যাধি, মানসিক চাপ যা আমাদের শান্তি নষ্ট করে দিয়েছে । এটাই কি স্বাধীনতা ?

স্বাধীনতা হলো এমন এক অবস্থা যেখানে আমাদের মন এইসব চাপ থেকে হবে মুক্ত । এইসব চাপ থেকে মুক্ত হয়ে যখন মানুষ যে কাজই করুক না কেন তা হবে স্বতঃস্ফুর্ত, তার মধ্যে থাকবে আনন্দ । এই মন নিয়ে যখন কেউ কাজ করে তখন সেই কাজও হয় যথাযথ, তার মধ্যে থাকে আনন্দ আর তাতে সকলের কল্যাণই হয়ে থাকে ।

জীবনসাথী

প্রচণ্ড গরম, তার ওপরে লোডশেডিং, অনেকক্ষণ হলো ইলেকট্রিকের কারেন্ট নেই । ঋতু এই গরমে ছটফট করছে । দুপুরে খাওয়ার পরে বিছানায় শুয়ে শুয়ে রাখী ঋতুকে হাতপাখা দিয়ে হাওয়া করছিল, হাওয়া করতে করতে তার হাত ব্যথা করে । ঘরের মধ্যে ভ্যাপসা গরমে টিকতে না পেরে রাখী ঋতুকে সঙ্গে নিয়ে দরজা খুলে ঘোষমাসীমাদের ঘরের সামনে এসে দাঁড়ায় । মিঃ ঘোষ তাদের দেখতে পেয়ে দরজা খুলে রাখীর দিকে তাকিয়ে বললেন, এস, এস, ঘরে এসে বস, আমাদের মত তোমরাও একটা ইনভার্টার কিনে নাও, দেখছ তো লোডশেডিং-এর বহর, দিনের পর দিন বেড়েই চলেছে ।

কয়েকমাস হলো অচিন্ত্য কলকাতা থেকে বদলি হয়ে দিল্লীতে এসেছে । এখানে এসে তারা যে ফ্ল্যাটটা ভাড়া নিয়েছে সেটা একটা বাড়ির নীচের তলায় পেছনের দিকে, রোদ্দুর বাতাসের বালাই নেই । এর আগে সেখানে যারা ভাড়া থাকত তারা ফ্ল্যাটটাকে যথেচ্ছ ব্যবহার

করে একেবারে ছিবড়ে করে চলে গেছে -- দরজা, জানলার ছিটকিনিগুলো ভাঙা, ঘরের দেওয়ালের পলেস্তারা উঠে গেছে, কোথাও কোথাও ড্যাম্পের জলে দেওয়াল ভিজে, নলগুলো ঠিকমত বন্ধ করা যায় না, সেসব থেকে টপটপ করে জল পড়ে, এদিক ওদিক থেকে ছুঁচো, ইঁদুর ঢুকে পড়ে জিনিসপত্র তছনছ করে দেয় । তাদের শ্রীরামপুরের সাজানো গোছানো ফ্ল্যাট ছেড়ে এখানের এইরকম জায়গায় থাকতে কারই বা ভালো লাগে ? তবুও রাখী হাসিমুখে সবকিছু মানিয়ে নিয়েছে । এখানের লোকগুলো সব কেমন -- এই বাড়িতে আরো অনেক ফ্ল্যাট, কারোর সঙ্গে কারোর সদ্ভাব নেই, সবাই নিজেদের স্বার্থ নিয়ে আছে, কেউ কারোর খোঁজ নেয় না, উল্টে অকারণে এটা ওটা নিয়ে রাখীর সঙ্গে ঝগড়া করে । অচিন্ত্য অফিসের কাজে ব্যস্ত, সারাদিন বাড়ি থাকে না, কখনো কখনো বাড়ি ফিরতে বেশ দেরী হয় । মেয়েটা কোনো সঙ্গী সাথী না পেয়ে ঘ্যানঘ্যান করে । তার অন্যায় আবদার সবসময় মানা যায় না, তাই মায়েতে মেয়েতে ছোটখাটো ব্যাপারে খিটিমিটি লেগেই থাকে, তা জামা পরাই হোক্ আর চুল বাঁধাই হোক্।

মাসীমা চা করে নিয়ে এলেন । তিনি রাখীকে বললেন, আমাদেরই কি এসব জায়গায় থাকতে ভালো লাগে,--- তোমার মেসোমশাই তো বলছিলেন, চল, এই ফ্ল্যাট বিক্রি করে আমরা সোনারপুরে দেশের বাড়িতে চলে যাই । ওখানে জমি জায়গা সব পড়ে আছে, পাঁচ ভূতে ভোগ করছে, আমাদের কি কোনো অভাব আছে, যা পেনশন পাই তাতে আমাদের দু'জনের স্বচ্ছন্দে চলে যাবে, নেহাত মেয়ে জামাই আছে তাই এখানে থাকা । এই পুটকি, অত মাকে জ্বালাস কেন ? নে, বিস্কুট খা ।

রাখী বলল, আপনারা তো ঝাড়া হাত পা, যখন খুশী এদিক ওদিক চলে যেতে পারেন, মেয়ের কাছে গিয়েও তো থাকতে পারেন ।

--- ও তোমার মেসোমশাই কোথাও গিয়ে একদণ্ড থাকতে চায় না, মুখে বললে কি হবে । দেখেছ তো তোমার মেসোমশাই কত ফুলের গাছ লাগিয়েছে, এখান থেকে গেলে ওগুলোকে কে দেখবে ?

রাখী বলল, মাসীমা দেখেছেন বাইরের গেট্টা সবসময় দু'হাট করে খোলা থাকে, বললেও কেউ বন্ধ করে না, রাস্তার কুকুর যখন তখন ঢুকে পড়ে ।

মাসীমা বললেন, এদের তুমি বেশী বলতে যেও না, উল্টে তোমাকেই দুটো কথা শুনিয়ে দেবে । এদের আমি হাড়ে হাড়ে চিনি ।

গল্প করতে করতে কারেন্ট এসে গেল -- কে একজন পাম্পটা চালিয়ে রেখেছিল, বিকট আওয়াজ করে সেটা চলতে লাগল ।

সন্ধ্যেবেলায় অফিস থেকে বাড়িতে ফিরে অচিন্ত্য দেখল থমথমে পরিবেশ, সবাই চুপচাপ । রাখী গ্লাসে করে খাবার জল নিয়ে এসে টেবিলে রাখল । অচিন্ত্য রাখীকে জিজ্ঞেস করল, কি ব্যাপার, চুপচাপ, ঋতুকে দেখছি না ।

রাখী বলল, ঘরে শুয়ে আছে ।

-- কেন কিছু হয়েছে ?

-- মেরেছি ।

-- কি এমন হলো যে মারতে গেলে ?

-- মারব না তো কি আদর করব ? এই তোমার আস্কারাতেই ও আরো বিগড়ে যাচ্ছে ।

অচিন্ত্য জিজ্ঞাসুর দৃষ্টিতে রাখীর দিকে তাকাতে সে বলল, এই দেখ না, আমি বাইরের সব্জিওয়ালার কাছ থেকে সব্জি কেনার জন্যে বেরিয়েছি, এসে দেখি তোমার মেয়ে কোথা থেকে একটা হাতুড়ি নিয়ে

একটা পেরেক দেওয়ালে পুঁতছে। এসব দেখে কারই বা মাথার ঠিক থাকে।

সেইদিন অচিন্ত্যর মেজাজটা এমনিতেই ভালো ছিল না --- অফিসের কাজের ব্যাপারে তার বস তাকে ডেকে সকলের সামনে কয়েকটা অপ্রিয় কথা শুনিয়ে দিয়েছে। আর বাড়িতে এসে এইসব দেখেশুনে সেও রেগে গিয়ে ঋতুকে দুই-এক ঘা বসিয়ে দিল। ঋতু চিৎকার করে কান্না জুড়ে দিল। সে রাত্রে না খেয়েই শুয়ে পড়ল। এই রকম অশান্তি প্রায়ই লেগে থাকে।

এক একজনের জীবনের গতি এক এক রকমের। রাখীর জীবনে কখনই সুখ ছিল না, বিয়ের আগেও নয়, পরেও নয়। তার বাবা রেলকর্মী, বদলির চাকরি, মাঝে মাঝে অসুস্থ হয়ে পড়তেন। একবার জন্ডিসে বেশ ভুগতে হয়েছিল, অবস্ট্রাকটিভ জন্ডিস, কলকাতায় গার্ডেনরিচে রেলের হাসপাতালে বেশ কয়েকদিন ধরে ভর্তি ছিলেন, সেখানেই অপরেশন হয়। তখন রাখী রবীন্দ্রভারতী বিশ্ববিদ্যালয়ে সঙ্গীত নিয়ে পড়াশুনা করছে। শ্রীরামপুর থেকে বিশ্ববিদ্যালয়ে ক্লাস শেষ হওয়ার পর সে হাসপাতালে যেত তার বাবাকে দেখতে। সেখান থেকে বাড়ি ফিরতে তার বেশ দেরী হয়ে যেত। কখনো কখনো সে দেশপ্রিয় পার্কে গীতশ্রী ছবি বন্দ্যোপাধ্যায়ের বাড়িতে গিয়ে তার কাছে কীর্তনের তালিম নিতে যেত। শারীরিক পরিশ্রম ও মানসিক চাপে সে বেশ কাহিল হয়ে পড়েছিল। ডাক্তার বলেছিল, রক্তে হিমোগ্লবিন কম, পুষ্টিকর খাওয়া দরকার, রোজ ফল খেতে হবে। এরমধ্যেই সে তার সঙ্গীত শিক্ষা চালিয়ে গেছে। সে ছিল সুকণ্ঠী। একবার পশ্চিমবঙ্গ রাজ্য সঙ্গীত আকাদেমি আয়োজিত কীর্তন প্রতিযোগিতায় সে দ্বিতীয় স্থান অধিকার করে। কখনো কখনো কোনো ধর্মীয় অনুষ্ঠানে কীর্তন পরিবেশনের জন্য তার ডাক পড়ত। এটা তার কাছে ছিল পূজা, ঈশ্বরের কাছে তার নিবেদন। সেইসব অনুষ্ঠানে সে যখন চোখ বন্ধ

করে ভাবে বিভোর হয়ে কীর্তন পরিবেশন করত তখন অচিন্ত্য দেখেছে অনেকেরই চোখ অশ্রুতে সিক্ত হয়ে উঠত । অন্যান্য অনেক রাগের মধ্যে রাখীর প্রিয় রাগ ছিল আভোগি । বিয়ের পরে যখন তারা চেন্নাইয়ে থাকত তখন অচিন্ত্য সন্ধ্যায় অফিস থেকে বাড়ি ফিরে তাকে এই আভোগি, রাগেশ্রী রাগ নিয়ে বেশ কয়েকবার রেওয়াজ করতে দেখেছে ।

বিয়ের পর তার জীবন আরো কঠিন হয়ে উঠল, বসন্তের মত সুখ কিছুদিনের জন্যে এলেও দুঃখ ছিল তার জীবনের নিত্যসঙ্গী । তার শ্বশুর, শাশুড়ি ছিলেন রক্ষণশীল প্রকৃতির, তাঁদের এই রক্ষণশীলতার ভিত ছিল অনেক গভীরে । অন্যদিকে রাখী মানুষ হয়েছিল সম্পূর্ণ এক ভিন্ন পরিবেশের মধ্যে, এই আচারবিচার সব কিছু সবসময় সে মেনে চলতে না পারার ফলে তাঁরা বিশেষ করে তার শাশুড়ি মা তার ওপরে বিরূপ হয়ে ওঠে । এরজন্যে মাঝে মাঝে তাকে বেশ কিছু কটু কথা শুনতে হতো । এইসব কথা যখন অচিন্ত্যর কানে আসত তখন বেশীরভাগ সময়েই সে তার মায়ের পক্ষ নিয়ে রাখীর সঙ্গে বিবাদ করত । সেইসময়ে রাখীর ফাইনাল পরীক্ষা, এইরকম অবস্থায় সে তার বাপের বাড়িতে গিয়ে রইল । শ্বশুর, শাশুড়ির অনুমতি ছাড়াই তার এই বাপের বাড়িতে গিয়ে থাকাটা তাঁরা খুব একটা ভালো চোখে দেখেননি । অচিন্ত্যর হলো উভয় সংকট । আর এই পরিস্থিতিতে সে রাখী থেকে মানসিকভাবে ধীরে ধীরে দূরে সরতে থাকে। যখন তারা শ্রীরামপুরে নিজেদের ফ্ল্যাটে আলাদাভাবে থাকতে শুরু করল, তখনও অচিন্ত্য রাখীর থেকে দূরেই থেকেছে -- তাদের যেন আলাদা জগত । এইসবের মধ্যে থেকে রাখীর সান্ত্বনার একটাই জায়গা, তা হলো তার সঙ্গীত । সে ছিল সঙ্গীত প্রেমী, রোজ রাত্রে শোবার সময়ে সে

ক্লাসিক্যাল গান শুনত । সে ছিল পণ্ডিত রাজন মিশ্র ও সাজন মিশ্রের একান্ত অনুরাগী ।

আমাদের মধ্যে বেশীরভাগ ব্যক্তিই তাদের কামনা বাসনার দাস হয়ে আছে । যার নেই সে চায়, যার আছে সে আরো চায়, কখনই তাদের বাসনার তৃপ্তি হয় না, মানুষ ঈশ্বরের পূজো করে তার কাছে শুধু এটা ওটা চাওয়ার জন্যে । পার্থিব জিনিস, যশ, খ্যাতি এসবের প্রতি আসক্তি মানুষের স্বাভাবিক প্রবৃত্তি । রাখীর এইসব জিনিসের প্রতি আসক্তি ছিল অন্যান্য লোকের তুলনায় কম, তার কাছে এর চেয়ে বড় ছিল নীতি, আদর্শ । একবার কলকাতায় আকাশবাণীতে কীর্তনে অডিশন দেওয়ার জন্য তার ডাক পড়ল । নির্ধারিত দিনে অডিশনের শেষে যিনি তাঁর সঙ্গে খোল বাজাচ্ছিলেন তিনি তাকে বাইরে অপেক্ষা করতে বললেন, পরে এসে তাকে বললেন, ভালোই গেয়েছ, তবে কিছু পেতে গেলে তো কিছু দিতেও হয়, বেশী নয়, তিনশ টাকা দিলেই হবে । কথাটা শুনে অচিন্ত্য যখন তার পকেট থেকে মানিব্যাগ বার করে টাকাটা দিতে যাবে তখন রাখী তার হাতটা চেপে ধরে রাগতস্বরের বলল, এ তুমি কি করছ ? তোমাকে কে বলেছে টাকা দিতে ? তুমি কি ভাব আমি ঘুষ দিয়ে রেডিওতে প্রোগ্রাম করব ? এইজন্যেই কি আমি গান শিখেছি ? গান তো পুজা, ঈশ্বরের কাছে নৈবেদ্য । এরজন্যে আমাদের ভেতর থেকে হতে হবে সৎ, পবিত্র, তবেই তো তিনি আমাদের এই নৈবেদ্য গ্রহণ করবেন । ঘুষ দিয়ে রেডিওতে গান গেয়ে আমি নিজেকে অপবিত্র করতে চাই না । সেই কারণে তার কোলকাতার আকাশবাণীতে গান গাওয়া হলো না । অবশ্য দিল্লীতে আসার পর সেখানের আকাশবাণীতে অডিশনের সময় তাকে এইধরনের পরিস্থিতিতে পড়তে হয়নি । সেখানে খুব সহজেই সে নির্বাচিত হয়েছিল ।

এরই মাঝে ঋতু এল, তাদের ঘর আলো করে তাদের ভালোবাসার জন । তাকে খাওয়ানো, শোয়ানো, পরানো, মানুষ করতেই রাখী ব্যস্ত হয়ে পড়ল, সে চাইল ঋতুকে তার নিজের মতো করে গড়ে তুলবে । ঋতু তখন খুব ছোট, তখন থেকেই সে তাকে সুরের সঙ্গে, রাগ রাগিনীর সঙ্গে, তালের সঙ্গে পরিচয় করাতে লাগল । শিশুর অন্যায়, আবদার সে কখনই মেনে নিতে পারেনি, তার ফলে কখনও কখন তাদের মধ্যে লাগত বিরোধ । অচিন্ত্যর এইসব দেখার সময় নেই, সে অফিসের কাজে ব্যস্ত । মাঝে মাঝে সে তাদের রেখে ট্যুরে বেরিয়ে যেত ।

রাখী খুব সহজেই সকলের সঙ্গে মিশে যেতে পারত । সে ছিল মিষ্টভাষী, সহৃদয় ব্যক্তি । আর সেই কারণে সে ছিল সকলের খুব প্রিয় । ওই যে বললাম সে সারাজীবন দুঃখকেই বহন করে চলেছে । তাই হয়তো মনের কোনে অপরের কাছ থেকে স্নেহ, সমাদর পাওয়ার বাসনা তার মধ্যে সুক্ষ্মভাবে কাজ করত । হয়তো সেই কারণেই অযাচিতভাবে সে অপরকে সাহায্য করার জন্যে এগিয়ে যেত । যাইহোক সে ছিল সমাজের একজন । কখনও মানাদির ফোন আসত, রাখী, তুমি আজকে ফ্রী আছ...তাহলে চল কিষাননগরে লাল কোয়াটারে গিয়ে কয়েকটা সোয়েটার কিনে আনি । কিংবা শুক্লা জিজ্ঞেস করল, তোমার দাদার অফিসে একজন বদলি হয়ে এসেছে, তোমার জানাশোনা কেউ আছে যে বাড়ি ভাড়া দেবে ? এইসব লেগেই থাকত।

দরজায় কলিংবেল বাজতেই দরজা খুলতেই দেখে ঋতুর স্কুলের দিদিমনি মিসেস সেন । রাখী ব্যগ্র হয়ে বলল, আসুন, আসুন । ঋতুর কাছে সব শুনেছি । আর আপনি আসবেন সে কথাও সে বলেছে ।

মিসেস সেন এসেছেন পঁচিশে বৈশাখ রবীন্দ্রজয়ন্তীতে রবীন্দ্রভবনের অনুষ্ঠানে উনি শ্যামা নৃত্যনাট্যের একটি নাচ পরিবেশন করবেন, তার সঙ্গে রাখীকে গানটা গাইতে হবে । এরপর দুজনে লেগে পড়ল রিহার্সাল দিতে । রিহার্সাল শেষে রাখী মিসেস সেনকে বলল, ওমা, যাচ্ছেন কি? এখানেই খেয়ে নিন । আমারও খাওয়া হয়নি, একসঙ্গে খেতে বসে যাই, সব রান্না করা আছে, শুধু গরম করতে যা সময় লাগবে ।

এরপরে বেশ কয়েকটি বছর অতিবাহিত । রাখী দুরারোগ্য রোগে আক্রান্ত, তার শারীরিক বল অনেক কমে গেছে, সে হয়ে পড়েছে জীর্ণ, শীর্ণ । আগের মতো তার আর আর লাবণ্য নেই, আছে শুধু তার সেই অমলিন হাসি, আর আছে অসীম সহ্যশক্তি, বিধাতা কাউকে কাউকে এই শক্তি দিয়ে পাঠান যার ফলে কোনো দুঃখ, যন্ত্রণা তাদের কাবু করতে পারে না । জীবন-মৃত্যুর মাঝখানে সে দাঁড়িয়ে, অথচ সে নির্বিকার । কেউ যদি তাকে জিজ্ঞেস করত, কেমন আছ, সে বলত, ভালো, যদি জিজ্ঞেস করত, কোনো কষ্ট হচ্ছে, সে বলত, না । এইরকম যন্ত্রণা মধ্যে সে বিছানায় শুয়ে শুয়ে অচিন্ত্যর দিকে তাকিয়ে অস্ফুটস্বরে বলে, এ কী চেহারা হয়েছে তোমার, শরীরের যত্ন নিও, ঠিকমত খাওয়াদাওয়া কোরো, ঋতু কলেজে যাচ্ছে ?

অচিন্ত্য চুপ করে রাখীর কথাগুলো শোনে, তাকে কি বলবে সে বুঝে উঠতে পারে না । তার চোখে জল । সে বুঝতে পারে আসল শক্তি হলো আমাদের সত্তার গভীরে, সেখান থেকে স্বতঃস্ফুর্তভাবে উৎসারিত হয় যা সে অর্জন করতে না পারলেও রাখী পেরেছে । যার ফলে তার শক্তি, পৌরুষতা, অহংকার, দন্ত, আত্মমর্যাদা সবই বাহ্যিক, মেকি । রাখীর একটা গুণ সে ছিল ঈশ্বরের কাছে সমর্পিত, যে ঈশ্বর বাইরে কোথাও নয়, তার ভেতরে অধিষ্ঠান করছেন, সেখানে থেকে

তাকে পরিচালিত করছেন, তাকে সহ্য করার শক্তি যোগাচ্ছেন -- তিনিই তাকে স্নেহ, মমতা দিয়ে আগলে রেখেছেন, তার মধ্যে জাগিয়ে তুলেছেন দিব্যপ্রেম প্রেমই । এই প্রেমই অচিন্ত্যকে তার কাছে টেনে নিয়ে আসে । বিছানায় শায়িত রাখীর মাথায়, কপালে, মুখে অচিন্ত্য যখন হাত বোলাতে থাকে তখন সে তার মধ্যে অনুভব করে এই দিব্যপ্রেমের স্পর্শ, এতদিন পরে সে যেন রাখীকে নতুন করে আবিষ্কার করল ।

পদচিহ্ন

বেশ কয়েকবছর আগের কথা । অচিন্ত্য নতুন চাকরিতে জয়েন করেছে, তার চেন্নাইয়ে পোস্টিং । সে অফিসের কাছেই ভেলাচেরীতে একটা ঘর ভাড়া নিয়ে থাকে, একতলা বাড়ি, বাইরের ঘর ছাড়াও আরো দুটো ঘর, বাড়ির ভেতরেই ছাদে ওঠার সিঁড়ি । জায়গাটা মেন শহর থেকে একটু দূরে, বেশ নিরিবিলি । ছুটির দিনে সে দুপুরে খাওয়ার পরে বাইরের ঘরে একা একা চেয়ারে বসে আছে । সূর্য পশ্চিম দিকে হেলে পড়েছে, খোলা জানলা দিয়ে ঘরের মধ্যে রোদ্দুর এসে পড়েছে । অচিন্ত্য জানলা দিয়ে বাইরের দিকে তাকিয়ে আছে, মাথার মধ্যে তার উদ্ভট সব চিন্তা এসে জট পাকাচ্ছে । বেশ কিছুক্ষণ বসে থাকার পর সে কাঁধে একটা ব্যাগ নিয়ে বেরিয়ে পড়ল । বাসস্ট্যান্ডে এসে সে সামনে দিয়ে আসা ৪৫এ রুটের বাসে উঠে পড়ল -- বাসটা মেরিনা বীচ পর্যন্ত যায় ।

মেরিনা বীচে নেমে সে এদিক ওদিক ঘুরতে থাকে । রাস্তার ওদিকটায় বীচ, তারপরে সমুদ্র, এপাশে স্বামী বিবেকানন্দের একটি

বিশাল আকারের ব্রোঞ্জের স্ট্যাচু, তার নীচে লেখা Wandering monk. তার মনে পড়ে যায় এক তামিল ভদ্রেলোকের কথা You gave birth Swami Vivekananda, we discovered Swami Vivekananda. এখানে স্বামী বিবেকানন্দের অনেক ভক্ত, নতুন বছরের ক্যালেন্ডারে স্বামী বিবেকানন্দের ফটো, লোকে কেনে, সেও একটা ক্যালেন্ডার কিনে তার বাইরের ঘরে টাঙিয়ে রেখেছে।

সে বীচের দিকে এগিয়ে যায়, সেখানে দর্শনার্থীদের ভিড় -- বীচের ওপরে নানান খাদ্যদ্রব্যের স্টল, লোকে কিনে খাচ্ছে। বীচের ধারে জেলেদের মাছ ধরার নৌকো। তখনও সূর্য অস্ত যায়নি। সমুদ্রের ঢেউগুলো আসছে আর যাচ্ছে, কোনো বিরাম নেই। দর্শনার্থীদের কেউ কেউ জলে নেমে পড়েচ্ছে, কয়েকটি বাচ্চা ছেলে মেয়ে ছুটে ছুটে ঢেউএর সাথে আসা ঝিনুক কুড়োচ্ছে। অচিন্ত্য এইসব দেখছে, অথচ দেখেও দেখছে না। তার মন অন্যদিকে পড়ে আছে, কখনও কখনও তার এইরকম হয়। কানের পাশে এসে তাকে কেউ ডাকলেও সে শুনতে পায় না। সেদিন পেছন থেকে একজন সাইকেলে চড়ে একেবারে তার ঘাড়ের কাছে এসে বিরক্তির সঙ্গে বলে, কি দাদা, এত করে বেল বাজাচ্ছি শুনতে পাচ্ছেন না ? এইভাবে কিছুক্ষণ উদ্দেশ্যহীনভাবে এদিক ওদিক ঘোরার পর সে ঘরে ফিরে আসে।

পরের দিন অফিস। বেশীরভাগ সময়েই সে অফিস থেকে চলে যায় ফ্যাক্ট্রির ইন্সপেকশনে, সেখান থেকে সোজা চলে যায় মাইলাপুরে রামকৃষ্ণ মঠে,--শান্ত ও মনোরম পরিবেশ। সেখানে বসে থাকতে তার ভালো লাগে, শরীরের সব ক্লান্তি দূর হয়ে যায়, বসে বসে সে ঠাকুর রামকৃষ্ণের আরতি দেখে, চোখ বুজে ধ্যান করে -- সে এক অন্য অনুভূতি। এইখানেই রাত হয়ে যায় -- কাছেই একটা হোটেল,

সেখানে সে খায়, কলাপাতায় ভাত, সম্বর, রসম, দইএর ঘোল (মোর), তরকারি । সেখান থেকে বাড়ি ফেরে ।

একদিন রাত্রে বাড়ি ফিরে দরজা খুলতে গিয়ে অচিন্ত্য দেখল ছিটকিনিতে একটা কাগজের টুকরো, খুলে সে দেখল, তাতে লেখা, আপনি অনেকদিন আমাদের বাড়িতে আসেননি, কাল সন্ধ্যায় অবশ্যই আসবেন, আর আমাদের এখানেই খাবেন, প্রামাণিকদা ।

বিজন প্রামাণিক ফিলিপ্সে চাকরি করেন, সার্ভিস ইঞ্জিনিয়ার, বেশীরভাগ সময়েই উনি ট্যুরে থাকেন । পরেরদিন রাত্রে তাঁদের বাড়িতে যেতেই তিনি অচিন্ত্যকে সাদর আপ্যায়ন করলেন, আসুন, আসুন, আপনার জন্যেই অপেক্ষা করছিলাম । কি ব্যাপার বলুন তো, দেখাসাক্ষাত নেই, একবারে ডুমুরের ফুল হয়ে গেলেন ।

অচিন্ত্য ইতস্তত করে বলল, এ'কদিন রোজই গুমুডিপুণ্ডি সিলিণ্ডার ফ্যাক্টি ইন্সপেকশনে যেতে হচ্ছিল, ওখান থেকে ফিরতে দেরী হয়ে যায়, তারপর আর এদিকে আসার সময় হয় না । তা, আপনারা কেমন, সব ভালো তো ?

বিজন অচিন্ত্যর কথার কোনো উত্তর না দিয়ে তার মিসেসের দিকে তাকিয়ে বলল, মিঃ বোস এসেছেন, কফি কর ।

কফি খেতে খেতে অচিন্ত্য ও বিজন ব্যালকনিতে বসে বসে গল্প করতে থাকে -- গল্প আর শেষ হয় না, সেই ছোটবেলা থেকে আজ পর্যন্ত তাদের জীবনের যা ঘটেছে সেইসব । বিজন বলছিল, দারিদ্র্য আমাদের কম ছিল না, ছোটবেলায় বাবাকে হারিয়েছি, মা আর ক'টাকাই বা পেনশন পেত, তাই দিয়ে আমাকে, দিদিকে, বোনকে মানুষ করা, তাদের বিয়ে দেওয়া, এসব করতে মাকে কম কষ্ট করতে হয়নি, একে একে সব সোনার গয়না খোয়াতে হয়েছে । আগে জাহাজে চাকরি করেছি, কোনো দেশ বাদ নেই জাহাজে চড়ে ঘুরে বেরিয়েছি ।

সেখানের জীবন ছিল খুব কষ্টের, মাসের পর মাস জাহাজে কাটানো, তারপর একটা অ্যাকসিডেন্ট হলো, বাধ্য হয়ে সেখানের চাকরি ছাড়তে হলো । গল্পের শেষে সেখানে রাত্রে খেয়ে অচিন্ত্য বাড়ি ফিরে এল । প্রণতি বৌদি খুব সরল সাধাসিধা মহিলা, খুব যত্ন করে খাওয়ালেন ।

সেখানে আরো আকজন বাঙালী আছেন । তার সঙ্গে অচিন্ত্যর আগেই পরিচয় হয়েছে, তার অফিসের সহকর্মী, নাম প্রসন্ন সরকার । তারা অফিসের ছুটির পর একই সঙ্গে ঘরে ফেরে । প্রসন্নর বাড়ি এক স্টপ আগে । বাসে করে ফেরার সময় প্রসন্ন বলল, কি করবেন একা একা বাড়িতে গিয়ে, চলুন এখানেই নেমে পড়ুন । তারা একসঙ্গে নেমে রাস্তার ধারে দোকান থেকে টুকিটাকি কিনে নিল, তার সঙ্গে মুড়ি । প্রসন্ন ভাড়া থাকে একটা বাড়ির দোতলায় । এখন তার মিসেস বন্দনা কালিয়াগঞ্জে বাড়িতে গেছে, সে এখন একা । তার বাইরের ঘরে লাগোয়া একটা ছাদ । সেখানে চেয়ারে বসে চা ও মুড়ি খেতে খেতে তারা গল্প জুড়ে দেয় । গল্প করতে করতে রাত্রি হয়ে যায় । প্রসন্ন অচিন্ত্যকে বলল, আবার বাড়িতে গিয়ে আপনাকে রান্না করতে হবে, তার চেয়ে ভালো এখানেই খেয়ে যান । তার সঙ্গে রাত্রে ডিনারটা ভালোই হলো, ভাত, ডাল, আলুভাজা আর ডিমের তরকারি ।

এইরকম একটা শহরের এক প্রান্তে তামিল অধ্যুষিত জায়গায় কয়েকজন বাঙালীদের মধ্যে বাস করে কয়েকদিনের মধ্যেই তাদের সঙ্গে অচিন্ত্যর এক আত্মিক সম্পর্ক গড়ে উঠল । তার মনেই হয় না বাড়ির বাইরে এতদূরে সে একা । এরাই তো তার সুখ দুঃখের সাথী । একবার তার অসুখ করেছিল, হাই টেমপারেচার, তখন প্রসন্নই তাকে সঙ্গে করে ডাক্তারের কাছে নিয়ে গেল আর ওষুধ, পথ্য যা কিছু কেনার তা কিনে আনল । রোজই অফিস থেকে ফিরে তার খোঁজ নিয়ে যেত । সেবার বাইক কেনার সময় তার দু'তিন হাজার টাকা

কম পড়েছিল, চাইতে হয়নি, বিজন নিজে থেকেই দিয়ে দিয়েছিল। একবার বিজনের স্ত্রী প্রণতি ও তার ছেলে অতনু রায়গঞ্জের বাড়িতে, বিজন তখন একা। হঠাৎ করে তার গলায় স্পন্ডেলাইটিজে উনি খুব কষ্ট পাচ্ছিলেন, মিউজিক অ্যাকাডেমির কাছে কোন এক নার্সিংহোমে ভর্তি। খবর পেয়ে অচিন্ত্য সেখানে গিয়ে দেখে তাকে দেখার কেউ নেই, ট্র্যাকশন দিয়ে রেখে দিয়েছে। অচিন্ত্য সবসময় সেখানে থেকে তার সেবাযত্ন করতে থাকে। কয়েকদিন পরে সুস্থ হলে সে তাকে সাথে করে বাড়ি নিয়ে আসে।

দু'তিন বছর একসঙ্গে কাটানোর পর বিজন মুম্বাইয়ে বদলি হয়ে গেল। অচিন্ত্যদের ছেড়ে ফ্যামিলি নিয়ে তিনি সেখানে চলে গিয়ে লাকেনওয়ালায় তার কোম্পানীর দেওয়া ফ্ল্যাটে গিয়ে উঠল। এরপরে প্রসন্ন বদলি হয়ে চলে গেল দিল্লীতে। এরা সবাই চলে গেলে অচিন্ত্যর একা একা খুবই খারাপ লাগত। আগে এদের বাড়িতে গিয়ে সে তাদের সঙ্গে বসে বসে গল্প করত, কিংবা এক সঙ্গে কোথাও বেড়াতে যেত, তারা না থাকার ফলে তার সময় কাটত না। সে প্রায়ই চলে যেত মেরিনা বীচ, কিংবা বেসান্তনগরের বীচে। সেখানে গিয়ে সে সমুদ্রের দিকে তাকিয়ে থাকত, ঢেউ আসছে আর যাছে, একটানা শুধু ছলাৎ ছলাৎ শব্দ। সমুদ্রের সেই বিশাল জলরাশির দিকে তাকিয়ে সে হারিয়ে যেত। এতদিন ছিল না, সেই পুরোনো আনমনা ভাবটা তাকে পুনরায় পেয়ে বসল। একা একা ক'দিন আর ভালো লাগে, সেও কলকাতার অফিসে ট্রান্সফারের জন্যে তাদের অফিস আবেদন করল। কয়েকবার আবেদনের পর অবশেষে একদিন কলকাতার অফিসে বদলির অর্ডার তার হাতে এসে পৌছল।

তীব্রগতিতে অন্ধকারের বুক চিরে হাওড়াগামী করমণ্ডল এক্সপ্রেস ছুটে চলেছে। নিজের বার্থে শুয়ে আছে অচিন্ত্য, কিন্তু তার চোখে ঘুম

নেই । সে ভাবছে, আমাদের জীবন পরিবর্তনশীল, সবকিছু যে চিরকাল একই ভাবে থাকবে তার কোনো মানে নেই । সময়ের সঙ্গে সঙ্গে সবকিছু যায় বদলে । দেখতে একরকম মনে হলেও এক নয়, সমুদ্রের ঢেউ-এর মত । যখনই তুমি সমুদ্রের ধারে গিয়ে দাঁড়াও তখনই দেখবে ঢেউ আছড়ে পড়ছে, সেই ঢেউয়ের জলে তোমার পদচিহ্ন যায় মুছে । আজকের জলধারা আর কালকের জলধারা এক নয়, প্রতি মূহূর্তে সেই জলের ধারা বদলে যাচ্ছে । এটাই জগতের নিয়ম, কিন্তু তা আমরা বুঝতে পারি না, আমরা মনে করি সবসময় একই ভাবে চলবে, পরিবর্তনকে আমরা মেনে নিতে পারি না -- এহলো আমাদের অজ্ঞানতা, আর তার জন্যেই আমাদের যত দুঃখ । কিন্তু এর পেছনে এক সত্য বস্তু আছে যা চিরন্তন, যা অপরিবর্তিত, কোনো কিছুতেই ধ্বংস হওয়ার নয় । কি সেটা ? তা হলো আমরা নিজেরা, আমাদের আত্মা, আত্মা অবিনশ্বর, আত্মার কোনো মৃত্যু নেই, মৃত্যু হয় দেহের, কিন্তু আমি দেহ নই, এই দেহের মধ্যে দেহী হয়ে রয়েছে আমাদের আত্মা, সেটাই আমাদের আসল পরিচয় । অমরত্ব মানে মৃত্যুর পরেও বেঁচে থাকা নয়, অমরত্ব হলো জন্ম মৃত্যুকে সমানভাবে গ্রহণ করা । আমরা অজ্ঞান, তাই আমরা আমাদের মধ্যে সুক্ষ্মভাবে অবস্থিত এই আত্মাকে দেখতে পাই না, আমরা শুধু মানুষের দেহটাকেই দেখি, দেখে মানুষকে বিচার করি, কখনও কখনও কারোর দিকে তাকিয়ে আঁতকে উঠি, একী চেহারা হয়েছে তোমার; আবার কারোর রূপে মুগ্ধ হয়ে তার প্রতি আকৃষ্ট হয়ে পড়ি । যাঁরা প্রকৃত জ্ঞানী তাঁরা মানুষের আত্মাকে দেখেন, তাঁরা কারোর মৃত্যুতে বিচলিত হন না । আমাদের শাস্ত্র এই জ্ঞানের রাস্তা ধরে চলতে শিখিয়েছে । গীতার কথা, মানুষ যেমন জীর্ণ বস্ত্র পরিত্যাগ করে নতুন বস্ত্র গ্রহণ করে তেমনি আত্মা জীর্ণ শরীর ত্যাগ করে অন্য শরীর প্রাপ্ত হয় । তাই মৃত্যু শেষ কথা নয়, মানুষ

মারা গেলেও তার আত্মা বর্তমান থাকে, গোচর থেকে অগোচরে চলে যায়, কিছুকাল পরেই পুনরায় নতুন দেহধারণ করে প্রকাশিত হয়।

আমরা এই আত্মাকে দেখতে পাইনা, তার কারণ আমাদের অহং, দেহ, মন, প্রাণ দিয়ে গড়া আমাদের বাহ্যিক সত্তা যা আত্মাকে আড়াল করে রেখেছে। এই বাহ্যিক সত্তাতেই আমরা বাস করি। আমাদের এই বাহ্যিক সত্তা সময়ের সাথে সাথে পরিবর্তিত হয়, কিন্তু আত্মা অপরিবর্তিত থাকে। সূর্য একটাই, কিন্তু যখন এই সূর্য সমুদ্রের ঢেউ-এর দ্বারা প্রতিফলিত হয় তখন তাকে ভিন্ন ভিন্ন দেখায়। একইভাবে যখন এই অপরিবর্তিত আত্মা আমাদের পরিবর্তনশীল বাহ্যিক সত্তার দ্বারা প্রতিফলিত হয় তখন তাকে আমরা ভিন্ন ভিন্ন রূপে দেখি, মনে হয় আমরা একে অপরের থেকে বিচ্ছিন্ন ভিন্ন সত্তা। যদি কোনো ঢেউ না থাকত তাহলে আমরা সূর্যের একটা রূপই দেখতাম। সুতরাং আমরা আপাতভাবে ভিন্ন ভিন্ন মনে হলেও প্রকৃত অর্থে আমরা এক। আমাদের এই অহংসর্বস্ব কামনা বাসনাময় বাহ্যিক সত্তা আমাদের একে অপরের থেকে আলাদা করে রেখেছে, তারজন্যেই স্বার্থে স্বার্থে সংঘাত, যত বিবাদ, মারামারি, হানাহানি। সবাই ভাবছে আমি ঠিক, অন্যে ভুল, আমি ভালো, অন্যে মন্দ, ঈশ্বরের নামকে কলঙ্কিত করে ঈশ্বরের নাম নিয়ে অপরের সঙ্গে খুনোখুনি করছি। আমরা জানি না ঈশ্বর এক, তিনি অনন্ত, অসীম, তিনি বিশ্বাতীত, আবার বিশ্বময়, সব জায়গায়, আমাদের সকলের মধ্যে বিরাজ করছেন। ঋষিকবি রবীন্দ্রনাথের কথায়, " সীমার মাঝে, অসীম তুমি বাজাও আপন সুর। আমার মধ্যে তোমার প্রকাশ তাই এত মধুর।" কিন্তু তা দেখার, বোঝার, উপলব্ধি করার জ্ঞান ক'জনের আছে ? আমরা যে বুঝতে পারি না, তার কারণ আমাদের অজ্ঞানতা, আর এই অজ্ঞানতাই আমাদের দুঃখের কারণ। এই দুঃখ, যন্ত্রণা থেকে মুক্তি

তখনই মিলবে যখন আমরা আমাদের প্রকৃত সত্তা আত্মাকে জানতে পারব, তার মধ্যে বাস করতে পারব।

এইসব ভাবতে ভাবতে কখন যে অচিন্ত্য ঘুমিয়ে পড়েছে সে নিজেই টের পায়নি।

www.ingramcontent.com/pod-product-compliance
Lightning Source LLC
Chambersburg PA
CBHW051149130726
47988CB00005B/2051